Re:ビルド!!

「アタシはタマちゃんがいないと寝ることもできないわ」
「そんなに無理をするニャ」

Re:ビルド!!
～生産チート持ちだけど、まったり異世界生活を満喫します～

シンギョウ ガク

イラスト
ネコメガネ

主な
登場人物
ピヨちゃん
ルシアに懐いているコカトリスの子供。エッチなことをするとくちばしで突いてくる。
ルシア・カバーサ
強力な魔力を持つ狐人族の美少女。好きな人にはすべてを捧げて尽くすタイプ。
ハチ
ヘルハウンド族の子供。フェンリル村のルリに一目惚れ。一途であまり深く考えない性格。
ルリ
フェンリル族の子供。ヘルハウンド村のハチのことが好き。芯が強く、落ち着いた性格。
村上創
対人スキルはゲームで磨いた、根っからのゲーマー。転生してビルダーとなる。慎重な性格で、地道な作業を厭わない普通の23歳。

イクリプス
水城雄哉に世界の管理権限を乗っ取られた、ちょっとドジな女神。
タマ
通常は子猫の姿をしているが、イルファとキスをすると人間の姿になる妖猫族。
イルファ・ベランザール
魔王軍の幹部。もともとは上流貴族の出身だが、ミスによって僻地に左遷される。ドジっ子気質。
水城雄哉
初代ビルダーの日本人で、魔王として君臨する。不老不死になったことで、この世界自体を壊そうと企んでいる。

プロローグ

魔術の淡い光が薄暗く照らす神殿の中で、私は一人の男と対峙していた。

「ユウヤ……なんで私を裏切ったの……一緒にこの『クリエイト・ワールド』を作り変えていくと約束してくれたはずでしょ……それなのに……なぜ……」

目の前に立つ痩身の男は、ニヤリと顔を歪ませて笑っていた。私が女神の力を使って異世界から転生させ、この『クリエイト・ワールド』を繁栄させるために連れてきた男。物を創り出し、構造物を建てることに喜びを見出す、ビルダーという職種を体現する男でもあった。

「イクリプスよ、お前には確かにそういう約束をしたな。けど、それはお前が管理するためじゃなくて、オレ様が自由気ままに作り変えるためだ。無能なお前の下に、いつまでも俺がついていてくれると思ってたのか？」

ユウヤは既に『クリエイト・ワールド』のさまざまな管理者権限機能を司る水晶球を支配下に置いており、私の扱える権限はなきに等しかった。

「私を騙したのね！　あれやこれや理由をつけて権限を委譲させたのは、この日のためだったんでしょ！」

ユウヤはフッと鼻で笑ったかと思うと、私から最後の管理者権限を司る水晶球を取り上げるため、パチンと指を鳴らした。すると水晶球は私の手を離れ、ユウヤの元へと飛んでいく。

「これで、お前に用はない。この『クリエイト・ワールド』から立ち去れ！」

水晶球をユウヤが手にしようとした瞬間、私は最後の力を振り絞って水晶球へ光弾を放つと、光弾が命中して水晶球は粉々に砕け散った。

「このアマっ！　ふざけやがって！　大事な管理者権限をぶっ壊すとか何考えてるんだっ！」

「私を騙した罰よ。いずれ、貴方は別のビルダーによって滅ぼされることになるわ。せいぜいそれまで楽しむことね」

最後の力を使い果たしたことで、私は『クリエイト・ワールド』に実体を留めるのが困難となり、ユウヤの前から霧のように消え去っていった。

1章　崖の上のヒロイン

　モニターに映し出されたイケメンのゲームキャラクターが、デカイ犬と狼に囲まれ襲われていた。俺は残業を終えて帰宅し、日付の変わる頃からすでに4時間ほどゲームに熱中しているのだ。

「だっはぁあっ‼　魔王城の敵がTUEEっす。なんだよ、この強さは。確かここは元神殿を魔王が改築して魔王城にした場所だったな。それにしても敵が強い。ヘルハウンドとフェンリルのコンビなんて誰が設置しやがった。うぉ、コカトリスまでいやがるぞ。石化やめてください。お願いしますから。石化やめて、らめぇええ。お慈悲を、お慈悲を」

　40インチのモニターに映し出されているのは、新作のビルドゲームである『クリエイト・ワールド』のゲーム画面であった。生産、建設、地形変更、魔物との戦闘、国造り、商売など何でも自由にできるという売り出し文句で発売されたゲームを、俺、村上創《むらかみつくる》は絶賛攻略中だ。

　大学を卒業して社会人になったことで、プレイ時間は格段に減ったが、この『クリエイト・ワールド』は、創り出すことが大好きな俺にとって久しぶりに大当たりのゲームである。なので、残業が続いて夜遅くアパートに帰ってきても、若い体力に物を言わせてプレイするほどハマっていた。

「いやいや。ここでコカトリス急襲とかないでしょ。このゲーム、相当根性がひねくれた奴か、性格ブスなクリエイターが創り出したに違いないわー。仕方ない。今日中に魔王を攻略して、いろいろと解放したかったけど、回復アイテムも尽きたし、一旦拠点に戻るか。敵の湧かない場所に転移ゲートを設置して、サラバでござる」

キャラクターを拠点に帰還させると、そこは大きな都市のような場所になっていた。俺が寝る間を惜しんで作り上げた建物には、『クリエイト・ワールド』内のNPCたちが住み着き、すでに3000人規模の堂々たる大都市になっている。ここまで作り上げるのに、休みの日はもちろん、何日も徹夜をして、これまでプレイしたゲームの中でも最高傑作の都市が完成したわけだ。

「相変わらず、俺の作った都市は美しい。機能美、デザイン、防衛力の全てを兼ね備えた最高の都市……。こんなのを実際に作れたら嬉しいだろうな」

ゲームの中に作られた世界最高の都市をうっとりと見ているのが、近頃の俺のマイブームであった。そんな楽しみに耽《ふけ》っていると、急に心臓の辺りに痛みが走る。次第に息ができなくなり、そのまま意識が朦朧《もうろう》としていった。

次に目を開いた時、そこには真っ白な空間があった。『クリエイト・ワールド』のキャラクター作成時に出てくる、全年齢作品には不似合いすぎるイケイケな女神様に似た女性が覗き込んでいる。

「残念なお知らせですが、貴方は無理がたたって若い身の上で過労死してしまいました。いい大人なら毎日夜遅くまで残業してから、ゲーム如きで徹夜なんてしないですよ。貴方、頭の中は大丈夫ですか？」

目の前の女神様は顔立ちこそ綺麗に整っているが、その物言いはグサグサとド直球で心臓を撃ち抜く鋭さがある。絶対にこの女神様は性格ブスだろう。

「不幸な死に方をした貴方だけど、今回は特別に、そのほとばしる狂気的なゲーム愛に免じて、ゲーム馬鹿の貴方が光り輝ける世界に生まれ変わらせてあげましょう。ゲームの世界、とりわけ貴方が先ほどまでやられていた『クリエイト・ワールド』を模した世界に転生して、思う存分に世界を構築されてはいかがですか？　今、転生されると、なんと初回転生ボーナスで初心者大満足ツールが付いてくるお得なキャンペーン中です」

女神様は、どこかの怪しい通販番組のプレゼンターのように、胡散臭《うさんくさ》い笑顔で転生を勧めてきた。

「本当にあの『クリエイト・ワールド』に転生させてくれるの？　マジで？」

「はいっ！　今なら初心者大満足ツール付きですっ‼　今この時だけの大奉仕ですよっ‼」

「でも、お高いんでしょう？　それに初心者大満足ツールの中身が分からないし」

「いいえ、ご安心ください。今ならなんと、無料で転生できるのですっ‼　ハッキリ言って、赤字覚悟の大奉仕ですよ！　それに初心者大満足ツールとして、【ゴーレム生成器】と【転移ゲート】を各一個ずつ付けちゃいますっ！　今回限りの特別ご奉仕セットです。売り切れ必死ですよ」

「でも、万が一、転生に失敗とかあるんじゃないですか？」

「大丈夫‼　超難関である天なる国《ヘブンス》転生女神検定一級に合格したベテラン転生女神による転生ですので、スライム、ゾンビ、ゴーレム、パンツなどには絶対に転生しない保証付きです。もちろん、何もできない赤ん坊なんていうのは論外です！」

「おー、それは素晴らしいですね。それだけの保証があるなら、ぜひ転生させてもらいたい」

女神様の胡散臭い口上に乗せられるように、転生することを簡単に選んでしまった。早まった気がしないでもないが、転生後に赤ん坊時代を過ごさなくていいという保証に惹かれていた。

なぜなら、転生して大人の知識を持った俺が、転生先の母親におっぱいを飲ませてもらうのは、ある意味、犯罪級の所業であると思われるからだった。なので、転生してすぐに動ける身体は非常に魅力的な転生条件だ。

「承りました。村上創様、ご案内～～‼」

「へ⁉」

軽い感じの口調で女神様が『ご案内』と言うと、身体がどんどん光の粒子になって消え去っていく。恐怖にかられて女神様の方を振り返ると、邪悪な笑みでこちらを見ていた。

「せいぜい頑張って、魔王に殺されないように生き抜くことね。そうしたら、きっといいことがあるわよ。新米ビルダーのツクル君……ククク、アーハハアッハハ‼」

「騙したのかっ‼　おい、転生キャンセルだっ！　キャンセル‼　ムぐうぇううぇう‼」

悪の組織の女幹部のような高笑いを上げている女神様を横目に見ながら、体中が光の粒子となったところで意識が途絶えた。

◆◇◆◇◆

魔王城の最上階にある古《いにしえ》の祭壇の間には、一人の男がいた。長く伸びた髪が目元を隠し、痩せこけた頬や不健康そうな色白い肌。絹の豪華な衣服から突き出した筋張った手足を豪奢《ごうしゃ》な椅子に沈め、目の前の祭壇に灯るイクリプスの神像群に捧げられた水晶球をぼんやりと眺めていた。

男の名は水城雄哉《みずしろゆうや》。転生女神イクリプスによって最初に『クリエイト・ワールド』に転生させられ、この世界を創り出した男である。この地に転生した雄哉は、管理者として未熟であったイクリプスをうまく言いくるめて、神としての力である管理者権限をいろいろな理由をつけて奪っていき、ついには、ほぼすべての機能を手中に収めた。

管理者の力で不死の生命を得ると、世界構築の仲間であった転生ビルダーたちを次々に討ち倒し、自ら魔王として君臨する。さらに、改造データを使って国を拡げ、世界征服を成し遂げたのだった。

不死の魔王として世界を征服した雄哉は、悠久の時を使いながら世界を創り出すことに飽きてしまい、やがてこの世界を憎むようになった。その後、何度も人生を終わらせようと自殺を図ったが、不死となった身体はどのような状態からでも復活してしまう。雄哉は、世界の歪みを修復するのをやめて、世界が自壊する方にプログラムを弄り、世界ごと自分の存在を消そうと考えた。そのため、国の政務は適当な者に任せ、イクリプスが転生ビルダーを送り込んできた時のみ目覚め、そのビルダーを殺すと眠りにつくという生活を送っていたのだ。

イクリプスを模した神像の燈明《とうみょう》の火がフッと点いた。

「イクリプスのババア……また性懲りもなく、この終わりかけた世界にビルダーを送り込みやがったか。オレ様が作ったこの狂った世界は、効率厨やデータ厨じゃクリアできねえ仕様にしてあるんだよ。ククク、今度のビルダーもすぐに捕捉してぶち殺してやる。こんなクソみてえな世界なんか早くぶっ壊れちまえばいい」

目の前の神像の燈明が点いたのを心の底から喜んでいる雄哉であった。不死の命を持て余していた彼の興味は、久しぶりのビルダーがどれだけ生き残れるのかに注がれていた。

「どうせ、世界の歪みのメンテナンスをやめたこの世界の寿命は、あと少しだ。今回のビルダーがどこまでやれるか見極めてやろう。オレが死ぬまでの間のいい暇つぶしになってくれよ。ククク。アハハハハッ‼」

雄哉は自分が作った改造データ群により、この世界が崩壊の危機にあることを知っている。この世界に残された時間はあと1カ月ほど。その日がくれば致命的なバグが発生し、世界は全てなかったことになる。雄哉はボサボサの前髪を掻き上げると、ギラギラと血走った眼で神像を見つめて哄笑《こうしょう》していた。

◆◇◆◇◆

目覚めると、俺はそよ風の吹く草原のど真ん中で寝転がっていた。

女神様が保証したように赤ちゃんプレイを避けることはでき、転生前と同じように、ついさっきまでお世話になっていた自分の身体がそこにあった。顔ももちろん、以前と同じように、うだつの上がらなそうな顔に違いない。ただ、衣服だけは西洋風のチュニックみたいなものになっており、下半身がスースーする。せめて、パンツだけは履かせてほしかったが、性格ブスの女神様は人の嫌がることをするのが趣味のようだ。

転生のショックも収まり、落ちついて辺りを見回すと、大きな木槌が1つ、そのそばに桃のような果物が3つ、お供え物のように置かれていた。

「完全にコレって『クリエイト・ワールド』のオープニングと同じ状況じゃね……マジでゲームの世界に転生しちまったのかよ……」

転生を悔やんでいてもしょうがないので、木槌を手に取ると、装備画面が目の前に表示されていた。これも完全にゲームと同じ仕様となっており、空腹を紛らわすための食料である桃に似たものをインベントリにしまい込む。

> ∨ 木槌を入手しました。
> ∨ モモノ実を入手しました。

インベントリの中には、あの胡散臭い女神様が言っていた初心者大満足ツールである、【ゴーレム生成器】と【転移ゲート】がしまい込まれていた。この2種類のアイテムは、序盤では絶対に手に入らないアイテムであり、建設や素材集めに役立つゴーレムを作り出せたり、通称『ドコデモゲート』と呼ばれるものによって設置した場所間の距離をゼロにしたりできる。これらを使えば、序盤からいろいろと楽ができるような気がする。とりあえず、少しだけ感謝しておこう。ありがたいことに、インベントリにしまい込んでおけば物の重量は加算されないようで、その点は『クリエイト・ワールド』の仕様とは違っていた。

ゲームと同じであれば基本的に自給自足の生活ではあるが、自分の思い通りの世界が構築できるかもしれないという魅力の前には、転生イベントなど俺にとって通過儀礼に過ぎなかったのだ。

「確か、ゲームなら近くに寝泊まりできる拠点の小屋があったはず……。まずはそこで、自給自足ができるように素材を集めることにしよう。今日から俺は、この世界の最強ビルダーになるっ！　そして、ゲームで作った世界最高の都市を再現してやるんだっ！」

自分が望んだ世界に転生したのだから、この世界を徹底的にやり込み尽くすことにした。寿命はどれくらいあるのか知らないが、命ある限り、この世界を作り変えることに邁進するのだ。決意を新たにすると、足取り軽く、小屋があると思われる場所に向けて歩き出した。

30分ほど歩くと、ゲームで見覚えのあるボロボロの小屋が見えてきた。……やはり、この世界は『クリエイト・ワールド』を模した世界だと思われる。ボロボロの木でできた小屋の中には、煮炊きに使う【焚き火】がセットされていた。これはいろいろな食材を焼いたり、煮たりするのに重宝するもので、空腹を満たすための食事を作るのに大変重要なアイテムだ。とりあえず目的地に着いたので、ゲームと同じなのかをいろいろと試してみることにした。万が一、ゲームの仕様と違っていれば、引き籠りながらの異世界改造計画が頓挫してしまう可能性があったからだ。

「まずは重要物資の木材の調達だな。よし、あの木で試してみよう」

背中に背負った木槌で、青々と茂った大木をぶっ叩いてみた。ドンッ！　ずっしりとした手応えが木槌の柄に返ってきたが、木は何の変化も見せなかった。そういえば、木槌では2回叩かないと木を素材化できなかったな。もう一発叩けばいいか。再度、木槌で木をぶっ叩く。

ドンッ！　ボフッ‼

木槌によって叩かれた木から白煙が上がり、木が消えると、薪のような形に変化した木材が地面にドロップされた。

「おぉ、変化した。これはゲームと同じだな。となると、地面は……」

木槌を地面に振り下ろす。ドンッドンッ！　ボフッ‼

白煙と共に土色の立方体が地面から飛び出し、叩いた部分が空洞化していた。

「マジで『クリエイト・ワールド』と同じかよ。だったら、石も叩いてみるか」

さらに確認作業をするために、近くに飛び出ていた拳大《こぶし》の石に木槌を振り下ろす。ドンッドンッ！　ボフッ‼

白煙が消え去ると、丸い石に変化して地面にドロップされていた。生成された3つの素材をインベントリにしまい込む。

＞木材を入手しました。
＞土を入手しました。
＞石を入手しました。

素材が充足されたことで、ビルダーLVの低い序盤でもいろいろな物が作れるようになったと思われる。チェックのために、ステータス画面を開いてみた。

ツクル　種族：人族　年齢：23歳　職業：ビルダー　ランク：新人
LV1
攻撃力：12　防御力：11　魔力：5　素早さ：7　賢さ：8

総攻撃力：22　総防御力：13　総魔力：5　総魔防：8
解放レシピ数：30
装備　右手：木槌（攻：＋10）　左手：なし　上半身：布の服（防：＋1）　下半身：布のズボン（防：＋1）　腕：なし　頭：なし　アクセサリー1：なし　アクセサリー2：なし

うむ、ドノーマルなビルダーでした。本当にありがとうございます。

チート能力があるかもとか思った俺をぶん殴ってくれるステータスでした。でもまあ、ゲームの知識さえあればどうにかなると思われるので気にしないでおこう。手っ取り早く魔物を倒してLVを上げていくのもいいが、せっかくの転生なので、ゆっくりと地道に開発していくのも悪くない。風雨をしのぐ場所はあるから、まずは食料と水の自給体制の確立が緊急の課題だな。そのためには、まず魔物を狩って食材や素材を集めなければならない。武器が必要だ。

早速、武器を製造するための作業台を生成することにした。解放されたレシピ（アイテムに関する情報がまとめられたもの）の中から石の作業台を選択する。


【石の作業台】……石器武器・道具を製造可能。消費素材／石：7、木材：7

ポップアップで表示された素材を集めるために、小屋の近隣の石と木を木槌で叩き回っていく。集め終わると、素材が足りずに灰色だった【石の作業台】の表示文字が白く変わった。よし、これで作れる。ポップアップされた画面に意識を集中すると、ボフンッと白煙が上がり、小屋の前に石製のテーブルのような作業台が現れていた。

「やはり、ゲームと同じ仕様か……。ならば、序盤はウサギちゃんや牛ちゃん狩りだな。序盤の皮素材は貴重品だ。うまくすれば肉もゲットできるはず。そのためには、まず【石の剣】と【石の弓】を作らねば。あと【石の矢】もいるなぁ」

必要な物が決まったので、素材の量を確かめるために各レシピを確認する。

【石の剣】……攻撃力＋20　付属効果：なし。消費素材／石：5、棒：3
【石の弓】……攻撃力＋10　付属効果：なし。消費素材／石：3、木材：2、つる草：1
【石の矢】……攻撃力＋5　付属効果：なし。消費素材／石：1、棒：3

必要な素材を確認し終えると、小屋の近場を探索して素材集めに取りかかる。

【石】、【木材】は既に十分持っているので、地面に落ちた枝を叩くと出る【棒】と、崖の近くに自生している【つる草】を入手した。そして、作業台で武器の製造を始める。

【石の作業台】の時と同じようにポップアップされた画面を意識すると、白煙が上がり、３種の武器が完成していた。ふむ。これで少し遠出ができるな。余った【木材】で木槌を大量に製造しておこう。消耗品だからたくさん持っておかないと、いざという時に叩いて素材化できないからな。準備を怠らずにやっておくべきだ。

木槌を製造していると、腹の方からクゥウ～という音が鳴る。作業台製作から武器製造までを一気に行ったため、知らぬ間に空腹になっていたようだ。インベントリからモモノ実を取り出して食べる。甘い果汁が口内を潤すと同時に、お腹が膨れていった。

「美味いなぁ……早いところ自給できるようになりたいが……今のところは落ちている実を拾い集めるしかないか」

小屋の近隣を歩き回っていると、不意に人の声らしきものが崖の上から聞こえてきた。

「誰かぁ～！　誰かいませんかぁ～！　殺されそうなので助けてください～！」

助けてという割に、妙にゆったりとした若い女性の声がした。だが、助けてと言われて助けないわけにはいかないので、土ブロックを崖にくっつけて階段を作成していき、一気に崖の上まで登っていく。声の主は黒い大きな帽子と、黒服をまとった若い女性だった。金色のウェーブがかかった髪が、少女らしい幼さを残す顔とのアンバランスさを際立たせて、不思議な魅力を感じさせる。身長が低かったので幼い少女かと思ったが、黒服の胸の部分を押し上げている塊の大きさは、大人の女性に匹敵、いやそれ以上の隆起を見せていた。

これはフラグというやつだろうか？　この場面を華麗に乗り切り、女の子を救出すると、もれなくお付き合いできるという伝説の恋愛フラグというものか。だが、そんなイベントは『クリエイト・ワールド』では経験したことがない。

どうしようか逡巡《しゅんじゅん》している間に、金髪の少女がゴブリンに取り囲まれていた。こちらの存在に気付いて、縋《すが》るような目で助けを求めてくる。

「そこのお兄さん！　頼みます！　助けてくれませんか～！」

可憐な少女に縋るような眼で見られては、見殺しにするわけにもいかず、【石の剣】を手にして少女の周りを囲んでいたゴブリンたちを攻撃していく。ズバッ、ズバッ、ズバンッ！

我ながら見事な剣さばきでゴブリンたちを退治すると、倒されたゴブリンから【ゴブリンの骨】と【魔結晶】がドロップしていた。前者は序盤で重宝する簡易トラップ【落とし穴】が製造でき、後者は自立行動ができるゴーレムを製造できるようになる。ドロップ品にニマニマしている俺を見た少女は、あまりに手早く魔物を仕留めたからか、呆気に取られていた。

＞ゴブリンの骨を入手しました。

＞魔結晶を入手しました。


ドロップした骨と魔結晶をインベントリにしまいつつ、少女に話しかける。

「大丈夫？」

「助かりましたわ〜。うち、魔王様に命を狙われて本当に死んでしまうところだった……。ありがとう。本当にありがとうございます。ところで、お兄さんの名前は？」

妙にゆっくりした喋り方をすると思ったが、洋風な出で立ちの少女が使う言葉は不思議な魅力に溢れていた。

「創、村上創だよ。君の名前は？」

「う、うちはルシア・カバーサと申します。本当にありがとうございます〜。レッツェンに住んでいたんですけど、おばあさんが亡くなってしまい、ちょっとした失敗をして街を追放されてしまったんです。行くあてもなく彷徨《さまよ》っていたら、魔王軍に取り囲まれてしまって、殺されるかと思いました」

ルシアと名乗った少女は、頭に被っていた黒い帽子を取り、頭を下げてお礼をした。その頭にはモフモフの毛に覆われた尖り気味の三角の耳、通称、狐耳がピンと立って生えていた。自分が望んでいた異世界に転生したしたことで、気持ちが浮ついていたこともあり、つい魔が差

して一生懸命にお礼を言うルシアの狐耳を無断で揉んでしまった。

「あっ、そんなことはダメです。あふぅ、そんなに激しく揉まれたら、気持ちよくなってしまいます～。あぁ、あぅん」

狐耳を揉まれて身をよじらせるように喘ぐルシアの姿に、男としてグッとくるものがあったが、助けた少女に襲いかかるのは道徳的に許されることではない。もう少しだけ悶えさせたかったが、これ以上は自分が犯罪者になったような気がするので、ルシアの耳から手を放した。

「すまない。つい魔が差した。深い意図はないんだ。気を悪くしたら申し訳なかったです」

少しだけ上気して顔を赤らめていたルシアが、翡翠《ひすい》色の美しい眼をパッチリと開き、上目遣いで呟いてくる。

「助けてくれたお兄さんなら、もう少しだけ触らせてあげてもよかったんだけど……でも、女の子の耳は勝手に触っちゃダメですよ～。うちはレッツェンの街からの追放者だし、魔王様から命を狙われている子だから問題はありませんけど～」

ヤバイ。この子は最強にカワイイ！　こんな子に毎朝『お兄さん、朝ですよ～。起きてください～』とか起こされたら、マジ天国なんだけどっ！！！　転生前は、いつもスマホのアラームだけだったからなぁ。せっかく異世界に転生したんだから、こんなカワイイ子に起こしてもらいたい。異世界で最初に出会った住人が、超絶にカワイイ狐娘だったことで、興奮を抑え切れない自分がいた。

『クリエイト・ワールド』にも住民キャラこそいたものの、世界構築に処理パワーを取られていて、登場人物の3Dモデリングは最小限に抑えられていたのだ。この世界にルシアのように見目麗《みめうるわ》しい美少女が住んでいるのであれば、あのインチキ女神様に感謝の祈りを捧げてもいいかもしれない。ただ、超絶綺麗な狐娘さんが魔王に命を狙われているというのは、聞き捨てならない話だった。

「お兄さん？　まさか、うちが追放者だと知ってドン引きしてます～？」

ピンと立っていた狐耳を伏せて、ルシアが不安そうな顔でこちらを見ている。

それにしても、カワイイっ‼　ルシアたん、カワイイおぉ！！！　もう、あの小屋にお持ち帰りして、一日中、狐耳をモフりまくりてぇえええ‼　いい年のおっさんが言うと犯罪臭がするけど、今の俺の正直な気持ちだ。脳内では、一日中、狐耳をモフられて、あられもない姿になったルシアの妄想が膨らんでいく。

「お兄さん？　聞いてます？　うちは追放者で、魔王様に命を狙われているんですけど……」

あらぬ妄想をしていた俺の目の前に、急にルシアの綺麗な瞳が飛び込んできた。その眼に覗き込まれ、瞳に映った自分を見た時にふと我に返った。

「ひゃいっ‼　決してやましいことは考えてませんっ‼　ルシアさんの狐耳は素敵ですっ！

いた。

妄想に耽っていたところを、ルシアに覗き込まれて焦ったため、しどろもどろな回答をして
以上、終わりっ！」

クゥウウウ～～。一瞬の静寂が訪れて、誰かの腹の虫が鳴った。自分の腹が鳴った感覚はなかったので、鳴ったのはルシアのお腹だと思われる。

「恥ずかしい。お兄さんにお腹の音を聞かれてしまった～。うち、恥ずかしいわ～」

「ル、ルシアさん、モモノ実でよければ差し上げますよ。今日のおかずは、これから手に入ればいいかと思うんでね」

お腹が空いているらしいルシアの目の前に、手持ちのモモノ実を差し出す。クゥキュルルル～。俺が差し出したモモノ実を凝視していたルシアの腹が再び鳴った。

「うち、この3日間、ほとんど何も食べてないんです～」

ルシアは差し出されたモモノ実を受け取ると、ものすごい勢いで食べ始めていた。

「あぁ、美味しい。モモノ実がこんなに美味しいものとは思わなかったわ。料理人のおばあさんが言っていたけど、『空腹が最高の調味料』って本当だったんだ……。それにしてもお兄さん、食べているところをそんなに見つめられたら、恥ずかしいわ～」

相当お腹が空いていたようで、一気にモモノ実を平らげたルシアが、口に付いた果肉を指で

取って大事そうに口に運んでいた。実にエッチな姿である。もう、完全にモンスター級のエロさである。ルシアがもっと食べたいと言えば、喜んで残りのモモノ実を差し出すだろうし、残りの食料も差し出してしまうかもしれない。完全にルシアの愛らしさとエロさに魅了され、何とか一緒に生活できないかと、黒い欲望の塊が自身を突き動かしていく。

崖の上で助けた狐耳の美少女に心を一瞬で奪われ、『ビルダー』として世界最高の都市を創造しようとしていた決意は、目の前の美少女とマッタリ暮らすのも悪くないなという考えに傾き始めていた。

「ルシアさんはレッツェンからの追放者だと言っていたけど、住む所はあるの？　生活はしていける？」

「お兄さん、この魔物が跋扈《ばっこ》する世界で追放者というのは、死を宣告された者と同じです～。うちは住む所もなければ、生活していく基盤もなくしてしまいましたから、あとはひたすらに死を待つ存在ですよ」

ルシアが急に元気をなくして地面に顔を伏せていた。彼女は追放者だと言っていたが、何の罪で街を追放されたのだろうか。

「追放者って、ルシアさんは街で何か悪いことしたの？」

「実は、うちが生まれた時から持っていた【建造物破壊】という魔術が魔王様の忌み嫌うもので、両親が王都から命を賭けて連れ出してくれたけど、うちをおばあさんに預けたあと、すぐに死んでしまったんです。それ以降はレッツェンの実力者だったおばあさんの所で、店の手伝いとかして暮らしてました。おばあさんが亡くなって店を畳むと、お金が必要になって……。【建造物破壊】の魔術書を作ろうとしたら、暴走した魔術によって城壁をぶっ壊してしてしまったんです～。それで、偉い人にすごく怒られて、死刑に等しい追放者にされてしまったんですよ～。酷いと思いませんかぁ～？」

「城壁破壊ですか……追放されてもおかしくない……。建造物を破壊するのはとても悪いことなので」

ルシアには悪いが、物を作り上げるのに喜びを見出す『ビルダー』としては、建造物の破壊は追放されてもおかしくない罪だと思った。人様が作った物を破壊するのはいけないことだ。作った物を破壊されるのが一番頭にくる。だが、ルシアに限ってはカワイイから許す。カワイイは正義なのだ。もし、ルシアが俺の作った物を壊しても怒らない。今、そう決めた。

「ルシアさんの事情は分かりました。もし、行くあてがないなら、俺の所で住みませんか？早急に別の小屋を作りますんで、雨露をしのぐことぐらいはできますよ」

申し出を受けたルシアが、ウルウルと瞳に涙を溜めて上目遣いをしてくる。その姿は、俺のツボを突いてしまっていた。これはダメだ。強烈すぎる……もうルシアたんの言いなりになりそうだ。可愛すぎる。

「お兄さん……本当に、本当に一緒に住んでいいんですか？　その……うち、けっこうご飯いっぱい食べちゃいますよ。こんなに街から外れた辺鄙《へんぴ》な場所で、食料の調達とか大丈夫ですか～？」

「ああ、大丈夫さ。俺は『ビルダー』だからね。大半の物は自作できるし、農地を開墾すれば食料も自給できる目処は立っているよ。しばらくは狩猟で獲る肉とモモノ実だけどね。ルシアさんが食いしん坊でもなんとかやっていけますよ」

「ツクル兄さんは『ビルダー』でしたか……ええっ‼　『ビルダー』⁉　素材から物が自由に作り出せるという伝説の職業ですよね～⁉」

「伝説？　そうなの？　よく分からないけど、物を作り出す能力はあるよ」

そう言って、背中から木槌を取り出して地面を叩く。ドンッドンッ！　ボフッ！　目の前に穴が開き、ルシアの前に土のブロックが生成される。

「すごい～！　本当に『ビルダー』って存在してたんですねぇ……そ、それなら、安心してご厄介になれそうですわ～。ツクル兄さん、不束者《ふつつかもの》ですが、今日からお世話になります～。いろいろとお手伝いできることがあれば、うちに遠慮なく申し付けてください！」

ルシアがキチンと正座して姿勢を正し、三つ指をついて頭を下げていた。頭を下げたルシアの大きなおっぱいが腕によって行き場をなくし、より強調された格好になっている。ルシアたん……素晴らしい……ブラボー‼　見目麗しい狐娘だけでもサイコーなのに、おっぱいまでデカイだなんて……。ルシアたんを追放してくれた街の偉い人には勲章を贈らねば。

「あ、あああぁ。ルシアさんも困ったことがあれば遠慮せずに申し出てくれ。素材さえあれば、大半の物は作り出せるはずだからね」

「ツクル兄さん、素敵。頼りになるわ～」

> 魔術師ルシアが仲間になりました。

急に目の前にポップアップ画面が現れ、ルシアが仲間になったことを表示した。

『クリエイト・ワールド』では、放浪者であるＮＰＣを自らが作った街に招待して仲間にするシステムがあった。これによって街が成長していき、より多くの放浪者が集まると国となって、新たな国家を樹立できる仕様となっている。今回のポップアップ画面は、そのシステムが作動したものと思われた。ルシアたん、ゲットぉ‼　これで一緒に行動することができるな。魔術師らしいけど、ステータスを見てみるか。

ルシア・カバーサ　種族：妖狐族　年齢：18歳　職業：魔術師　ランク：新人
LV2
攻撃力：8　防御力：9　魔力：20　素早さ：6　賢さ：18
総攻撃力：8　総防御力：12　総魔力：20　総魔防：18
使用魔術：火炎の矢（魔力：＋10　火属性）　建造物破壊（魔力：＋?・?　?・?・属性）
装備　右手：なし　左手：なし　上半身：追放者の服（防：＋1）　下半身：追放者のズボン（防：＋1）　腕：なし　頭：追放者の帽子（防：＋1）　アクセサリー1：なし　アクセサリー2：なし

ルシアのステータスを確認すると、年齢は18歳だった。主に顔立ちが幼いのと、身長が低いのを除けば、納得の年齢だ。基本能力は素人に毛が生えた程度の能力だが、使用魔術欄に燦然《さんぜん》と輝く【建造物破壊】の魔術が不穏さを感じさせる。だが、ルシアたんはカワイイのだ。きっと、魔術を放とうとしてズルッと転倒し、建造物を破壊しても怒ったりはしないだろう。心で血の涙を流しつつ、笑顔でルシアたんのほっぺをひっぱり、『痛い〜、ツクル兄さん、ごめんなさい〜』と言われたら許してしまうことは間違いなかった。

オレは、思わずうなり声を上げていた。魔王城の最上階にある寝室のモニターに映し出された輝点の位置を見て、イクリプスの送り込んだ新たなビルダーが、未開地域に近い無人地帯に転生していることが分かったからだ。さすがに、最果ての村を越えた無人地帯までは魔王軍を配置していなかった。

◆◇◆◇◆

一番近くに駐屯する魔王軍の拠点は、ラストサン砦を統括するイルファ・ベランザール。彼女は竜人族という稀有な戦闘力を秘めた名門種族の一門に属していたため、側近として採用したが、何をやらせても失敗ばかり。ポンコツ認定して、窓際の名誉職に近いラストサン砦の守将のポストに左遷していた。

そのポンコツ貴族に一抹の不安を覚えながらも、通信結晶を使ってラストサン砦を呼び出した。数秒後、モニター上に映し出されたのは、ぱっつんと切り揃えられた前髪と、お尻まで垂れた長い黒髪が印象的な妙齢の女性。吊り目気味の赤い瞳で、恨みがましくギロリと睨んでいる。派手で露出度の高い服に包まれた身体つきは、男の眼を楽しませるようになっているが、本人はそういった視線にさらされることを嫌っている様子だった。

「こ、これは魔王陛下。こんな遠く離れた辺境に打ち捨てられたアタシを呼び出して、何の用です？」

竜人族の女が舐めた口をきいてきたので、無言でギロリと睨みつけてやった。すると、オレからの視線を受けたイルファが驚いて身を震わせている。

「随分と舐めた口をきくようになったな。絶大な武力を誇る竜人族の一門とはいえ、舐めていると首をはねるぞ」

「ひっ⁉　こ、これは失礼いたしました。こ、今回はアタシに何用でしょうか？　はっ！　まさか、さらに僻地の勤務地に飛ばされるのですか？　それだけはご勘弁を！　この地ですら王都から数カ月もかかるのに、これ以上どこに行けと言われるので！」

イルファは自分がさらに僻地へ飛ばされるのを警戒しているようだが、ラストサン砦以上に僻地にある任地は他にない。イルファの心配は杞憂《きゆう》である。

「人の話を聞け。お前に一つ仕事をくれてやる。その仕事を首尾よく行えば、中央への返り咲きを考えてやらんこともない。お前もそんな辺境で一生を終わりたくないだろうが」

不機嫌そうだったイルファの顔に笑みが浮かんだ。こういった軽薄な行為がこの女の無能たる所以《ゆえん》なのだが、本人はそれに気付いていない。どうせ一度ポンコツ認定した使い捨ての人材なので、オレの口からそのことを伝えてやる必要はない。

「お前への仕事は『転生ビルダー』狩りだ。最近、お前の守備する近郊に転生ビルダーが現れた。そいつを捜し出して首を挙げれば、中央の軍司令官の職を与えて栄転させてやる。確実に首を挙げるのだ。分かったな」

「はっ、魔王陛下より賜《たまわ》りし依頼を、見事完遂してみせます。では、早速捜索へ入りたいと思います」

イルファは礼を失しているようで、慌ただしく通信を切った。オレ自身で転生ビルダーの首を挙げられればいいが、最近は魔王城の居室から出ることがないので、筋肉がやせ衰えており、動けるようになるまでは今しばらく時間がかかりそうだった。それに転生したビルダーの実力も未知数であるため、イルファの軍だけで事足りる可能性もある。そんなことを思いながら、手にしていた通信結晶をテーブルの上に放り投げた。

◆◇◆◇◆

草原の中をルシアと歩いていると、目の前の草むらが不意に揺れて、ウサギの魔物が飛び出してきた。俺は咄嗟に石の剣を構える。

「ツクル兄さん、危ない～！」

チッ。ルシアが放った魔術で作られた火炎の矢が、目の前のウサギの魔物を焼き尽くしていた。

「ふぅ〜〜。危ないところでしたなぁ〜。不意を突かれなければ、ウサちゃんも案外簡単に狩れますね……」

主にこっちの身が危ない。君の放った魔術がかすった揉み上げが少しだけ焦げているのだよ。

俺はルシアの魔術によって犠牲となり、チリチリに焦げてしまった揉み上げをさすっていた。

「あら、ツクル兄さん、揉み上げが焦げてしまって……。ごめんなさい」

ルシアがチリチリになった揉み上げを指でなぞって謝罪してきた。ルシアたんのためなら、揉み上げの1つや2つは焦げてもオールオッケー、ノープロブレムだ。カワイイは正義。できることなら、謝罪の代わりにルシアたんの狐耳をモフりたいが、あまりやって逃げられでもしたら、立ち直れないほどのダメージを負いそうなので、頭をポンポンするだけに留めておいた。

「ルシアさんは意外と強いね。この角ウサギは序盤では結構強い敵なのだけど、一撃で燃やしちゃうなんてすごいよ」

俺は街を追放されたルシアを仲間に加え、さらなる食材の調達と素材収集を続けていたのだ。

「そんなに褒められたら、照れてしまいます〜。魔術の発動体である杖があれば、もっと威力を出せるんですけどね〜。追放された時に財産といえる物は全部取り上げられてしまったから……」

申し訳なさそうに、空の手を見ているルシアに不憫さを感じた俺は、ある提案を持ちかけてみた。

「そうだ。どうせならルシアさんの杖も作っちゃいましょう。確か、もう少し奥の森に行けば【樫《かし》の古木】をドロップする敵がいたはず。俺とルシアさんなら余裕で退治できますよ」

「本当？　本当に【樫の杖】を作れるの？　欲しいけど、うちはワガママを言ったらいけないし……」

「問題ないよ。食料と当座に必要な素材はだいぶ収集できたから、ルシアさんの杖を作ろうよ」

遠慮を見せるルシアの手を引き、目的の素材をドロップする【さまよう木】がいる霧の大森林へと歩き出していった。

霧の大森林は、その名の通り、常時霧に覆われた森林地帯だ。『通り抜けようとする者を間違った方向へ導いて森の中で遭難させ、木々の栄養にしている』とゲームの設定集には書かれていた記憶がある。確かにミルクのように濃密な霧が立ち込めており、隣にいるはずのルシアの顔さえも見えないほどであった。意外と霧が濃いな。ゲームの時はそれほど感じなかったが……。濃い霧に包み込まれたことで、はぐれないようにとルシアが腕を絡ませてきた。

「ツクル兄さん……何か霧が濃くて怖いです……一人にされたら怖いから、腕を放さないでくれますか～。本当に一人にされたら怖いわ～」

ルシアは霧に包まれたことで不安を感じており、腕を絡ませただけではなく、身体も密着させる。ポヨン、ポヨン。歩く度にルシアの大きな胸の膨らみが、二の腕に至福の感触を伝えてきた。あぁ、生きていてよかった。ルシアたん……サイコー。この感触があれば、あと10年は戦える。

「だ、大丈夫。ここも敵はそんなに強くないし、【樫の古木】を3つ手に入れたら小屋に帰るから」

「ツクル兄さんにお任せします。うちをこの森に置いていかないで」

ルシアは不安そうな声音で、絡ませた腕にギュと力を込めた。カワイイ。今すぐに小屋にお持ち帰りして、ルシアたんの狐耳を猛烈にモフりたいっ！　だが、お楽しみは取っておくべきだ。クールになれ。焦れば大魚を逃すことになる。クールに知的に、ルシアたんを攻略していくのだ。

「俺がルシアさんを置いていくわけがないでしょう。大丈夫、すぐに敵を退治してみせます……ブホッ！」

「きゃあっ！」

ルシアを励ましながら歩いていたら、突如として壁のような物にぶつかり、勢い余ってルシアと一緒に転倒してしまった。ふにょん、ふにょん。転倒したことで地面に身体をぶつけるかと思ったが、とても柔らかい物体が顔面を地面に強打する危機から救ってくれていた。心なしか、ドクドクと大きな鼓動が聞こえる。

「ツクル兄さん⁉　そんなところに顔を置かれたら、うちは恥ずかしくて死にそうになるんですけど～。早く、顔をどけてもらえませんか？」

ルシアの肌からはいい匂いが発散していて、鼻孔から入った匂いが脳を揺さぶってくる。あぁ……ずっと嗅いでいられるなぁ……なんでこんないい匂いがするんだろう。

「ツクル兄さん！　敵が来ていますから！　しっかりして！」

「ご、ごめんっ！　悪気はないんだっ！　事故だよ、事故。よ、よし。敵の攻撃は俺が引き受けるから、ルシアさんは魔術で援護してくれると助かる」

ルシアのおっぱいに埋もれていた顔を名残惜しく引き出すと、さまよう木に向かって石の剣で挑みかかっていく。

「外でこんなことをしたらダメですよ～。お部屋の中でなら考えてもいいけど……でも、そんなことをしていいのは、ツクル兄さんだけだからね……」

最後の方はゴニョゴニョして聞き取れなかったが、部屋の中でならおっぱいの匂いを嗅いでいいと知覚した脳が、一気にアドレナリンを放出して猛烈なやる気を発揮する。

「うぉぉおおぉっ‼　ファイトーーー‼　おっぱーーーいっ‼」

ズビシュッ！　さまよう木に当たった石の剣から、会心の一撃のような手ごたえが返ってくる。見事に身体を横に両断されたさまよう木が地面に倒れると、白煙が上がり、古臭いごつごつとした木材に早変わりした。

「本当にツクル兄さんは、本能に忠実な方だわ〜。男の方だからしょうがないのかしら……」

「ふぅうううっ‼」

おっぱいのおかげで、アドレナリンが放出されまくっている。

1体のさまよう木を倒したことで、周りにいたさまよう木たちが一斉に動き出してこちらに向かってきた。

おっぱい、おっぱい、おっぱーーーーいっ！　ズビシュッ！　ズビシュッ！　ズビシュッ！

驚くべきアドレナリンパワーで3連続の会心の一撃が決まる。こちらに向かってきていたさまよう木たちは、なすすべなく素材にされてしまった。

「あら、このままだと、うちの出番はなさそうな気がしますね……魔力を温存できて嬉しいですけど」

「ふぅ、ふぅ、ふぅ……ざっとこんなものさっ！　大丈夫って言ったでしょ。さぁ、早く【樫の古木】を拾って……」

ドロップ品の【樫の古木】を拾おうとしたら、身体が光に包まれた。

＞LVアップしました。

レベルアップしたことで、能力値が少し上昇していた。

LV1↓2
攻撃力：12↓16　防御力：11↓15　魔力：5↓7　素早さ：7↓9　賢さ：8↓10

「おめでとうございます。ツクル兄さんがレベルアップしたんで、今日はお祝いしないと～。そうだ、今日だけ特別に一緒に添い寝してあげましょうか～？」

唐突なルシアの申し出に、アドレナリン中毒になりかけていた脳がパニックを起こす。ふぁっ⁉　そ、添い寝だと。ど、どどうしようっ！　心の準備がぁ！　ルシアの発言により一気に挙動不審者になった。完全に動揺を表に出してしまっている。慌てるな、俺！　冷静に！クールな大人の対応をするんだ。『フッ、ルシアさんにはまだちょっと早いよ』と気障なセリフで軽く受け流すのが大人の男。

「ぜ、ぜひ、ど、どど、同衾《どうきん》していただけるとありがたしっ！」

口が、脳からの指令に反逆した。しかも、ドモったうえに、なぜか武士言葉という醜態つきだ。ルシアも冗談で言ったらしく、こちらが本気に取るとは思っていなかったようだ。おかげで2人して顔を真っ赤にして硬直している。先に硬直を解いたのはルシアの方で、耳元に近づくと囁《ささや》くような声で言った。

「ツクル兄さん……うちと同衾するのは、もう少しお互いを知ってからにしましょう。うちもツクル兄さんのことは嫌いじゃありません。もう少しだけ時間をくれるとありがたいの……」

ルシアのカワイイお願いで頭のネジが吹き飛び、煙が噴き出してオーバーヒートしてしまった。

霧の大森林では、ルシアに心をがっちりと鷲掴みにされてメロメロになってしまったが、何とか無事に拠点となる小屋まで帰ってくることができた。ルシアも自分の言ったことが、結構恥ずかしかったと理解したようで、帰りの道のりはちょっとだけ距離が開いていたが、チラチラとこちらに視線を向けることが多かった。

……これは、俺が耐えられねえかもしれんな。出会って1日で朝チュンまで済ませてしまっては、全国1000万のルシアたんファンに申し訳が立たない。ここは、男として意地を貫き通して、断固朝チュンは回避せねば。

「ここがツクル兄さんのお家ですか？　こんな僻地によく一人で住んでいますね。夜は魔物が襲ってきませんか？」

ルシアは崖を背に立っている掘っ立て小屋を見て、心配そうな顔をした。ゲームでは、夜になると魔物の活動が活発になり、自分が作った街に押し寄せてくることもある。ルシアがそういった敵の存在を気にしているということは、この世界でも同じようなことが繰り広げられているのだろう。

「大丈夫。とりあえず今から防壁作るから、ルシアさんは小屋の中の焚き火で【石鍋】を使ってウサギ肉を焼いてもらっていいかい？　料理できるよね？」

「調味料がないから、そこまで美味しい物は作れませんが……焼くくらいはできますよ」

「大丈夫！　【塩】は今から生成するよ」

素材収集中に岩塩らしき岩肌を見つけて、木槌で岩塩ブロックを手に入れていた。その岩塩ブロックを木槌でもう一度叩く。

> 岩塩ブロックを精製しますか？　YES／NO

『ＹＥＳ』を選択する。ボフッ！　地面にあった岩塩ブロックが消えると、布袋に入った塩が飛び出してきた。確認のため、袋の中の白い粉を舐めてみる。間違って違う白い粉だと非常に困るので、味見だけはしておいた。しょっぱー。うん、これはちゃんとした塩だ。問題なし。ビルダーの塩の生成を見たルシアが、ぽかんとした顔でこちらを見ている。目の前で手を上下に振ったが、ピクリともまぶたが動かなかった。

あれ？　この世界って、こうやって物を生産するのが基本じゃないの？　まさか、特殊な生産方法だったとか……。

「あ、あのぅ……ルシアさん……おーい、ルシアさん。帰ってきてー」

「はくぅうんっ！　しょっぱー。いったいどうなっているんですか～？　白いブロックが【塩】に変わるなんて。こんなの初めて見せてもらったわ～。ツクル兄さんが、大丈夫って言ってた意味がよく分かった。本当にすごいわ～」

目をぱちくりさせて帰ってきたルシアが、精製された塩を手に取って味見をしていた。

「もしかして、この方法ってビルダーだけの特殊な生産方法だった？」

気になってしまったので、街に住んでいたことのあるルシアに尋ねた。

「そうですねぇ。普通は岩塩を切り出したあとの塊を金槌と金床で細かく砕いて使うのが一般的ですよ。こんな方法で短時間に精製されることなんてありません。やはりビルダーの力はすごいですねぇ～」

ルシアはビルダーの力を持つ俺に尊敬の視線を向けてきた。ルシアの反応を見て、この世界におけるビルダーはチートな職業なのかもしれないと少しだけ思ってしまった。となると、この転生はかなりお買い得だったかもしれない。好きなゲームの世界で自由に世界を創造する力を得て、カワイイ狐娘の同居人まで用意してくれたのだから。

「そうか……。ありがとう、勉強になった」

「あれ、ツクル兄さんは街に行かれたことないんですか？　今までここに一人で暮らしていたんですか？」

ルシアの質問に自分が転生者だと明かしていいのか、判断に迷ってしまった。転生してこの地にいることを伝えれば、狂人と思われてルシアが逃げ出してしまうかもしれないからだ。咄嗟に言い訳を考える。

「あー、実は一部の記憶が欠落してしまっていてね。この世界の常識が分からなくなってしまっているのさ。ルシアさんと出会った時に不用意に狐耳を揉んでしまったのは、そういう理由があったからなんだよ」

この世界における常識的なことが分からない理由を、記憶の一部が欠落していることにして、ついでに、出会った時にルシアに行った破廉恥行為の言い訳を考え出した。マジで俺は天才かもしれない。これで、ルシアたんは俺に疑いを持たないはず。そうなれば、ルシアたんとの同棲ウハウハ生活が始まるのだ。妄想に耽っていたら頬にひんやりとした感触を感じた。ルシアが両手を当ててこちらを心配そうに覗き込んでいた。

「本当に記憶の一部がないのですか？　それはとても大変なことですよ。うちにできることがあれば、なんでも申し付けてください。うちはツクル兄さんの同居人になるんですからね」

心配そうに見つめるルシアの翡翠色の瞳は少しウルウルと潤んでいて、本当に心配してくれているようだった。はうぅうぐぅう‼　ごめんよ！　ごめんよ！　ルシアたんに転生者だって打ち明けられなくって、ごめんっ‼　絶対にいつか必ず本当のことを伝えるから……。今はごめん……。本気で心配してくれているルシアに心の中で謝っていた。

「ありがとう、助かるよ。さて、【塩】も用意できたし、ルシアさんには夕食の支度を任せるよ。俺は夜までに魔物用の防壁を作るから」

「はい、任せてください。腕によりをかけた夕食を作りますね」

インベントリから出した狩猟成果のウサギ肉と食用キノコをルシアに渡すと、彼女は鼻歌を歌いながら小屋の中にある焚き火を使い、石鍋で調理を始めた。料理を始めたルシアからすぐに【石包丁】が欲しいと言われたので、生成して渡してあげると、気分よく調理に戻っていった。

夕食ができるまでの間、夜間に魔物に侵入されないように、小屋の周囲40ｍほどを平らにし、一辺が１ｍある土のブロックを3段重ねて、３ｍの土の防壁を築く。防壁の外側には幅２ｍ、深さ５ｍの溝を掘っている。この溝には、あとで水を入れて水堀にする予定だ。

最後に、出入り口の扉を生成する。石の作業台で生成できる扉があるかどうかを調べると、木製の扉があった。

【木製の扉】……木材を補強してできた扉。耐久値：１２０。消費素材／木材：10、石：10、つる草：10

かなりの素材を消費するが、出入り口がないと、素材収集などで出かける際にいちいち防壁を壊すことになってしまう。その手間を考えれば、作っておいて損はない。木槌で叩くと、高さ２ｍ、幅２ｍの幅の木製の扉が現れた。重さは感じないので、片手で持って出入り口用の空間にはめ込む。ピッタリと隙間が埋まり、扉の開閉ができるようになった。

あとは、初心者大満足ツールで入手したゴーレム生成器を小屋の近くに設置し、手に入れた魔結晶と木材を使用して、素材収集用の自立型ゴーレムを数体製造した。使用した魔結晶がゴブリンの物であったので、それほど強くないが、この辺りの魔物には簡単には撃破されないくらいの耐久性を持ち合わせている。また、周囲の指定したアイテム素材を収集するように設定してあった。序盤でこのような楽ができると、最初期のしんどい収集作業を省略できるので、あの性格ブスの女神様にしてはいい仕事をしてくれた。

「よしっ！　今日の作業はここまでにしておこう。まぁまぁのできだな」

製造した木製ゴーレムたちを素材収集に送り出すと、小屋からルシアが出てきて夕食が完成したことを伝えにきた。

「あらまぁ！　ツクル兄さん、ちょっとした間に立派な物を作りましたね～」

完成した土の防壁を見たルシアは、驚きの声を上げていた。

「これぐらいしっかりしたものを作っておけば、この辺りの魔物は近寄れないからね。明日は、水場から水を引っ張る水路を作る予定だよ」

「ツクル兄さんは働き者ですね。じゃあ、明日の英気を養うために、今日の夕食はいっぱい食べてもらわないと。うちも腕によりをかけて作りましたからね～。美味しく食べてくれると嬉しいわぁ～」

ウキウキした顔でこちらを見ていたルシアの頭をポンポンと撫でてやる。セリフが新婚妻のそれと同じであった。水場の設置ができたら、ルシアに綺麗な服を作るための道具と素材収集に行くかな。エプロンドレスなんか着て、さっきのセリフを言われたら、辛抱たまらんなぁ……。

「ツクル兄さん？　どうかされました？　なんか真剣に考え込んでいるみたいですけど？」

「あぁ、何でもないよ。ルシアの調理していた匂いでお腹が鳴っていたところさ。楽しみだな」

ルシアが俺の手を引き、小屋に向かって2人で歩き出した。

小屋に戻ると、ルシアの作った夕食がテーブルに並んでいた。ウサギ肉と食用キノコを塩で煮込んだ簡単な料理だったが、作ってくれたルシアの愛情がタップリと注がれているため、転生前に食べていた食事の数倍は美味しく感じる。

「調味料が揃えば、もっと美味しく調理できますけど……。今はこれが限界です～」

食いしん坊だと言っていたルシアは、小さい身体のどこに収まるのか分からないほどの量を食べていた。それを見ていたこちらの様子に気付き、恥ずかしそうに上目遣いで言う。

「そんなにじっと見られると恥ずかしいです。ツクル兄さん、あんまり見ないでください。うちのご飯食べるところなんて、見てもしょうがないですよぉ～？」

「いやぁ、どれだけでも見ていられるね。ルシアさんは綺麗な食べ方をするから、見ているこっちが楽しくなってくるよ」

応急で作った箸を上手に使って、ルシアは煮込み料理を食べている。熱いためか、フーフーと冷ましてから食べているが、その冷ました料理をアーンしてくれたらいいなと思いながら見ていた。

「うちばっかり食べていたら、ツクル兄さんの分がなくなってしまうから、食べさせてあげましょうか～？　アーンしてくれます？」

「アーン」

ジッとルシアの食べるところを見ていたら、急にフーフーしたウサギ肉を口元に持ってきてくれた。差し出されたウサギ肉を口の中に入れる。口に入ったウサギ肉は自分で食べた時の数倍は美味しく、とろけそうだった。

「美味しいよ。ルシアさんの料理は最高だ。美味い。人生の中で一番美味い！」

「喜んでもらえてよかった。明日からの料理当番は全部うちが担当しますわ～」

「ああ、あの食材でこれだけ美味しい料理を作ってくれるなら、ぜひお願いしたいね。俺が作ると何か味気ない料理ができそうだし。ルシアさんの手料理なら何でも食べられるよ」

「もう、照れてしまいます～。ツクル兄さんは、うちのことを褒め過ぎですよ～」

ルシアは褒められたのが恥ずかしいのか、俺のお腹の辺りをポコポコと軽く叩いて照れていた。その姿にズキュンと心臓を撃ち抜かれてしまう。萌えるぅ……萌えてしまうぅ。ルシアたん……マジ天使。俺、このまま昇天しちゃうかもしれねぇ……。

ポンポンとお腹を叩かれる度に、小柄なルシアの身体をギュッと抱きしめたくなる衝動を抑えるのに苦労していた。はぅうぅ、ルシアたん。なんという、可愛らしさ……。

「ごめん、ちょっと外の空気を吸ってくるわ。ついでに俺の寝る場所も作ってくる。ルシアさんはこの小屋を使っていいよ」

「へ⁉　ツクル兄さんは、この小屋で寝てくれないのですか？　街を追放されてから、怖くて一人では眠れないんですっ！　添い寝はダメだけど、近くで寝てくれないんですか？」

俺のお腹をポコポコ叩いていたルシアが急に抱きついてきた。少しだけ、フルフルと身体を震わせている。

「うち一人で寝るのは、怖くて怖くてたまらないんです！　誰とも喋らないで、一人寂しく魔物に怯えて寝るのは、もう嫌！　ツクル兄さん、ワガママなうちの願いを聞いてくれませんか？」

腰にギュッと抱きついてきたルシアが、不安げな顔で見上げていた。その翡翠色の瞳の奥に恐怖と孤独を感じ取ったことで、ルシアのお願いを拒絶することができなくなってしまった。俺は抱きついているルシアの頭をワシャワシャと撫でてやる。

「承りました。ルシアさんの安眠は俺が守ることにしよう。だから、ルシアさんは俺に美味しいご飯を提供してくれるとありがたい。助け合いの精神でいこう」

「ふぇぇぇぇっ‼　ツクル兄さんが優しい人でよかったぁ。こんなにワガママなうちを許してくれるなんて……」

　追放されて何日間彷徨ったのか分からないが、灯りのない夜の暗闇はルシアに魔物の恐怖と孤独の辛さを植え付けたのだろう。俺のように今日会ったばかりの男にすら、抱きついて離れないというのは、相当にトラウマを抱えているに違いない。恐怖と孤独に怯えるルシアを見てしまったら、やましい気持ちは一切消え去り、純粋に彼女の安眠を守ってやりたいという欲求の方が強くなった。

「よし。添い寝はできないけど、ルシアさんが寝るまではこのまま一緒にいてあげるよ。安心して眠っていいよ。俺が絶対にルシアさんを守ってみせるからさ」

「ツクル兄さん……うちが起きてもこの小屋からいなくなっていませんよね？」

「ああ、大丈夫。ルシアさんさえよければずっと一緒にいていいよ」

「本当に？」

「本当さ。俺は多分嘘つかない」

「多分って何ですかそれ。ちゃんと約束してください。それと、うちのことはルシアと呼び捨てにしてくださいよ。さん付けは他人行儀に聞こえます。同居人なら家族も同然ですよね？」

「ああ、分かった。約束するよ。俺はルシアとずっと一緒にいるよ」

「本当に……ツクル兄さんは……すぅ、すぅ、すぅ」

夕食を食べてお腹が膨れ、屋根のある場所で寝られることに安堵したのか、ルシアは俺の腰にしがみついたまま寝落ちしてしまった。多分、1週間以上はまともな睡眠が取れていなかったものと思われる。早いところ寝具も作らないとな。まだ暖かいとはいえ、この格好で寝ていたら、いつ風邪を引くか分からない。大事なルシアが風邪でも引いたら……。

とりあえず、明日からの水路開削を終えたら、農園整備と鉱石掘りができる道具も揃えないと。男としてＭＹ同居人を苦労させるわけにはいかないからな。そんなことを考えているうちに、俺も初日の疲れが重なって倒れ込むように意識を失っていった。

◆◇◆◇◆

鬱蒼《うっそう》と茂った木や腰下ほどある下草が、私の周りを覆いつくしていた。周囲を見回してみるものの、人が通った形跡は全くない。人跡未踏とはこういった場所のことかもしれない。

目的の場所に到着したため、通信結晶を使い捜索本部へ連絡を入れる。

「これより第32捜索隊はＨフィールドの捜索を開始する。魔王様に栄光あれ！」

私は砦に駐留していたゴブリンやコボルトを数体引き連れて、南に広がる霧の大森林を抜けて、無人地帯と呼ばれている地域を駆けずり回っていた。こんなクソみたいな仕事でも、キチンとこなせば昇進できるらしいと砦の司令官が言っていたので、辺境生活を脱するために死にもの狂いで転生ビルダーと思《おぼ》しき者を捜索していたのだ。

だが、ここ数日間、捜索を続けているが、転生ビルダーが製作したと思われる建造物は見つかっていない。すでに時刻は真夜中に差しかかっているため、ゴブリンやコボルトたちは疲労を理由に、私の指示に反抗する気配を見せ始めている。そこで、野営の準備を始めさせていた時にソレは私たちの前に現れた。ソレは木でできた人形《にんぎょう》のようだったが、手には石製の剣を持ち、顔に当たる部分にある一つ目が赤い光を宿していた。その異形の姿にゾッとする感じを受けたが、剣を構えたまま動こうとはしないので、様子を見ることにした。しかし、それは私の判断ミスであったことを思い知る。一つ目を明滅させた木の木偶《でく》人形はありえないスピードで動くと、油断して座り込んでいたゴブリンの首を一発で斬り飛ばした。そして、息つく暇もなく、返す刀で動けずにいたコボルトの首も掻き切って絶命させる。一瞬にして2名の兵士を葬った木の木偶人形は、こちらに向き直ると、不気味な一つ目を明滅させていた。木偶人形がこちらに向かって走り寄ってくるのを視認したため、剣を抜いて防ごうとしたが、背後より別の木偶人形に貫かれ、私の命はここで尽きることとなった。

2章　鉱石掘り

チチチ……チュン、チュン……。鳥の鳴き声と、壁の隙間から差し込む日の光で目が覚めた。ただ、金縛りにあったように身体が固まっており、身動きが取れない。その状態に焦っていると、ふにょん、ふにょんと柔らかい感触が腰の辺りにした。目を開けて確認すると、やらかしました……全国1000万のルシアたんファンの方に刺殺される案件をやらかしてしまいましたよ。出会って1日で朝チュンをやらかしてしまいました……。でも、待ってください！　完全に不可抗力です。俺は触っていませんっ！　ですが、身体は正直です。だって男ですから。それも若い盛りの20代ですので、我慢しろという方が鬼畜というものでしょう。

「ふぁぁぁぁぁ……。う～ん……」

ルシアも目覚めたようだが、完全に寝ぼけているようだ。ゴソゴソと俺の服を脱がそうとすると、布団か何かと間違えて服の中に頭を入れ始めた。服の中に潜り込んだルシアの吐息が腹筋にかかる。

「ファ!?　ルシア！　あ、あぁあ！　そんなところに息を吹きかけちゃイカンよ。ファッ!?」

違うんです……誤解なんです。コレはその、ルシアたんから襲ってきているわけで、俺から手を出しているわけじゃないんですよ。その点だけ、ご理解いただけるとありがたい。

ふにょん、ふにょん。ちょうど腰の下に当たるルシアの双丘も一緒になって誘惑している。さらに寝ている間にズボンからはみ出したのか、ルシアのお尻の辺りからフサフサの毛に覆われたモフモフの尻尾が飛び出して、右に左にと揺れていた。狐耳だけじゃなかった。尻尾まであるとは……。何というポテンシャルを秘めている同居人なんだ。ダメだ。勝てる気がしねぇ……。

「ふうう……ファッ⁉　うち、ツクル兄さんと……あぁあっ！　ごめんなさい～！　うちも悪気はなかったんです～！」

俺の服の中で目覚めたルシアが、現状を認識してアワアワとして暴れていた。彼女が暴れる度にイケナイ感触が至るところを襲ってくる。

「あー、落ち着きたまえルシア君。暴れるほど、絡まり合ってしまうハメになる。ここは一旦落ち着こうじゃないか……」

「はぅ、あぁ……ツクル兄さん。これは、不可抗力で同衾とは違いますよね。だから、これはノーカウントにしておいて～。うち、ツクル兄さんにいやらしい女の子だと思われたくないんですぅ～」

まだ俺の服を頭に被ったままでいるのは、きっと恥ずかしくて顔が真っ赤になっているからだと思われる。

「了解しました。ルシアとの初めての同衾はなかったことにします。これでいいかい？」

「ツクル兄さんのイジワル～」

やっと服の中から顔を出してくれたルシアが、寝ぐせのついた髪のままポコポコとお腹を叩いてきた。今日もルシアは完璧にカワイイ。ルシア成分充填完了。これで、今日も俺は敵が何者であったとしても戦えるはず。目覚めの儀式を終えたから、いい加減に起きるとするか。

「ルシア、そろそろ起きようか。悪いけど、朝ご飯の準備をしてくれるかい？」

「はーい。その前にお水を汲んでこないと……」

「水汲みは俺が行ってくるよ。どうせ、水場からの地形の下見もしないといけないしね」

「なら、水汲みはツクル兄さんにお任せして、うちは朝ご飯の準備をさせてもらいます～」

「じゃあ、ちょっと汲んでくるね」

昨日生成した木製バケツを持って防壁の門の前に辿り着くと、そこには夜の間に集められた素材が集められていた。【枝】【石】【木材】【つる草】などの消耗品に加えて、少数の【魔結晶】や魔物素材が混ざっている。

「あれ？　鎧兜があるなぁ。誰かの落とし物でも拾ってきたのか？　でもここって無人地帯だったような……」

これらの戦利品はゴーレムたちが夜間お仕事をした成果であり、仕事を終えた彼らは生成器の近くで再充電中だ。そんな彼らの成果をインベントリにしまい、門を出て崖の上の方へ登っていく。そこから20mほど歩くと、幅2m程度の川が流れており、水量は十分にあった。バケツを使って水を汲み上げる。バフッ！

> きれいな水を入手しました。

手に入れた水はすぐさまインベントリに収納されてしまい、桶の中には残らなかった。俺が汲むとバケツに残らないとは……。でもまあ、重い物を持ち運ばなくていいのなら、それはそれでいいか。大量の水を手に入れることに成功したが、いちいちここまで汲みにくるのも面倒だし、やはり当初の計画通り、水路を引っ張る方が楽だな。

地形を確認すると、崖まではほぼ平らで一直線となっており、迂回させて水を引くより、崖から滝のように流す方が簡単で手間がないように思える。滝つぼのスペースを考えて、飲料水用とシャワー用に分けて作ればいいか。最終的には温泉を作りたいなぁ……。ルシアと一緒に、お風呂イベントをこなしたい……。滝つぼの温泉で一糸纏《まと》わぬルシアと一緒に酒を飲みながら、ゆったりと長風呂を楽しむのもいいかもしれない。

一旦小屋に帰り、ルシアに水を渡して一緒に朝食を食べたあと、本格的な工事に入ることにした。

「ツクル兄さん、気を付けてくださいね」

ルシアは朝食の後片付けを終えると、水路の開削工事の現場に顔を出してくれていた。既に木槌によって、崖上からの水を受ける滝つぼのスペースを掘り終えている。

「ああ、大丈夫さ。木槌さえあれば簡単に掘れるからね。とりあえず、小屋側が飲料水用、反対側は沐浴用の滝つぼのスペースにしてある。両方とも岩石ブロックを使って岩場にしてあるから足も汚れないしね。沐浴用は、将来的に【火山石】を入れて温泉にしようと思っているからさ。もちろん見えないように土壁も作ったから、ルシアも安心して入っていいよ」

「沐浴ですか⁉　それは本当に助かります。昨日は水で身体を拭きましたけど、やはり身体は洗いたいですからね。でも、あんまり覗いちゃいけませんよ。ちょっとだけならいいですけど……」

ルシアが両手を自分の頬に当てて恥ずかしそうに身をよじっていた。

なんですと⁉　ちょっとだけなら覗いていいと言いましたか……。ちょっとだけって、どれくらい？　崖の上から覗くのはオッケーなのか？　ルシアの発言に思わず持っていた木槌を落としそうになった。オッケー、クールにいこう。クールに対応してルシアとの信頼関係をもっと築いてから、覗きイベントを起こさないと……。覗きがバレて、ルシアの凍てつくような視線に晒されたら、転生人生が終了してしまう。俺はやればできる子。崇高なる目的のためには自制・自重を行える大人なんだ。

「……ルシアの沐浴を覗く奴がいたら、俺が速攻でぶっ叩いてやるよ。だから、安心してくれていいよ」

「そうですか〜。じゃあ、ツクル兄さんが入浴されている時に、うちがお背中を流すのは問題なさそうですね？」

ファッ!? なんと言いました。この娘は……。俺の背中を洗いたいと言った気がしたけど……。聞き間違いか？

「あー、ルシア君。女性が男性の背中を流すという行為は、家族または恋人関係にある者同士が行うものと、俺は理解しておるのだが……。同居人同士ではまずいのではないかね？」

ルシアがモジモジしながら、上目遣いを巧みに取り入れてチラチラとこちらの様子を窺《うかが》っている。その姿はギュッと抱きしめて、頬ずりしたいくらい可愛らしい表情をしていた。

「ツクル兄さんが嫌なら、この話はなかったことにしてもらっていいです。でも、うちはツクル兄さんの背中なら一生懸命に洗います。だって同居人は家族も同然ですから〜」

ファッーーー!? これは嫁宣言と受け取っていいのだろうか。家族同然に背中を洗ってくれるというならば、嫁になっていいよアピールと取っていいのか？　待て、早まるな。まだ、恋人宣言のつもりかもしれない。焦るな。このような精神攻撃に揺らいでいては、ルシアたんを釣り上げることはできない。ここは、耐える場面。抑えろ、煩悩。

「……ぜひとも背中を流していただけるとありがたしっ！」

ファッーーーーーーー!?　また、口の奴が脳を裏切りやがった‼　違う、違うんです。つい、出来心なんです。みんなのアイドルであるルシアたんを独り占めしようなんて気は……。俺からのしどろもどろな答えを聞いたルシアの顔が、パッと明るくなった。その顔をされると、今さら背中を洗うのはダメだとは言い出しづらい。

「それだったら、洗い布とシャボンも欲しいですね。作れますか～？」

「布は【綿花】、シャボンは【木灰】と【油脂】が必要だからね。材料自体は探せばあると思うよ。よし、それも作るものリストに入れておこう」

「ツクル兄さんは本当に頼りになる人だわ～」

喜んでいるルシアの顔を見て、石鹸と洗い布の優先度をグッと上位に持ってくることにした。だって、ルシアたんが『お背中流しますね』ってくるのが分かっているなら、速攻で作らないといけないでしょ。自給体制を確立したら即素材収集に行かねばなるまい。俺の脳内では、ルシアが背中を一生懸命に洗い布で擦ってくれている姿が浮かんでいた。そのためにも、早く水路を完成させよう。横道に逸れそうになった思考を戻し、本日の最初の課題である水路開削を進めることにした。

滝つぼが完成していたので、今度は排水用の水路を掘っていく。崖面に沿って掘り進めた水路が防壁までくると、今度は地下に向かって掘り進める。10ｍほど掘れば外堀の下を通せるはずなので、念のためさらに5ｍほど深く掘り、水掘から魔物が侵入しても途中で息絶える長さにしておいた。あとは横に向かって掘り進み、空堀の真下の位置で上に向かって掘り進む。生成された土ブロックをインベントリに収納すると、ついに外堀の地下に到達した。これで、崖上の川から水路を開削すれば、小屋の横にある滝つぼに流れ落ちて外堀に溜まり、溢れた分は低地の方へ流れていくはずだ。

水路から出て崖の上に行き、水源となる川のところから崖ギリギリまで掘り進めた。水路を掘ると同時に、落ち葉などのごみや動物が入り込まないように岩石ブロックで水路の上を覆っておく。ほとんどの作業が完了したところで、崖下にいるルシアに声をかけた。

「今から水を通すからね。ルシアは危ないから、ちょっと後ろに下がっていて‼」

「はーい。ツクル兄さんも気を付けてくださいね～！」

ルシアが滝つぼから下がるのを見届けると、最後の部分を木槌で叩く。ボフッ！　止められていた水が崖を飛び出していく。もう一つ、沐浴用に引いた水路も最後の土を木槌でブロックにする。ボフッ！　先ほどと同じように溜まっていた水が崖を飛び出していった。

「ツクル兄さん、水はちゃんと滝つぼに収まっていますよ。水しぶきもそんなに激しく飛んでませんから、ちょうどいいくらいです～」

水路が開通したことを喜んだルシアが、滝つぼに落ちる水の様子を下から報告してくれた。すぐさま小屋の方へ戻り、滝つぼの様子を確認する。少し濁りはあるが、しばらく流していれば綺麗な水になるだろう。

「よし、ちゃんと流れているな」

「これで、水も使いたい放題。街でもこんなに贅沢に水が使える家はなかったですよ～。これもみんなツクル兄さんのおかげ。本当にすごい御方です～」

ルシアからの尊敬の眼差しを一身に受けて、自尊心がくすぐられていく。カワイイ子から『すごい』って言われると、男としては有頂天になって、木だろうが、雲だろうが、何でも昇っていってしまうのだよ。男という生物は、そうやって能力以上のものを引き出していくようにできているんだ。だから、カワイイは正義。

ルシアに褒められて有頂天なままであったが、滝つぼの成功を確認したあとは、排水路が漏れていないかを厳重に確認し、水堀への注水路の入り口も岩石ブロックで覆って魔物が侵入できないようにした。排水路を流れた水は、逆サイフォンの原理で水堀へ流れ込み、水堀を満たすと低地に向かって流れ出していった。これで水路は開通し、生活必需品の第一項目である水の確保に成功したわけだ。

ルシアと昼食をとったあと、今度は鉱物を掘り出すための【石のつるはし】の作成にとりかかる。【石のつるはし】がないと鉱物系の素材を掘り出せず、鉄製の道具を生成できないので、序盤の最重要道具ともいえる。その他、ルシアのために魔術の発動体である【樫の杖】も作らねばならなかった。これがあれば、魔術師としてのルシアの強さが飛躍的に向上することは間違いなく、魔物に襲われても自衛が可能になるので、優先的に作成しようと考えていたのだ。

【石のつるはし】を作成するには、石の作業台で表示されたメニューから【石のつるはし】を選択する。

【石のつるはし】……攻撃力＋20　付属効果：鉄鉱石、銅鉱石、石炭の素材化可能。消費素材／石：5、棒：3

作成を選択すると、インベントリの素材が消費されて【石のつるはし】が生成された。とりあえず、大量に鉱石掘りをするので10本程度作っておく。ボフッ！　石の作業台の上につるはしが飛び出した。

「よし、できた。これで【鉄鉱石】と【銅鉱石】が掘り出せるぞ」

「ひょえ〜。つるはしがこんなに簡単にできるのですか……」

ビルダーの道具生成はかなりのチート技術らしく、ルシアは驚いてばかりだった。少し気になったので、自分の他にビルダーがいるか聞いてみた。

「ところで、ビルダーって存在はそんなに珍しいの？」

「はい。ビルダーという職業は、この世界を根底から作り変えると言われていまして、魔王様から狙われる存在らしいです。ビルダーを名乗る方が数百年前には何十名もいたようですが、皆さん、魔王様が率いる魔王軍によって滅ぼされてしまったそうです。魔王政権下になった今は、伝説の職業とまで言われていますね。だから、ツクル兄さんも職業のことは伏せられた方がよろしいかと思います」

ルシアの話から、ビルダーという職業が危険分子の扱いを受けていることが分かった。やはり、ゲームと同じように世界を支配しているのは魔王で、ビルダーである俺は命を狙われる存在でもあるらしい。ルシアたんとのイチャラブ同棲生活を続けるには、この辺鄙な土地に完全無欠の大城塞を築き上げて、魔王軍に発見されても撃退できるようにしなければならない。【転移ゲート】で大陸各地の移動がスムーズにできるため、うまくすれば城塞建設の資材も入手しやすいはずだ。

「そ、そうなのか。とりあえず、魔王軍には見つからないようにしないと。僻地にいても、大概の道具は俺が生成できるし、食べ物も農地を作れるからね」

「それがよろしいかと。だけど、魔王軍も平和な時代が長く続いていて、かなり平和ボケしているって話です。討伐も野生の魔物を討伐する程度ですし。そんなに気を付けることもないかもしれませんね～」

「油断は禁物。安全に生活するためには、魔王軍にビルダーとして発見されないようにしないとね」

「うちはこの服では街に入れないし……。見つかったら問答無用で撃ち殺されますから……」

追放者であるルシアは死刑宣告を受けたも同然の身であり、不用意に街に近づくと、衛兵によって殺害される危険性があった。彼女が着ている黒い服は、識別のための服であるそうだ。

俺はルシアをギュッと抱きしめて、頭をポンポンと撫でてあげた。そして、ほんのちょっとだけ、ルシアのピンと張った狐耳をモフる。

「あっ、ツクル兄さん……。まだ、お日様が出ている時間だから……。あっ、はぁうん……」

狐耳をモフられたルシアが身体を俺の方に預けた。このまま、永遠にルシアの狐耳をモフってやりたいが、あまりやり過ぎては彼女の不興を買う可能性もあるので、断腸の思いで弄るのをやめた。

「ルシアとずっと一緒にここで暮らせるように、どんな敵でも跳ね返せる場所にしてみせるさ。俺は伝説のビルダーだからね」

「ツクル兄さん……」

ルシアも狐耳をモフられるのが止まったことで、俺に体重をかけているのが恥ずかしくなったのか、身体を離していた。はぁぁああ！　ルシアたん、なんというカワイイ人なのだろうか……。病的だと笑われてもいい。俺はもう、ルシアたんだけしか見えないよ。脳内のかなりの部分をルシアによって占領された俺は、彼女が喜ぶと思われる【樫の杖】を作成することにした。

【樫の杖】……魔力＋20　魔防＋20　付属効果：なし。消費素材／樫の古木：3

石の作業台のメニューに表示された【樫の杖】を選択する。すぐさま頭が丸くなった【樫の杖】が生成された。

「樫の杖をこんなに簡単に作れるなんて……。普通なら、樫の古木を加工して三日三晩の徹夜の儀式をしてからでないと完成しない品物ですよ。こんなにパッと簡単に作られると拍子抜けします～」

「とりあえず、性能は同じはずだよ。試してみる？」

生成した樫の杖をルシアに手渡す。受け取ったルシアは、試しに火炎の矢を地面に向けて放つと、昨日見た火炎の矢より倍以上太い矢が飛び出して、地面を黒焦げにした。火力は倍以上の威力が出るようだな。続いて、ルシアが別の魔術を詠唱し始めている。聞き慣れた火炎の矢の詠唱ではなかったので、不安が頭をよぎっていく。雷光のような光がルシアの杖から発すると、地面に命中して、地表には大きな穴が開いた。

「……ルシア、まさか【建造物破壊】の魔術を使ったのかい？」

まさかの事態に少しだけ声を荒げてしまったことで、ルシアが驚いてビクッと身体を震わせる。

「ごめんなさい。怒らないで～。うぅ、ちょっと試してみたかっただけで……。そんなに怒らなくてもいいじゃないですかぁ～。うぁあああん～～！」

ヤバイ、泣かしてしまった。別にそんなに怒っていなかったのだが、ルシアには俺がかなり怒っていると思われたようだ。

「違う、違う。怒ってないよ。ただ、急に違う魔術の威力を見せられて、ビックリしただけなんだ。ルシアを怒ったわけじゃないよ」

「ふえぇぇぇ～。うぅ、うぅ、うぐぅ。本当ですか？」

瞳からポロポロと大粒の涙を流して泣いているルシアを見ていると、心にグサグサと棘が突き刺さっていく。うぐぅ……。ルシアたんは怒られると泣いちゃう子だったのか……。これは早急にメモしておかねば。怒るのは厳禁‼　でも、泣き顔もカワイイぜ、畜生っ‼

「本当です。村上創はルシア・カバーサのしたことに対して、怒りの感情は持ち合わせておりません」

「本当に怒ってないです〜？」

「ええ、でもできるなら建造物破壊の魔術の使用は控えてもらえるとありがたいです。いろいろ壊れると修繕の手間がかかるので」

ひたすら低姿勢になってルシアの協力を仰いでいく。予想した通り、建造物破壊の魔術はこの世界を構築している構造物を消し去る力を持っているようで、下手をすると、この世界の構造物がなくなってしまう可能性があった。つまりは何もない空間がそこに発生してしまうかもしれないのだ。俺としては、建造物破壊の魔術は禁呪指定させてもらうことにした。

「ツクル兄さんがそう言われるなら、建造物破壊の魔術は使いません。だから、追放だけは勘弁してください。うちは、ここでツクル兄さんと一緒に暮らしていきたいんです〜。本当にごめんなさい〜」

樫の杖を地面に置いて土下座を始めたルシアを、ゆっくりと立ち上がらせる。

「追放なんかしないさ。でも、共同生活のルールとして、さっきの魔術は使わないことを約束してくれるかい？」

「あっ、はい。絶対に約束は破らないようにします」

ルシアはグシグシと涙で濡れた目元を拭う。その姿にドキドキしてしまった。

「よし、じゃあ、この穴は俺が塞いでおくよ。塞ぎ終わったら、夕食の食材探しと鉱石掘りに行こうか」

「はい。調味料になりそうな物も見つけられるといいですね～」

機嫌が直ったルシアが素材収集の準備をしている間に、建造物破壊の魔術でえぐり取られた穴を土ブロックで埋めていった。


素材収集の準備を終えた俺たちは、小屋から北に1㎞程度進んだ場所にある鉱山地帯まで足を延ばしていた。この場所は序盤で採掘できる唯一の鉱山地帯で、量こそ多くないものの、【鉄鉱石】と【銅鉱石】が入手できる場所だった。鉱石が露出している小山を見つけたので、周囲に魔物がいないことを確認してから、ルシアを麓に待たせて小山を登る。10m程度の高さの頂上に立つと、早速地面を【石のつるはし】でぶっ叩いてみた。一叩きで1m四方が掘れ、土ブロックや粘土ブロック、砂礫ブロックなどに変化していく。掘り進むうちに鉱石や石炭の層に当たり、【鉄鉱石】【銅鉱石】【石炭】の素材化によって、辺りにはブロックが散乱してきた。頂上から順番に採掘をしていく露天掘りだが、掘った物は重さのないブロックに変化するので、土砂を棄てる手間がない。そのため、採掘は異常なスピードで進み、10m級の小山を1時間足らずで採掘し尽くした。これも、【石のつるはし】を大量に準備していたおかげで、採掘の効率が高まっていたからだ。

「ふぅ……一山削り終わったね。【鉄鉱石】と【銅鉱石】がかなり手に入ったよ。あと、【石炭】も。これで、鉄製の武器や道具、銅製の鍋釜や食器が作成できるようになったね」

「相変わらず、ツクル兄さんの作業は魔法みたいな感じですね。小山だったところが窪地になっちゃいましたよ。これだけの規模の山を掘り返そうとしたら、たくさんの人手がいるんですよ～。さすがビルダー様ですね～」

採掘を終えてルシアの元に戻ってくると、完全に消えてしまった小山のあった場所を見て感心している様子だった。実は採掘中に貴石の一つである【ルビー】も採掘されたため、ルシアにサプライズのプレゼントをしようと画策していたのだ。このルビーでペンダントを作ってプレゼントしたら、『ツクル兄さん、素敵。抱いてくれますか』とか言われちゃったりして……。グフフ、グフフ。そのあとは大人な時間を……。グフフ、グフ、グフフ。

「ツクル兄さん？　どうかされましたか？」

やましい気持ちが前面に出てしまったようで、含み笑いしていた姿を不思議に思ったルシアが声をかけてきた。

「ん？　ああ、大丈夫。思ったより多くの鉱石が手に入ったからね。嬉しかったのさ」

「そうですか……。なら、いいんですけど……」

おっと危ない。俺の妄想していた中身をルシアに知られるわけにはいかなかった。距離感が近くなったとはいえ、男の欲望を前面に押し出してしまえば、彼女に嫌われてしまうかもしれない。男子として時には自重も大事。

「さて、鉱石は手に入れたから、夕食の食材調達とルシアのご希望品である調味料を探しにいくか」

「【塩】だけだと味の幅があまりないですからね〜。それに、甘い物を作るには、砂糖も欲しいところですよ」

「甘い物かぁ。俺も甘党だし、まず【砂糖】を手に入れようか……。確か、もう少し北に【テンサイ】の自生している所があったなぁ。そこには毛長牛がいるけど、火属性に弱いからルシアの魔術で倒せそうだし、行ってみようか」

「今晩は『牛のお肉』のステーキが食べられそうですわぁ。うち、張り切って魔物退治します！」

採掘では役に立てなかったと思っているルシアが、杖をブンブンと振り回して魔物を倒すアピールをしていた。

「ルシア大先生の魔術に大変期待しておりますので、よろしくお願いしますよ」

採掘を終え、日が暮れる前に夕食と調味料素材を手に入れるため、俺たちは北にある草原地帯へ向かった。

◆◇◆◇◆

私は鬱蒼と茂った森の切れ目から、探し求めていた人工物を見つけて興奮を抑えきれなかった。すぐさま、大事に持ち歩いていた通信結晶のスイッチを入れる。

「こちら第24捜索隊。Yフィールドにてビルダー構造物を発見せり」

「……こ……本部……受信感度……低く……とれない……度……再送……」

「こちら、第24捜索隊。Yフィールドにてビルダーの構造物を発見せり。部隊は壊滅状況であるが、これより潜入調査を行いたいと思う。魔王様に栄光あれ！」

生憎《あいにく》と通信結晶はご機嫌斜めのようで、雑音を発していたが、ついには応答しなくなった。

探していた転生ビルダーの拠点と思われる場所を発見したのだが、ここに到着するまでに捜索隊のメンバーは私を残して全て遭難していた。縋る思いで辺りを彷徨っていたら、城壁らしき物を発見したため、見つからないように近くの雑木林で様子を見守っていたのだ。すると門が開き、中から20代の男性と妖狐族の若い女性が出てきた。多分、あの2人のどちらかが転生ビルダーだと思われる。一旦引き上げようとも考えたが、これは長く出世のチャンスを棒に振ってきた私に舞い込んだ幸運のチャンスだ。なので彼らの拠点への侵入を試みることにした。幸いにして、彼らの拠点は水堀になっており、水が流れるためには、導水路が完備されているはずである。泳ぎに自信があった私は、重い装備を脱ぎ捨て、隠れ潜むように水堀に近づくと、音を立てずに水中に潜り込んでいった。

透明度の高い堀の水のおかげで、目的の導水路はすぐに発見することができた。しかも少しは隠してあるかと思ったが、工事の手が回っていないのか、大口を開けたままにされており、しかも成人男性が悠々と通り抜けられるサイズの広さになっていた。場所を確認した私は一度水面に出ると、導水路の長さを数m程度と予測し、大きく息を吸って再び潜っていく。そして、導水路に侵入すると、出口を目指して息の続く限り泳いでいくことにした。しかし、予測した数mを過ぎても出口が見えず、息が苦しくなったことで引き返そうとした時、チラリと水路の先に光が差し込むのが見えた。それを出口だと思った私は残った酸素を使い、必死に出口を目指して泳いでいく。最後の数mは上に昇るようになっており、光が差し込む場所まであと1mとなったところで、私は愕然とした。なぜなら、導水路は石の蓋がされており、このまま外に出ることは叶わないことを知ったからであった。私の酸素が全て使い果たされると、そこで意識は途切れていった。

◆◇◆◇◆

先ほど採掘した鉱山地帯から30分ほど北に歩くと、なだらかな草原地帯が続く場所に到着した。ここにくる途中に山椒《さんしょう》の実が自生していたため、木槌で叩くと【粉山椒】に変化した。ルシア曰く、山椒は爽やかな辛味を与えてくれるようで、香りも強く、食材の旨さを引き立てる名脇役として重宝されているらしい。俺が日本にいた時は、小さい頃からコンビニ弁当と冷凍食品で育ってきているので、山椒といわれてもピンとこなかった。だが、料理番のルシアが喜んでいるなら、たいそう料理を美味しくできる調味料なのだろう。調味料が揃えば料理がさらに美味くなるとのことなので、調味料は見つけ次第、素材化させて持ち帰るつもりだ。

草原地帯には、角ウサギや双角鹿と並んで、毛長牛が優雅に草を食《は》んでいた。彼らに罪はないが、俺たちの生きる糧となってもらおう。

「ルシア、準備はいいかい?」

「よろしいです。ツクル兄さんの攻撃した魔物を狙い撃ちすればいいんですよね?」

「そうだね。1匹ずつ確実に狩ろう」

ルシアがコクンと頷くのを確認すると、石の弓を取り出して装備する。腰を屈めて気配を消すと、ゆっくりと目標の毛長牛に向かって矢を放った。矢は見事に毛長牛の首筋を貫いたが、絶命させるには至らず、ルシアが続けて放った火炎の矢が身体を炎で包んでトドメを刺した。

「次行くよっ！」

「はいっ！」

近くで一緒に草を食んでいた子牛と思われる毛長牛に向かい2射目を放つ。やはり、威力が足りないらしく、一発で絶命させられなかったため、ルシアの火炎の矢でトドメを刺す。

「まだまだ。ルシアは角ウサギを狙って。俺は双角鹿を狙うから」

とりあえず、見える範囲にいた毛長牛は倒したので、近くにいた別の魔物を狙うことにした。

「角ウサギでいいのですか？　なら、そちらを退治することにします～」

ルシアが角ウサギを狙って火炎の矢を放つ。轟音を響かせて角ウサギを炎が包んだ。その間に俺も矢を番《つが》えて、双角鹿に向けて放った。矢は見事に双角鹿の眉間を貫き、一発で絶命させることに成功していた。

突然、俺とルシアが光の粒子に包み込まれる。ルシアも俺と同じようにレベルアップしており、能力値が上昇したようだ。しかし、このゲームでの魔術の習得は魔術書で行う仕様のはずなので、【白紙の書】と【儀式の祭壇】を作成しないと魔術書は作り出せないはずだ。

「あらまぁ、うちが強くなったの？　本当にツクル兄さんと一緒にいると、すぐにレベルアップしてしまいますね～」

「ルシアが強くなってくれると、俺の出番が減っちゃうかもしれないなぁ……。俺としてはルシアにいいところを見せたいんだけど」

「ツクル兄さんは、ビルダーという大層な能力をお持ちです。うちは料理と魔物と戦うことくらいしかできないのですから、少しはツクル兄さんのお役に立たせてくれませんか？」

料理と魔物退治でも役に立っているが、それ以上に俺のモチベーションを維持するという重大任務をこなしているルシアに、感謝の気持ちが溢れ出しそうだった。

「ルシアには感謝しているし、君と出会えて本当に俺は幸せだと思うんだ。出会ってまだそんなに経ってないけど、ルシアがいないと俺はダメみたいだ……。ずっと一緒に暮らしてくれ！」

小柄なルシアの身体をギュッと抱きしめると、ルシアも俺を抱きしめ返してくれた。その反応が嬉しくて、心の奥に温かいものが広がる気がした。

「ツクル兄さんは、追放者にされたうちを嫌がりもせずに温かく迎え入れてくれたし、こんなにワガママなうちを大事な人だと言ってくれた。こんなに優しい方が、うちの旦那さんだったら、すごく幸せだとも思っています。だけど、物事には順序というものがありますから、ツクル兄さんとは、健全な関係を築いていきたいんです。だから、まずは恋人同士から始めませんか？　でも、どうしてもツクル兄さんが、辛抱できないって言うなら……」

ルシアは何かに怯えるように、抱きついた身体を震わせていた。多分、俺がルシアの身体を求めていると思っているようで、そうしないと小屋から放り出されてしまうのではと恐れているのかもしれない。怯えているルシアの額にそっと口づけをする。

「ひあぁ！」

「ありがとな。ルシアの気持ちは分かったから、健全なお付き合いから始めさせてくれ。俺にとってもルシアは大事な人だ。その人が嫌がることは絶対にしたくないからね。ルシアの気持ちが固まるまでずっと待つよ」

「ツクル兄さん……、こんなにワガママな子で本当にごめんなさい……」

「あ、でも朝起きた時にルシアの狐耳をモフモフするのだけは許してほしいんだけど……。ダメかな？」

抱きついて見上げていたルシアの顔が下を向いた。

「少しだけならしてもいいですよ……。でも、妖狐族の耳や尻尾を弄る行為は婚約と同じことなんですよ……。ツクル兄さんは、記憶を失っているから知らなかったと思うんだけど……」

は、初耳だったぁーーー！　ということは、俺は初対面のルシアに婚約を申し出ていたということかぁ！　恥ずかしい！　恥ずかし過ぎる！　なんという節操なしの男だ！　俺の黒歴史が誕生した瞬間だった。

「あははは……。そういった習慣があるとは露知らず、ご無礼をいたしました……。でも、明日からのモフモフは婚約前提で大丈夫だよね？」

「よろしいですよ……。でも、あんまりいっぱい触ったら気持ちよくなり過ぎますからダメですよ……」

恥ずかしいのか、ルシアは俺の腹にグッと顔を埋めて小さな声で返事をしていた。ヤバイ！　カワイイ!!　もう、その仕草だけでご飯3杯は食べられる。神よ！　何ゆえにこのようにカワイイ生物を創りたもうたのですかっ！　猛烈に保護欲をくすぐるルシアの仕草によって、脳内が一気にルシア一色に染め上げられていく。今の俺からルシアを取り上げようとする奴がいれば、どんな敵であろうとも全身全霊で撃退するつもりだ。

「名残惜しくはありますが、早いところ素材と食材を手に入れないと日が暮れてしまいますよ」

「あ、ああ、そうだね。さっき倒した魔物の素材を取りに行こうか。うん。そうしよう」

しばらく抱き合っていたが、身体が離れると途端に2人の動きがギクシャクする。ルシアと恋人になれたことに浮かれながら2人で歩いていくと、魔物を倒した地点には【ウサギの毛皮】【鹿の肉】【牛の皮】【牛の肉】が素材としてドロップされていた。毛皮系の素材は革の鎧を作成したり、皮革製の服などを作ったりするのに重宝するうえ、金属系の鎧のつなぎや建具にも使用される素材なので、どれだけあっても困らない。

「牛のお肉は、すごくたくさんありますねぇ……。うちも食いしん坊ですけど、これだけたくさんは食べきれないと思うわぁ～」

「素材化しているから、俺のインベントリにしまっておけるよ。腐りもしないし、重さもないから、もう少し狩って素材を溜め込んでおこうか」

「ツクル兄さんの、『いんべんとりぃ』というのは、そんなにすごい機能まで付いているんですかぁ!?」

「そうみたい。昨日狩ったウサギ肉もまだ新鮮なままだしね。このインベントリの中に放り込んでおくと、時間が進行しなくなるようだ。鮮度が命の食材は、インベントリにしまった方がよさそうだね。腐らなそうなものは、小屋に作る予定の素材保管箱に放り込んでおくつもりだけど」

『クリエイト・ワールド』でも食材は時間とともに鮮度が落ちていく仕様で、インベントリにしまうと、時間の進行が止まる裏技的な使い方があった。けれど、インベントリ欄も有限であるため、鮮度低下を遅らせる【冷蔵庫】が完成したら、レアな食材以外はそちらで管理した方がいいだろう。とりあえず、ゲットした素材をインベントリにしまうと、目的のテンサイを探して辺りを探索する。新たに発見した毛長牛と双角鹿を退治すると、【牛乳】と【鹿の角】が手に入った。だが、目的の品物であるテンサイがなかなか発見できずにいた。

「ツクル兄さん、コレと違いますかぁ～」

少し離れた所で捜索していたルシアが発見したようだ。急いでそちらに向かうと、長円形の葉に大根に似た白い根部をした、紛れもなくテンサイと思われる物体があった。本当なら【スコップ】でテンサイごと掘り出して持ち帰り、畑に植えることで種を取得したり、素材化したりできたが、まだ道具を作成していなかったので、今度来た時に持って帰ろう。とりあえずの分の【砂糖】が欲しいので、ルシアが見つけたテンサイを木槌で叩く。ボフッ！　テンサイが消えると、素材化された【砂糖】の袋がドロップされる。

「お砂糖ゲット！　これで甘味ができるようになったね。味覚の幅が増えるのは嬉しいことだ」

「そうですね。それと、この草原にはハーブの類も結構自生しているし……。ざっと見ただけで【エゴマ】【バジル】【ニラ】がたくさん自生しているようです～。調味料や香辛料として重宝するから持って帰りましょうよ」

ルシアが指している、雑草としか思えない草がハーブ類らしい。そういったハーブがあることは知っていたが、ゲーム攻略上必要だった【砂糖】とは違い、料理のレシピの幅を広げるだけのアイテムだったので、採取していなかった。

「ルシアはハーブに詳しいんだね。俺には全部雑草に見えちゃうよ」

「うちは生まれてすぐに【料理人】のおばあさんに引き取られ、厳しく料理を仕込まれたんです。【料理人】だったおばあさんが、うちを連れて街の外にハーブ採りに行っていたら、自然と覚えたんです。それに、うちが食いしん坊になってしまったのは、おばあさんの料理が美味し過ぎたからですよ。15歳でおばあさんが亡くなったあとは、うちが自分でご飯を用意するのに苦労しました」

ルシアが語ったことが本当なら、彼女は既に天外孤独の身の上になっている。祖母が他界したあと、自分一人で生活をやりくりして頑張っていたルシアを、城壁破壊をしたという理由で、死刑宣告に等しい追放者にしたと思うと憤りを感じてしまう。思わず、ルシアの頭をワシャワシャと撫でてしまった。

「ルシアはいい子だね。本当にいい子だ……」

「そんなに褒められることじゃないですよ〜。普通に生活していただけです。だけど、ツクル兄さんが褒めてくれるとすごい嬉しいです〜」

「なら、おばあさんに仕込まれた料理の腕を活かせるように、このハーブ類も素材化しよう。それと、鉄製の農具ができたら小屋のそばに畑を作るから、そこで栽培するのもいいかもね」

「本当に？　料理にハーブ類は必要ですし、栽培できるようになったら、わざわざ採取しなくても済むので楽できますね。ぜひ栽培しましょう‼」

「とりあえず、明日には畑ができるようにしておくよ。栽培はそのあとだね。とりあえず、当座に必要な物として、ちょっとだけ素材化して持ち帰ろうか」

「はーい。そちらはツクル兄さんにお任せします」

ルシアが教えてくれた草を木槌で叩いて素材化し、インベントリにしまい込んでいく。そろそろ帰らないと日が暮れてしまうな。周りを見ると日が傾き始めており、今から戻らなければ、小屋に帰りつくまでに日が暮れてしまいそうだった。夜は魔物の力が増す時間帯なので、急用でもない限り、外にいない方が無難だ。

「さて、食材やハーブが手に入ったことだし、帰ろっか」

ルシアがコクンと頷くと、2人で手をつないで来た道を戻っていった。

小屋に辿り着く頃、ちょうど日没となった。我が家の門をくぐると、魔力の充填を終えた夜間警備用のゴーレム君たちを送り出し、木の扉には門
(かんぬき)
をかけて魔物が侵入できないようにしておく。これを忘れると、夜中に魔物に侵入されて食い殺される可能性があるからだ。

一方、ルシアはゲットした食材を手に、夕食の調理を始めていた。この間に、明日の作業で使う道具を作成しておくか……。それに例のプレゼントも作らないといけないからなぁ。よし、早速始めよう。

最初に取りかかったのは、【製錬炉】の作成だ。コレがないと鉱石の製錬ができない。製錬というのは、鉱石の還元によって金属を取り出すことで、鉱石が金属塊として生成されるようになる。その道具を作成するため、屋外に設置してあった焚き火に近づき、メニューを開いて【製錬炉】を構成する重要素材である【レンガ】を作成する。

【レンガ】……高温に耐えられるレンガ。消費素材／粘土：1、砂礫：2

2種類の消費素材は鉱石掘りの際に大量にストックしておいたので、連続作成して大量に【レンガ】を生成していく。【レンガ】の連続生成が終わると、石の作業台のメニューから【製錬炉】を選択。

【製錬炉】……鉱石類を製錬できる炉。消費素材／レンガ：20、石炭：20

【石炭】も鉱石掘りの際にストックしておいたので、それを使って【製錬炉】を作成する。ボフッ！　生成された【製錬炉】は2m四方の大きさがあったので、一度インベントリにしまって崖の近くまで持っていき、邪魔にならない場所に設置した。

「よし、これで鉄鉱石と銅鉱石を溶かすことができるなぁ」

【製錬炉】を設置したところで、小屋の中からルシアの作る夕食の美味しそうな匂いが漂ってきた。だいぶお腹が空いてきたが、俺にはもう一仕事が残っている。新たに設置した【製錬炉】のメニューから、製錬する金属を選択する。

【鉄のインゴット】……鉄鉱石を製錬した金属塊。消費素材／鉄鋼石：2、石炭：1
【銅のインゴット】……銅鉱石を製錬した金属塊。消費素材／銅鉱石：2、石炭：1

両方の金属は共に大量に使うことになるので、【石炭】がある分だけ連続製錬していった。かなりの量がストックできたが、いろいろと作っていくうちにまた補充しなければならないだろう。

金属を手に入れたので、続いて【石の作業台】を【鉄の作業台】にバージョンアップさせることにした。これによって、作成できる武器・道具類が増加する。互換性を持っているので、【石の作業台】で作成できたものは【鉄の作業台】でも作成可能だ。

【鉄の作業台】……鉄製武器・道具が製造可能。消費素材／鉄のインゴット：5、銅のイ

ンゴット：3、木材：5

目的の【鉄の作業台】を生成すると、【石の作業台】のあった場所に【鉄の作業台】が置き換わっていた。

「よしよし、これで開墾道具や裁縫道具、皮なめしなんかも作成できるようになるから、いろいろと忙しくなるぞ……。この小屋の改造計画も立てないとな。それにここを拠点とするなら、そろそろシンボルマークを設置して、放浪者が訪れるようにしておかないと。街として発展させないと使えない道具類も多いしね。ただ、辺境すぎるのが玉にキズか……。その分、魔王軍にも見つかりにくいと思うけどさ」

完成した【鉄の作業台】を眺めながら我が家の改造計画の妄想に耽り、一人でニヤけていると、小屋からルシアが顔を出して夕食ができたことを告げる。

「ツクル兄さん～！　夕食の準備ができましたよ～。冷めないうちに一緒に食べましょう～！」

「ああ、もうすぐ行くよ」

夕食を食べる前に、急いでサプライズプレゼント用のペンダントの作成に取りかかる。【鉄の作業台】のメニュー欄からアクセサリー類を選ぶ。

【ルビーのペンダント（銅）】……魔力＋5、魔防＋5、付属効果：火属性魔術の魔力＋5。
消費素材／ルビー：1、銅のインゴット：1

魔術師のルシアが喜ぶと思われるプレゼントに、思わず顔がニンマリとほころんでしまう。だが、あまりルシアを待たせると呼びにくるかもしれないので、すぐさま【ルビーの首飾り（銅）】を作成することにした。ボフッ！

「おおぉ。意外と小洒落《こじゃれ》た感じのペンダントになったなぁ。ルシアがつけると、さらに胸元に目線が集中しちゃうかも……。まぁ、でも絶対に似合うよね」

生成された【ルビーのペンダント（銅）】は、涙滴型の銅の台座に親指の爪程度の大きさのルビーがあしらわれた、シンプルなタイプのペンダントだ。俺的世界一の美少女であるルシアがつければ、彼女の魅力がさらに光り輝くだろう。完成度に納得すると、作業台の上にあった【ルビーのペンダント（銅）】を手に取り、ポケットにしまってルシアの待つ小屋へと走っていった。

食卓には、スライスされた牛肉がニラと一緒に炒められて、木の大皿にドドンと山盛りに盛り付けられていた。これが、ルシアが作ってくれた本日の夕食だ。それにしても、2人分にしては分量が多いような……。ルシアたんは健啖家《けんたんか》だけど、これはちょっと盛り付け過ぎなのでは……。主に牛肉が……。

木の大皿に盛り付けられた牛肉は、すそ野にニラを敷き詰め、スライス肉の山がありえない高さにまで積まれている。まさに『肉山』と名付けるべき偉容であった。

「やっぱりまだ調味料が足らないから、こんな手抜き料理になってしまいました。ごめんなさい。あと、最低でも【胡椒《こしょう》】と【食用油】……。欲をいえば【醤油《しょうゆ》】があると、もっと料理の幅が広がるんですけど……」

料理人の祖母に仕込まれたルシアとしては、納得のいかない夕食らしいが、木の大皿に盛られている『肉山』の炒め物からは猛烈にいい匂いが立ち上って、俺の嗅覚を刺激していた。

「いやいや、すごく美味しそうな匂いがしているよ。さすがルシアが作った料理なだけのことはある」

「お口に合うか分かりませんが、たくさん食べてくださいね。まだ熱いかもしれませんから、うちがツクル兄さんに、フーフーしてあげます」

ルシアが大皿に盛り付けられていた炒め物を小皿に取り分け、フーフーと冷ましながら箸でこちらに差し出してきた。ふぐぅううううっん‼ ルシアたんのフーフーされた夕食キタァーーーーっ‼ もうね。至極の楽園とはこのことをいうんだよぉぉおお！ そこで『リア充爆発しろ』と恨み節をぶちまけている君。私は爆発などしないのだよっ！　HAHAHA！　これからルシアたんと素敵タイムを満喫するのを、指を咥えて見ているがいい！

ニッコリと笑顔で自分の作った夕食を差し出すルシアの姿にたちまち魅了される。そして、俺は差し出された炒め物を口の中に収めて咀嚼《そしゃく》を始めた。あぁぁ、美味い……。美味いぞぉおおっ!!　ルシアたんの料理は美味いぞぉおおっ！！！　ルシアたんの愛情タップリのご飯は美味しいのだぁ！

咀嚼した牛肉は臭みもなく、歯を使わなくてもいいくらいの柔らかさ。ちょうどいい塩気と、山椒の爽やかな辛みが食欲を増進させると共に、ニラのほのかな甘みがアクセントとして絶妙な味を醸し出していた。とても、調味料が足りなくて手抜きした料理とは思えないクオリティーに仕上がっている。はっきりいって、お店に出してお金が取れるレベルの料理だと思う。それほどまでに美味い料理なのだ。

「うはぁああ、美味いっ!!　ルシア、美味しいよ。コレ!!　ほら、ルシアも食べてみて」

自分の箸でルシアの炒め物を取ると、お返しのフーフーをしてルシアの口元に持っていってあげる。ルシアは差し出された炒め物を恥ずかしそうに頬張ると、モキュモキュと咀嚼を始めた。グぅ、カワイイ……。ご飯を食べる姿も絵になるルシアたんは、マジで天使の生まれ変わりとしか思えないぜ……。

「そうですね。味見しながら作らせてもらいましたけど、案外、ツクル兄さんに食べさせてもらったら、美味しいわぁ……。お返しにもう一つどうですか？」

ルシアの差し出した炒め物を再び食べる。ジャンクフードといわれる食べ物で育ってきた俺だが、このルシアの料理に慣れると、ビルダーの力で作る食事では耐えられなくなってしまうかもしれない。それほどまでに、ルシアの作る料理は俺の胃袋をガッチリと掴んでいた。このままなし崩し的に、転生人生を終えるまで一緒に暮らしていきたいとの思いが強くなる。

「美味い……。美味いよ。ルシアも遠慮せずにいっぱい食べてね。ほら、アーン」

「美味しいわぁ～。やっぱり、ご飯はどなたかと一緒に食べる方が楽しいですよね」

「そうだな。一人の食事は寂しいよ。ルシアと出会えたことを神様に感謝しないとな……」

「そうですねぇ。うちも街を追放されて、ツクル兄さんと出会えたことを神様に感謝します～。神様、ありがとう。フフフ」

温かい食事をカワイイ恋人と一緒に食べられるこの瞬間は、俺にとっては至福の時間であった。転生前の生活では社畜として日付が変わる寸前まで軟禁されて、休日以外は仕事一色に塗り潰される生活を送っていた。産んでくれた両親には悪いが、転生して本当によかったと思う。

そんなことを思いながら、ルシアとの夕食を終えた。

◆◇◆◇◆

私は小山が連なる山地の前で、崩れだしそうな空を見つめながら通信結晶のスイッチを入れる。

「捜索隊本部応答を！　こちらは第12捜索隊だ。Dフィールドを捜索中だが、ビルダーの建物は発見できず！　日暮れが近いので、この付近で野営に入る」

「こちら捜索隊本部。その地点は今から天候悪化が見込まれるので、万全の体制で野営するように」

「了解した。万全の体制で野営します。魔王様に栄光あれ！」

味方との連絡が途絶えた地点を捜索しているが、すでに日は落ちており、天候の悪化は急速に進んでいる。大風が木の枝を揺さぶり、空からは大粒の雨が降り注ぎ始めていた。

「ちぃ、こんな場所で雨に降られるのかっ！　おい、すぐに野営できる場所を探せ。身体が冷えたら遭難するのは私たちの方になるぞ」

数日間の捜索活動で味方の疲労は極限にまで高まっていたが、ラストサン砦のイルファ司令官からは、捜索続行指令が出されていた。すでに、50あった捜索隊のうち、連絡の取れる捜索隊は20を割っている。連絡の取れなくなった捜索隊は、無人地帯で遭難しているか、もしかしたら転生ビルダーによって壊滅させられたのかもしれない。現場からは撤退命令を出してくれるようにとイルファ司令官にかけ合っているが、『魔王陛下の指令をないがしろにすることは認められない』の一点張りであった。ただ、捜索隊を半数以上失った結果、無人地帯のある特定箇所に近づくと連絡が取れなくなることが分かってきており、転生ビルダーの拠点はその周辺に存在しているものと思われた。そのエリアこそ、今私がいる場所のはずなのだが、正規の地図が作成されていない無人地帯であるため、本当に目標のエリアにいるのか自信が持てずにいた。

「隊長！　前方に風雨がやり過ごせそうな窪地を見つけました。そこでテントを張って、一夜を過ごしましょう」

部下が野営先の場所を見つけたようだ。メンバー全員で移動し、強くなり始めた風雨をしのぐために野営用テントの設営をすぐさま開始した。なんとか風雨が強くなりきる前にテントの設営を終えることができ、ホッとした瞬間だった。背後からゴゴゴッという不気味な音がしたかと思うと、テントが押しつぶされると共に私の意識は遠ざかっていった。

◆◇◆◇◆

小屋の中で俺は横になって天井を見つめていた。夕食の量がかなり多かったので、腹がパンパンになっていたが、食いしん坊のルシアは平気な顔をしている。俺よりもかなり多くの量を食べたはずだ。あの小さな体のどこにあれだけの食事が収まるのだろうか……。ルシアたんの胃袋は異次元につながっているとか言わないよね。はっ！　まさか、食べた栄養素がすぐにおっぱいに吸収されてあんなに大きく育っているのかっ！　あの胸には、特殊カロリー消費装置が内蔵されているのかもしれないぞ……。

食後にルシアの身体の不思議を考察していると、食器の後片付けを終えたルシアが戻ってきた。よし、このタイミングだ。戻ってきた彼女に言う。

「ルシア、目を閉じて手を出してごらん」

「何ですか？　こうでいいですか？」

俺の指示に素直に従い、目を閉じて手を出したルシアの手の平に、ポケットから取り出したペンダントを置く。

「目を開けていいよ」

パッと目を開けたルシアが、手の平に置かれた【ルビーのペンダント（銅）】を見て驚いていた。

「ひゃあ!?　ツクル兄さん、こんなに高価そうな物をどうされたんですか？」

「実は鉱石掘りの際にルビーを1個見つけてさ。ルシアだったら絶対に似合うだろうな～っと思って作ってみたんだ。レベルアップおめでとうのプレゼントさ。元手はタダだから、気にせずにつけてみてよ」

ルシアは大粒のルビーを食い入るように見つめていて、俺の話は半分も耳に届いていない様子だった。やっぱり、ルシアも女性だな。キラキラと光る宝石には弱いらしい。

「本当に、こんなに綺麗な宝石のついたペンダントを、うちがもらってもいいんですか？　元手がタダだといっても、売れば結構な価値がありますよ～」

「ああ、ぜひルシアにつけてほしくて作ったんだ。それに俺には金がさほど必要ないからね。ルシアを綺麗に飾り立てられるなら、いくらでも作るよ」

「はぅう！　そんなことはダメです～。うちが宝石に目が眩んでツクル兄さんと一緒にいると思いますか？　それは違うんです。うちはツクル兄さんが作ってくれたから嬉しいんです～。本当に本当ですから～」

ジッと見つめていた【ルビーのペンダント（銅）】から目を離して、慌てて言い訳をするルシアは、小動物のようにちょこまかと手を動かして否定していた。そんなに慌てて否定しなくてもいいのに……。どうせ、鉱石掘りでいろいろと宝石も見つかるだろうから、宝石でデコレーションした杖でも作成してあげようかな。ルシアが意外と宝石好きだということが判明したので、余分な宝石はルシアのコレクションにすることにした。

「そうだ。余った宝石はルシアにプレゼントするよ。どうせ宝石類はアクセサリー作成くらいにしか使わないからさ。鉱石掘りで見つけた宝石はルシアにプレゼントだ。うん、それがいい」

「ツクル兄さんっ！　うちをそんな女だと思っているんですかっ⁉　確かにペンダントをいただけるのはすごく嬉しいですけど、別に宝石が嬉しいわけじゃない。さっきも言ったけど、ツクル兄さんがうちのために作ってくれたのが嬉しいんですっ‼」

俺の手作りのペンダントが嬉しいと言ってくれたルシアに、心がキュンと鷲掴みされた。この人の笑顔のためにもっと作ってあげたい。ルシアがいつでも笑顔でいられるように、俺にできることは何でもしてあげたいな。よし、宝石アクセサリーは気合を入れて加工しよう。ルシアたんのためなら、エーンヤコラだ。

「俺は大好きで綺麗なルシアが、もっと光り輝けるように宝石をプレゼントしたいんだ。それでもダメ？」

「ふぅ、本当にツクル兄さんは……。でも、うちもワガママだから、ツクル兄さんの作った物しかつけないつもりですからね。ツクル兄さんの作ったアクセサリーなら、大事に身につけさせてもらいます」

ルシアは俺のお願い攻勢に負けて、これからも宝石系のアクセサリーを受け取ることを了承してくれた。ただし、俺が生成した物に限るという条件付きだ。でも、俺が贈ったペンダントをつけたルシアはかなり喜んでいるようで、胸元を見せつけてくる。たわわに実った2つの果実の間にルビーのペンダントが妖しく光った。その光景はまさにエロスの塊だ。いうまでもないが、俺の視線はたわわに実った2つの果実の方に集中している。ルシアたん……。おっぱいがかなり凶悪なので、俺以外にはあまり胸元を見せないようにしてもらわないとな。たわわな胸の恋人を持った男子は、嬉しさと同時に悩みも多いのだろう。

◆◇◆◇◆

ラストサン砦の司令官室の椅子に腰をかけて、アタシは考え事をしていた。捜索隊を半分失ったのは痛いが、それでもビルダーの拠点をしぼり込めたのは、重畳《ちょうじょう》とするべきか。

「よう、イルファ。そろそろ寝なくていいのかニャ?」

考え込むアタシに、和装のイケメン男子が話しかけてきた。彼の名はタマ。アタシのカワイイ飼い猫だが、妖猫族の中でも特殊な力を持った子であり、アタシに接吻《キス》をすると、イケメン男子に変化する。いつもは可愛らしい子猫の姿をしている彼も、この格好になった時は強気になり、アタシのことを自分のもののように扱ってくるのだ。それが、アタシにとっては心地よいので、タマには好きなようにさせていた。

「もう寝るわよ。タマちゃんが添い寝してくれるんでしょ？」

「ちぃ、しょうがねえニャア。ワシがおらんとイルファは寝ることすらできないのかニャ？」

彼との最初の出会いは、アタシがラストサン砦に送り込まれた時のことだ。雨の日に、砦の外で死にかけていたのを助けてあげてからはずっと一緒に暮らしていて、ストレスで眠れない時や寂しくて泣き出しそうな時はタマが優しく慰めてくれていた。彼がいなければ、アタシは早々に命を絶っていたかもしれない。

「そうね。アタシはタマちゃんがいないと寝ることもできないわ。けど大丈夫。もうすぐきっと転生ビルダーを見つけ出して、その首と共に王都に帰れるから。その時はアタシと一緒に王都に行こうね」

「イルファ……。そんなに無理をするニャ。お前は、お前のままでいればいいニャ。ワシと一緒にこの辺境の田舎砦で暮らせばいいニャ」

「そんなのはダメよ。アタシは竜人族なの。高貴な生まれのアタシがこんな片田舎で終わるわけにはいかないのよ。分かってタマちゃん」

アタシはタマちゃんに抱きつくと、不安を隠すように激しい接吻をした。

3章　番犬ゲット

チチチ……チュン、チュン。朝日が差し込み、鳥の声で目覚めた。

この地に転生して3日目の朝だ。とても清々しく、やる気が漲《みなぎ》ってくる。そう、漲っているのだ。主に下半身が。男の生理現象でもあるのだが、それ以上に刺激を与えてくれる生物が俺の隣で悩ましげなポーズをして寝ているからだ。なぜだ……。昨夜、ルシアは『まだ、同衾はダメですからぁ～』と言って離れて寝たはずなのに、どうして俺の隣で抱きついて寝ているのか、誰か説明してくれ。

寝起きの頭で、どうしてこうなったかを考えみた。

①俺が夢遊病者で、意識のないままにルシアを自分の隣に寝かせた
②そもそも別々に寝た記憶が間違っていて、2人で一緒に寝ていた
③実はパラレルワールドに飛ばされて、ルシアとの同衾ルートに紛れ込んだ
④ルシアの寝相が異常に悪くて、転がりながら俺の隣までやってきた

寝起きの頭で考えられるのは以上の４つだった。①は自覚症状がないので何ともいえないが、転生前には１回も発生したことがないので可能性は低い。②は昨日の寝る前の記憶はバッチリと残っているので、可能性はとても低い。俺もまだ認知機能は低下していないはずだ。③は転生した世界からさらにはじき出されるという事案なので、俺自身で知覚することは不可能である。個人的には非常に嬉しいが、可能性は低いだろう。④は昨日のことを考えると、ルシアは朝に弱いことが判明している。寝相までは分からないが、これが一番無難な答えだと思われる。とりあえず、④の可能性を信じて、眠っているルシアを起こすことにした。

「ルシア……。ルシア、起きて」

「ふぅうん……。おばあさん、まだお日様が出たばっかりでしょ……。もうちょっと寝かせてくれませんかぁ……。すぅ、すぅ」

ルシアの目が閉じたままなので、完全に寝ぼけていると思われる。寝る時の癖なのか、ルシアはなにかに抱きついて寝るようで、今も俺を抱き枕の代わりにして爆睡中だった。抱き枕にされるのは特に問題はないのだが、足を絡ませて身体を密着させてくるので、非常に困ってしまう。主にたわわな胸が、俺を誘惑するように柔らかな感触を断続的に送り込んでいるのだ。

「ルシア……。起きて、ルシア。おっぱいが当たって非常に困るのだが……」

「ふみゅ……おっぱいなら……さっき……飲まれたでしょー……。ふにゃ……ふにゃ」

ファッーーーーーーー！！！　なんですとっ‼　俺はいつの間にルシアのおっぱいを飲んでいたんだっ。まさか、記憶が飛んでいるのかっ⁉　帰ってきて記憶ちゃんっ！　ＣＯＭＥ　ＢＡＣＫ！

俺が取り乱したことで、揺さぶられたルシアが目を覚ました。見つめ合いながら沈黙の時間が流れる。

「……ふあっ！　ひゃぁあぁあっ！　ツクル兄さんっ‼　ひゃあ⁉　またやってしまいました。うち、おばあさんから寝相が悪いと言われていたんですけど……。ツクル兄さん、ごめんなさいっ！　うちも悪気はないんです」

正解は④だったようだ。推測した通り、ルシアは非常に寝相が悪いことが判明した。俺としてはありがたい寝相の悪さだが、本人はとても気にしている様子だった。だが、そんなことよりも気になることを言っていたので、ルシアに事実確認をすることにした。

「……ル……ルシア……。お、俺ってルシアのおっぱいを吸っ……ゴフゥゥ！」

言葉を言い切る前に、ルシアのヘッドバッドが胸にヒットして息が詰まった。

「朝からなにエッチなことを言っているんですかっ！　そんなことしてるわけありませんっ！」

ルシア先生はお怒りになられたようです。やはり、先ほどの言葉はルシア先生の寝言だったようで、俺の記憶が飛んだわけではなかった。

「ですよね～。失礼しました。どうやら、俺の記憶違いでした……。くすん」

「おっぱいが出るのは子供ができた時だし、その時にちょっとだけなら……。よろしいですよ……」

か細く聞き取れないほどの声が耳に入り込んでくる。

……ファッーーーーーーー⁉　ルシアたん、まだ子供は早いよっ‼　いや、まぁそれはおいといて、ちょっとだけならいいの⁉　神は我を見放さなかったー‼　ヒャッハー‼

内心では狂喜乱舞していたものの、それを表に出すことはためらわれたので、キリッと顔を引き締めて、努めて真面目に答えを返した。

「ごめん。ちょっと舞い上がってしまったようだ。すまなかったね。今の言葉は忘れてくれ」

「そうなんですか……。でもツクル兄さん、鼻から血が垂れていますけど、大丈夫ですか？」

ルシアの指摘に鼻の下に手を当てると、ダバダバと鼻血が垂れていた。か、かっこわるぅーーーー‼　鼻血垂らして格好つけちゃったよっ。マジでありえねぇ‼

「ご、ごめん。ちょっと顔を洗ってくる。ついでにちょっと道具作るから、朝ご飯できたら教えてくれるかい。ははは……」

「はーい。気を付けてくださいね～」

ルシアから身体を離して起き上がると、足早に沐浴用の滝つぼスペースへ向かって歩き出した。

ザバンッ！

「ふぅうっ！　ちべてぇ！」

滝から流れ落ちる水は水温20度くらいで、冷たさを感じる。これを温水に変えるには【火山石】を作成するしかないのだが、今の設備では作成できないため、しばらくはこの水浴びで済ませるしかなかった。沐浴場は、浴槽スペースとして2ｍ四方のスペースを取ってある。2人で入るには大きめだが、しっかりと手と足を伸ばしてゆったりと浸かるには、ちょうどよい広さといえる。

「ふぅ。早いところ【シャボン】と【洗い布】も作りたいし、それに服もそろそろ作らないとな……。ルシアもあの囚人服のままじゃ可哀想だし。早めに【綿花】を採りにいくか」

今のところ、着ている服しか持っていないので、洗い替えができない状態だった。

「そういえば革製の服が作れるか……。とりあえず、昨日手に入れた【牛の皮】で革製の服を作ろう」

すぐさま浴槽から出ると、衣服を身につけて、バージョンアップした【鉄の作業台】に向かった。作業台でメニュー欄を開き、【タンニン漬け樽】を作成することにした。

【タンニン漬け樽】……草木のタンニンで皮をなめす漬け樽。消費素材／木材：3、鉄のインゴット：3、雑草：6、棒：3

未取得だった【雑草】は、周辺に大きく成長して生えていた草を叩くと素材化した。それらを使って作成すると、白煙と共に独特な匂いを発する大樽が目の前に現れた。匂いがあるため、小屋に近づけるのは憚《はばか》られたので、【製錬炉】の近くに設置することにした。【タンニン漬け樽】のメニューから【牛の皮】を選択する。

【なめし革】×30……動物の皮をなめして加工しやすくしたもの。消費素材／牛の皮：1

【牛の皮】1個からなめし革が30個作成できると表示されているので、迷わずに作成する。白煙が収まると、綺麗に整えられた【なめし革】が30個ほど漬け樽から飛び出していた。

「さすが、ビルダーの力。本当ならもっと時間がかかるんだろうけど、即完了だね」

手にした【なめし革】を衣服にするには【裁縫箱（革）】が必要で、【鉄の作業台】のメニューから【裁縫箱（革）】を作成する。

【裁縫箱（革）】……革製の衣服を仕立てるために必要な道具。消費素材／鉄：2、木材：2、革紐：2

確認したら【革紐】が必要だったので、こちらも作業台で作成する。

【革紐】×10……なめし革を細く紐状にしたもの。消費素材／なめし革：1

【革紐】ができたところで目的の【裁縫箱（革）】を作成すると、一抱えある木箱が現れて、中には針や革紐、ハサミなどが収納されていた。

「ふぅー。意外と服作るのも大変だな……。でも、これでなんとか服を作れるはず……」

完成した【裁縫箱（革）】のメニューを開くと、男性用、女性用に分かれており、それぞれにいろいろな服の型紙が用意されていた。まず、自分用に衣服を作るため、男性用の型紙を見ていく。選んだのは長袖のジャケットとロングパンツで、素材収集の探索の際に鎧の下に着込むつもりだった。革製であるため通気性が怪しいが、下草で切り傷を負ったり、毒虫に刺されたりするよりはマシだろう。

【革の長袖ジャケット】……革製の衣服。消費素材／なめし革：2、革紐：2
【革のズボン】……革製の衣服。消費素材／なめし革：2、革紐：2

無事に【革の長袖ジャケット】と【革のズボン】が生成された。ゲームではキャラアバターの扱いだった衣服は、一部を除いて防具扱いされない仕様のため、防御力の加算はされない。完成した革の衣服に早速着替えてみると、ピチッと身体に密着して、革も柔らかくなめしてあるため、身体の動きを阻害することはなかった。本当なら黒色がよかったが、染料がまだないので茶色のままだった。

「おし。これなら問題ない。これで布の服は洗濯に回せるな。さて、続いてはルシアの分の服を作ろう」

再びメニューを開いて女性用の型紙を見ていく。すると、とても刺激的な型紙を発見してしまった。

【革のブラジャー】……革製の下着。消費素材／なめし革：1、革紐：1
【革のパンティー】……革製の下着。消費素材／なめし革：1、革紐：1

女性にとっては必需品だと思われるので、迷わず作成した。完成した下着は、隠す面積が非常に少なく、紐を多用した作りになっていたが、ルシアには我慢してもらうしかない。全国1000万人のルシアたんファンの皆様に申し伝えておきますが、決して俺の趣味で選んだわけじゃないからね。型紙がこれしかなかったのだよ。いや、ホントにマジだって！

いつまでも下着を握り締めておくわけにはいかなかったので、次はルシアの衣服を選ぶことにした。


【革のワンピース】……革製の衣服。消費素材／なめし革：2、革紐：2

膝上15㎝で七分袖のワンピースの型紙があったので、ルシアに似合うと思い作成することにした。完成した【革のワンピース】は下着とお揃いの茶色だ。

「絶対にルシアに似合うと思う。早く染料とかで色を変えられるようになるといいなぁ」

「ツクル兄さん、朝ご飯ができましたよ～」

服が完成したところで、ルシアが朝食の準備ができたことを告げにきた。

「今行くよ」

返事をすると、完成したルシアの下着と服を持って小屋に戻っていく。

朝食後、先ほど作成した革の下着と衣服をルシアに渡した。

「まぁっ！　新しい服ですかぁ。ひゃあぁ‼　こんな派手な格好の服を着るんですか。恥ずかしいわ〜」

「い、嫌なら、別に着なくてもいいけど……」

「そ、そんなことは言ってませんっ！　とっても嬉しいです。でも、ジッと見たらダメですよ」

下着と服を胸に抱えて、ルシアが顔を赤らめてこちらを見ている。

「りょ、了解でありますっ！」

「ここで着替えるのは恥ずかしいから、1回沐浴して着替えてきますね〜。覗いちゃダメですよ〜」

ルシアは、沐浴場に向かって走り出していた。心なしか足取りが弾んでいるように見えるのは、俺の見間違いだろうか……。ここで、俺の心に中に天使と悪魔の声が交差し始めた。

悪魔：げへへ、ついに覗きイベントが発生したぜ。男なら覗くしかねえだろ。あのルシアたんのナイスバディが拝めるチャンスだぞ。

天使：待ちなさい。今ここでルシアの裸を覗きに行けば、この2日で築いた信頼関係が一発で崩れ去ってしまいますよ。そんな馬鹿なことをする貴方ではないでしょう。

悪魔：うるせえ奴が何か言っているが、男なんて一皮むけば、女の裸が見たくて仕方ねえ生き物なんだよ。カッコつけて我慢しても身体に悪いだけだぜ。

天使：よくよく考えるのです。信頼を裏切って覗くような男とルシアが一緒にいると思いますか？　理性的に行動しなければ、女性の心を掴むことはできませんよ。

悪魔：プリンプリンのムチムチが見えるんだぜ。

天使：よく考えなさい。自分の欲に満たすのではなく、ルシアにとっての最善の選択を選びなさい。

天使の声による『ルシアにとっての最善の選択を選べ』という言葉に心を動かされた俺は、覗くのをやめて、開墾作業用の道具を作るために作業台に向かった。

開墾作業に必要な道具は、【スコップ】【鎌】【クワ】の三種の神器に、【ジョウロ】【木こり斧】【鉄のつるはし】を加えた6点セットが最低でも必要になってくる。昨日の鉱石掘りで手に入れた【鉄のインゴット】や【銅のインゴット】も多く生成できたので、一気に開墾道具を揃えるつもりだ。作成するものを【鉄の作業台】のメニュー画面から選んでいく。

【スコップ】……攻撃力＋10　付属効果：自生している草花・野菜・根菜等を掘り起こしてそのまま苗化できる。消費素材／鉄のインゴット：3、銅のインゴット：1、棒：2

【鎌】……攻撃力＋15　付属効果：周囲の草花を刈り、開墾用地に転用可能にする。消費

素材／鉄のインゴット：2、棒：2
【クワ】……攻撃力＋10　付属効果：鎌によって除草された土地を掘り返すことで畑に変化させる。消費素材／鉄のインゴット：4、棒：3
【ジョウロ】……畑に変化した土地に水分と養分を与えることができる。消費素材／銅のインゴット：3、鉄のインゴット：1
【木こり斧】……攻撃力＋25　付属効果：切り株や大木、竹を素材化させることができる　消費素材／鉄のインゴット：5　銅のインゴット：2、棒：4
【鉄のつるはし】……攻撃力＋30　付属効果：石英、金鉱石、銀鉱石、鉄鉱石、銅鉱石、石炭の素材化が可能となる　消費素材／鉄のインゴット：5、棒：4

消費素材が足りているので6点セットを連続で生成し、インベントリに収納する。ついでにルシアの調理道具についても追加生成して、石製調理器具を銅製の高級品にバージョンアップさせることにした。作業台のメニューから調理器具を選び、必要と思われる物を順番に生成欄にドロップしていく。

【鉄包丁】……攻撃力＋15　付属効果：なし。消費素材／鉄のインゴット：1、銅のイ

ンゴット：1、棒：1
【まな板】……木製の板。消費素材／木材：1
【銅鍋】……銅製の鍋。消費素材／銅のインゴット：1
【銅の大鍋】……銅製の大きな鍋。消費素材／銅のインゴット：3
【銅のフライパン】……銅製のフライパン。消費素材／銅のインゴット：2
【鉄のフライ返し】……鉄製のフライ返し。消費素材／鉄のインゴット：1
【泡だて器】……泡立てるための器具。消費素材／鉄のインゴット：1
【網笊《ざる》】……金網の笊。消費素材／鉄のインゴット：1

「これで開墾準備は整ったことだし、防壁内の荒れ地を畑に変えて、食料の自給体制を構築することに邁進しよう」


道具の精製を終えると、そのまま荒れ地の開墾作業に入ることにした。

防壁を作った際に凸凹だった土地だけはならしておいたが、木の切り株や雑草、竹などは自生したままで、耕作できる土地にはなっていない。

「ふぅ、これは一仕事だね……。でも、これくらいの畑があれば、俺とルシアの食料は十分に自給できるだろうな……」

防壁内の荒れ地は40m四方あり、個人で開墾するにはかなりの広さだが、ビルダーの力を使えば半日もかからずに作業が完了するはずだ。ビルダーの持つ力のでたらめさを改めて実感する。

早速【木こり斧】を装備して、切り株や竹を切り伏せていく。解体された切り株は【棒】【木材】に変化し、竹は【竹材】に変化していた。この【竹材】という素材も汎用性が高く、いろいろな道具や建材を作る際に活用することが多いので、全て収集しておくことにした。切り株や竹を除去したら【鎌】に持ち替えて、荒れ地に自生している草を刈り取っていく。一振りで周囲1mの草がバッサバッサと刈り取られていく光景は、自分でもビックリした。マジでビルダーの力はスゲーな。草刈り機以上の性能を発揮するじゃねえか……。【鎌】による除草はすぐに終わり、刈り取られた草は【干し草】と【雑草】に変化していた。どちらも家畜用の飼料となるが、ゲームでは【干し草】の方がより家畜の成長を早める効果があった。

「おぉ……。壮観な眺めだな。さっきまで鬱蒼とした荒れ地だったとは思えない。さて、あとは【クワ】で掘り返して【ジョウロ】で水を与えれば、立派な畑になるぞ」

休憩も少なめに【クワ】を手に持つと、地面を丹念に掘り返していく。転生前には農作業などしたこともなかったが、振り下ろした【クワ】はしっかりと地面を耕していく。

ボフッ！　ある場所を掘り返したら白煙が上がり、何かが素材化した。よく見ると紅い物体だが、見覚えのある食材に思えた。インベントリに収納すると【サツマ芋】と表示されている。

甘味ゲット……。そういえば、【サツマ芋】は種芋にして増やすことができたな。ちょうどいい。米がない現状では、貴重な炭水化物の供給源になってくれる。偶然に掘った場所で畑に植えられる物を見つけて、喜びを隠しきれなかった。

残りの場所を開墾していくと、【ジャガイモ】も素材化して飛び出してきた。どちらも種芋を植えておけば勝手に増えて食べられる根菜類であり、今後の食生活の向上に寄与してくれるものだ。

開墾した畑に水分を撒くため、ジョウロに水を汲みに行く途中、沐浴を終えたルシアが目隠し用の土壁からちょこんと顔を出してこちらを見ていた。

「ツクル兄さん……。さっき頂いた下着だけど、少しサイズが合わないと思って……。おかしくないか見てくれませんか？」

恥ずかしそうに胸を隠したルシアがゆっくりと土壁から出てきた。身長150cm程度だと思われる小柄なルシアの身体に見合わぬ、巨大な双丘を【革のブラジャー】が包み隠しきれずにはち切れそうになっていた。ファオァーーーー!?　凶悪なボディじゃないっすかっ!!　あぁぁ無理っすっ！　揺れる谷間に目が釘付けになってしまう……。本能的に大きな胸に魅力を感じてしまう。抱き心地や触った時の柔らかさに癒しを求めてしまうのだよっ！　悲しいけど男と

はそういう生き物なのだっ！

　俺が渡した革の下着を身につけ、トランジスタグラマーを絵に描いたような恋人が、恥ずかしそうに胸を隠しながら、おかしくないかと尋ねてくるシチュエーションに、脳内の血液が一気に沸騰した。

「いいや……。全然変じゃないさ。と、とても似合っているよ。ああ、やっぱりルシアにはよく似合うと思ったんだ。うん、似合っている。似合っているとも」

「本当ですか？　うち、こんなに背が低いのにおっぱいだけよく育っているから、気持ち悪い子だと思われてないか不安なんです～。本当に変じゃないですか？」

「ああ、全然そんなことないよ。その……すごく魅力的だと思う」

　照れて身をよじる度に、ルシアの双丘がブラジャーからこぼれ落ちそうになるほど揺れる。その度に俺の視線が揺れる胸を追っていく。

「そんなにジッと見たらいけません～。恥ずかしいですから～」

　俺の視線に晒されるのが恥ずかしかったのか、胸を隠そうとこちらに可愛らしいお尻を向けた。パンツもデザイン的にお尻を覆う面積が少なくなっていたが、ルシアのフサフサの尻尾を圧迫するようにはなっていなかった。フォアオオーーーー⁉　尻尾で覆われている部分以外は丸出しじゃないっすかぁ‼　おっぱいも素敵だけど、お尻も素敵ですぅぅ‼　ルシアの刺激的なおっぱいで脳内の血液が沸騰寸前だったところに、不意打ちのお尻によってリミットを越えてしまった。

「ブハッ！」

「ひゃあぁ⁉　ツクル兄さんっ、ど、どうされました！　あぁ、鼻から血が……」

俺は【ジョウロ】を持ったまま鼻血を出して、地面にぶっ倒れてしまった。

流血の大惨事でぶっ倒れたあと、気が付くと小屋に運び込まれていたようで、ルシアの膝枕の上で目覚めた。さすがルシアだ。膝の柔らかさといい、頭のフィット感といい、俺にピッタリ。見上げると大きな2つの頂が下から眺められるという絶景。ここは天国か。

「あぁ、よかった。急に倒れたから、ビックリしてしまったんですよ～」

革のワンピースを着たルシアが心配そうな顔をした。

「あ、ああ。なんだか、すごい迷惑をかけてしまったようだね。けど、とてもいいものを見せてもらえた……。オフゥ」

ルシアの拳がポコポコとお腹にヒットした。だが痛くはない。むしろ心地よい程度の刺激だ。これが伝説の膝枕イベントというやつか……。やっぱり覗きイベントを発生させないで正解だったな。リア充、へへっ、最高じゃねえか。

「忘れてくださいぃ～。ニヤニヤしちゃダメですぅ～。ツクル兄さんのイジワル～」

恥ずかしがるルシアたんはやっぱりカワイイ。この可愛さに俺はもうメロメロの骨抜きにされてしまっているのだ。カワイイは正義教に入信して、バリバリの信者となった俺に敵はいない。ルシアさえいれば、この転生先でも生き抜いていける自信がある。

「残念ながら、俺のルシアメモリーの中に永久保存されております」

すぐさま、脳内に先ほどのルシアの下着姿が浮かび上がってくる。まさにこの世の天使そのものの姿に、幸せを感じる脳内物質がダバダバと溢れ出していた。

「ひゃあぁ。恥ずかしい〜」

ルシアのポコポコパンチが今度は頭にヒットしている。ちょうど、マッサージ程度の刺激なので心地よかった。はっ！　しまった。ルシアとイチャイチャして忘れていたけど、まだ畑に水を撒いてなかったな。それに開墾中に見つけた【サツマ芋】と【ジャガイモ】の植え付けも終わっていなかった。だが、ルシアの柔らかな膝枕と頭部マッサージは非常に捨てがたい。もしかしたら、二度と味わえない感触かもしれない。どうするか悩んでいると、不意にルシアの頭部マッサージが止まった。

「ツクル兄さん、うち、そろそろお昼ご飯の準備をしないといけないから……。もうちょっと膝枕してあげたいけど……」

ルシアとイチャイチャしていたら、いつの間にか昼近くになっており、困った顔でこちらを覗き込んでいる。膝枕された位置からルシアを見上げると、凶悪な2つの頂が嫌でも存在をアピールしている。今度俺がレベルアップしたら、ルシアに膝枕をねだってみよう。これは至極の癒し空間だ。

ルシアが困っているので、膝枕タイムは終わりにして、昼食ができるまでにいろいろとやっておこう。

「ありがとう。ルシアのおかげでやる気が満タンだっ！」

起き上がるついでに、ルシアのおでこに軽く接吻をしていく。

「ひゃあぁ⁉　んもうー、ツクル兄さん、不意打ちは卑怯です～。するならすると言ってください～」

「ごめん、ごめん。つい、したくなった。今度からはちゃんと言うよ」

「ツクル兄さんのイジワル～」

真っ赤になっているルシアの頭をポンポンと軽く叩く。本当にカワイイ。異世界で出会った運命の人の笑顔を守るために、これからの労働も一生懸命に頑張れそうだった。

「そうだ。調理道具も新しいのを作ったから使ってくれる？　チューの謝罪の品だから遠慮なく受け取って」

「銅製の器具⁉　普通に買うとすごく高いですから、今まで欲しくても買えなかったんですよね……。本当に使っていいんですか？」

新しい調理器具をもらったルシアが道具の品定めをしながら、こちらをチラチラと見ている。本当にもらっていいのか迷っているようだ。

「どうぞ。道具は腕を持った人に使ってもらった方がいいからね。それに俺はビルダーだから、手間賃なんてかからないよ」

「ありがとうございます。うちはもっと美味しい物を作れるように頑張りますぅ」

調理道具一式を手にしたルシアが、憧れの道具を手にして目をキラキラさせていた。これで、さらにルシアの料理が美味しくなるのは間違いないな。調味料や食材が揃ってきたら、ルシアの食事はどれだけ美味しくなっていくのか……。イカン、よだれが……。ルシアの昼食を想像して、垂れそうになったよだれを飲み込み、小屋をあとにした。

◆◇◆◇◆

捜索隊本部となっているラストサン砦の作戦室を見回すが、誰もアタシと目を合わせようとせず、床に視線を落としていた。

「ヘルハウンドの村とフェンリルの村からの返答はどうなっている！　至急、討伐に参加する者を出せと伝えたであろう。返事はどうなっているのだっ！」

作戦室の椅子に座り、胸の中で眠っているタマの頭を撫でながら、居並ぶ士官の顔を睨みつける。睨みつけられた士官たちは言いにくそうな顔をしているが、意を決したのか、一人が進み出て報告を始めた。

「イルファ様、恐れながら報告いたします。両方の村より、『徴兵を恐れた若い奴が逃げ出した』との報告があり、逃げた者を追うので手一杯にて、援軍は送れぬと両村長より言い付かりました。ですので、両村よりの援軍は来ませぬ」

報告を終えた士官は安堵したようで、こちらを向いてホッとしていた。

「聞こえぬな。卑しくも魔王陛下のお傍に侍《はべ》るヘルハウンド族とフェンリル族の村が、此度《こたび》の転生ビルダー退治に兵を出せぬと言わせていいと思うのか？」

ギロリと報告した士官を睨みつけると、驚き竦《すく》み上がって目が泳ぎ始めた。

「い、いえ。魔王陛下のご指示は絶対です。今一度、両村に説得に参ります」

士官は部屋から転がるように出ていく。

「ふぅ、転生ビルダーの住む地域をほぼ特定できたというのに、探索で戦力を使い果たし、戦力不足で襲えないとは本末転倒であるな……」

「そう焦るニャ。敵さんもシッカリと守りを固めていると思うから、じっくり攻めるのが得策ニャ。焦りは禁物」

胸の中で寝ていたタマが目覚めたようで、髭《ひげ》の手入れをし始めていた。

「そうも言っていられないわ……。あの魔王が悠長に待ってくれるだなんて思えない」

利用価値のない者を忌み嫌うあの魔王なので、この程度のことでもたつくと、場合によっては王都栄転の話も立ち消えになってしまうかもしれない。

◆◇◆◇◆

おいらが村の外れをウロウロしていると、男が近づいてきた。転生ビルダー討伐への参加の話を親父から聞いて、居ても立ってもいられなかった。というのも、駆け落ちを考えていたフェンリル村のルリちゃんが、今回の討伐の徴兵メンバーに加わっていたからだ。その話を聞いた時、おいらの中でやるべきことが決まった。そのためにお手伝いをしてくれる人もいた。

「おじさん……。おいら、フェンリル村のルリちゃんと駆け落ちするわ。どうしてもルリちゃんを転生ビルダーの討伐に参加させたくないんだ。親父たちには迷惑がかかるかもしれないけど、見過ごせないや」

おいらの駆け落ちを手伝ってくれると申し出てくれた人がニンマリと笑顔になる。

「そうか、決意してくれたか！　ハチ君ならそう言ってくれると思っていたよ。おじさんもできる限りお手伝いするつもりだから、そのフェンリル村のルリちゃんと魔王様から隠れて生活できるよう頑張ろうな」

おじさんがおいらの背中をパンパンと叩いてきた。生まれてまだ2年しかたっていないが、ルリちゃんが転生ビルダーとの戦いに巻き込まれて死ぬのだけはどうしても回避したかった。一緒に生まれて育ったおいらのことを好きだと言ってくれたルリちゃんが死ぬなんて、絶対に耐えられない。そんなことなら、おいらが奪ってどこか魔王様の目の届かない場所で一緒に暮らすんだ。そのために駆け落ちの手伝いをしてくれるという人もいるから、おいらも腹を括ることができた。

「親父……ごめんね」

「親父さんもきっと分かってくれるさ！　おじさんが2人の駆け落ちがバレないように大人たちを誤魔化すから、ハチ君は村から南に行った大きな木の所で待っていてくれ。あとでおじさんも追いつくからさ」

「分かった。ルリちゃんを誘い出したら、南の大樹の所でおじさんを待っているね」

そう言っておじさんに背を向けると、当座の食い物を背負い、ルリちゃんのいるフェンリル村へ走った。村はすぐ近くにあり、ルリちゃんはいつもの広場でボーっとしていた。魔王軍への徴兵が決まったことで呆けているのかもしれない。

「ルリちゃんっ！　ルリちゃん！」

「あら、ハチちゃん……。どうかしたの？　どっかにお出かけかしら？」

「いいから、おいらについてきてくれ！　誰にも内緒で今からついてきて！」

おいらは駆け落ちすることをルリちゃんに伝えずに、一緒に外出しようというくらいの気安さを演出して誘った。

「今から？　別にいいけど。どこに行くの？」

「とっても素敵な場所があるって親父に聞いたから、そこに行こうよ！　場所はおいらが聞いているから、そこでお昼を食べたいなと思ってさ。一緒に行ってくれる？」

「いいけど。お母さんに言ってこないと……」

「おいらがもう言っておいたから大丈夫。さぁ行こう」

おいらはルリちゃんを少しだけ強引に誘って、おじさんと落ち合う約束をしている南の大樹まで走った。けれど、日暮れになってもおじさんはやってこなかったので、ルリちゃんに駆け落ちすることを話すと、泣いて喜んでくれた。ルリちゃんもまた転生ビルダーとの戦いに巻き込まれて死にたくないと思って、おいらと駆け落ちしようと考えていたそうだ。だから、おじさんには悪いけど2人で駆け落ちすることに決めて、夜の森に向かったんだ。

◆◇◆◇◆

ルシアの膝枕を堪能した俺は、遅れた作業を取り戻すために猛烈なスピードで畑の水撒きを終え、開墾作業中に素材化した【サツマ芋】と【ジャガイモ】を植え終えた。作業台に戻ってくると、少し強い魔物がいる南側の低湿地地帯に素材収集に行くため、２人の装備を整えることにした。とりあえず、メニューから鉄製武具を選ぶ。

【鉄の剣】……攻撃力＋30　付属効果：なし。消費素材／鉄のインゴット：2、銅のインゴット：2
【鉄の弓】……攻撃力＋20　付属効果：なし。消費素材／鉄のインゴット：2、銅のインゴット：1、つる草：10
【鉄の矢】……攻撃力＋10　付属効果：なし。消費素材／鉄のインゴット：1、銅のインゴット：1、棒：3
【鉄の盾】……攻撃力＋5　防御力＋10　付属効果：シールドバッシュ使用可能。消費素材／鉄のインゴット：2、銅のインゴット：2、木材：2

【鉄の鎧】……防御力＋20　付属効果：なし。消費素材／鉄のインゴット：5、銅のインゴット：2、なめし革：2
【鉄のグリーヴ】……防御力＋10　付属効果：なし。消費素材／鉄のインゴット：3、銅のインゴット：2、なめし革：1
【鉄の面頬《めんぼお》】……防御力＋10　付属効果：なし。消費素材／鉄のインゴット：2、銅のインゴット：2
【鉄のガントレット】……防御力＋10　付属効果：なし。消費素材／鉄のインゴット：2、銅のインゴット：2、なめし革：1

鉄製の装備を一気に連続生成すると、作業台の上に鈍い銀色に光る金属製の鎧一式と鉄製の武器が現れた。かなりの金属素材を消費したので、また鉱石掘りに行く必要が出てきたが、鉄製装備に身を包めば序盤の敵に苦戦することはなくなる。そうすれば、素材収集もレベルアップもスムーズに行えるようになり、効率が格段によくなるのだ。

【革のジャケット】と【革のズボン】の上に鈍い銀色の鉄の防具を着込んでいくと、○紀末救世主伝説なんちゃらの拳に出てくる、斧を持ってバイクを乗り回していそうな感じになったが、とりあえず気にしたら負けなので、気にしないことにした。

装備がバージョンアップしたところで、ステータスを確認してみる。

ツクル　種族：人族　年齢：23歳　職業：ビルダー　ランク：新人
ＬＶ３
攻撃力：20　防御力：19　魔力：9　素早さ：11　賢さ：12
総攻撃力：55　総防御力：79　総魔力：9　総魔防：12
解放レシピ数：55
装備　右手：鉄の剣（攻：＋30）　左手：鉄の盾（攻：＋5　防：＋10）　上半身：鉄の鎧（防：＋20）　下半身：鉄のグリーヴ（防：＋10）　腕：鉄のガントレット（防：＋10）
　頭：鉄の面貌（防：＋10）　アクセサリー1：なし　アクセサリー2：なし

はい、ガチタンクの完成です。序盤は魔術を使ってくる魔物は出ないから、物理防御に極振りすれば余裕なのは、ゲームを攻略していた時の知識だ。これで序盤の魔物には、ほぼノーダメージで完封できる。ルシアを守る必要もあるから、俺が簡単に斃《たお》されるわけにはいかなかった。

続いて、大事な同行者であるルシアも装備をバージョンアップさせる。メニュー欄を開き、革製の防具を作成していく。

【革の胸当て】……防御力＋5　付属効果：なし。消費素材／なめし革：2、革紐：2、銅のインゴット：1
【革の草摺《くさず》り】……防御力＋5　付属効果：なし。消費素材／なめし革：2、革紐：1、銅のインゴット：1
【革の手袋】……防御力＋5　付属効果：なし。消費素材／なめし革：1、革紐：1
【革の帽子】……防御力＋5　付属効果：なし。消費素材／なめし革：2、革紐：1
【革のマント】……防御力＋5　付属効果：なし。消費素材／なめし革：2、革紐：1、銅のインゴット：1

作業台の上にルシア用の革製の防具が新しく生成された。魔術師であるルシアは鉄製の鎧を装備できないので、防御力は劣るが革製防具を身につけてもらおうと思う。

生成作業が終わったところで、丈の短い革のワンピースを着たルシアが、尻尾を揺らしながら昼食ができたことを知らせにきた。

「ちょうどいい。午後からは南の方に素材の収集にいくから、これを着ていってくれるかい。

ないよりはマシだからさ。まぁ、その前に俺がルシアまで近づけさせないけどね」

目の前に差し出された装備一式を見て、ルシアが驚いている。

「ひゃあぁ～！　革製の防具がこんな短時間でできてしまうなんて……。普通だったら、注文してから2週間はかかりますよ。ツクル兄さんの足手まといにならないように頑張ります～」

その場で防具を身につけ始めたルシアだったが、少し前に屈むと革のパンツや綺麗で真っ白いお尻がチラチラとスカートの裾からはみ出してしまう。うーむ、これは素晴らしい光景……。だが、他の奴に見られるのは避けたい。今のところ、この僻地には誰もいないと思うが、放浪者がいつ現れるか分からないからな。プリンとした安産型のお尻を持つルシアの後ろ姿を見ながら、自分が趣味に走って作成したスカート丈に危惧を覚えていた。

「ツクル兄さん、どうですか？　似合っていますか？」

ルシアが目の前でクルンと一回転する。スカートがフワッと持ち上がり、尻尾と共にスカートの中身がチラッと見えてしまった。うぐぅ……。大変に似合っておられます……。貴方様には、男を前屈みにさせてしまう魔法が付与されました。もう、俺は抗えません。革製防具を身につけたルシアは黒い囚人服からのイメージを脱却して、一端の冒険者のような格好に変わっていた。これなら、追放された街以外になら行っても攻撃されることはないだろう。

「とても可愛くて、愛らしくて。すごく似合っているよ。俺の脳内のルシアメモリーに新しく永久保存しておくよ。う～ん、カワイイ」

ルシアがボッと真っ赤になり、無言で小屋に向かって俺の手を引いた。


昼食を終えると、小屋の近くに帰還地点となる転移ゲートを設置してから、南側に広がる低湿地帯に素材収集に出かけた。ここには、【体力回復薬】の材料になる【薬草】や【ヒーリングリーフ】が自生しているので、スコップで掘って畑に持ち帰り、栽培してみることになった。

ハーブマスターのルシアは、【エゴマ】【バジル】【ニラ】に加えて、【クレソン】【ミント】【カモミール】【ワサビ】【ネギ】【ニンニク】を発見。一部素材化させた物以外はスコップで掘り起こして、栽培用として持ち帰ることにした。さらに捜索していくと、【ショウガ】や念願の【胡椒】が自生しているのを発見したので、スコップで丁寧に掘り起こし、栽培用にインベントリにしまい込んだ。

現時点での最重要調味料である【胡椒】を手に入れたことで、テンションが上がった俺たちはさらに南下を続ける。目的は、フカフカベッドを作るために必要な【綿花】と【羽毛】だ。

しばらく湿地帯を歩いていると、前方から鳥の鳴き声が聞こえてきたので確認すると、10羽ほどの大マガモがいた。魔物としては強くないが、全長2m近い巨体で集団行動をして襲ってくることもあるため、油断はできない。背後にいたルシアに大マガモを狙うよう指で差し示す。

ルシアは黙ってコクンと頷くと、すぐにでも詠唱動作に入れるように杖を構える。一方、俺は武器を鉄の弓に替えると、鉄の矢を番《つが》えて先頭の大マガモの首筋に狙いをつけた。キリリと引き絞った弓から矢が放たれると同時に、ルシアの詠唱が始まる。先頭の大マガモが鉄の矢に首筋を貫かれて絶命すると、急な攻撃で慌てた大マガモの集団は、ルシアの火炎の矢を喰らって2羽目が丸焼けになって絶命した。その間に2射目の矢を番え終え、さらに混乱を広げるために3羽目の大マガモを狙い撃ち。俺は鉄の剣と盾に装備を替えて、突撃する。

「ツクル兄さんっ、うちが援護しますから！　ツクル兄さんの背中は任せてくれませんか？」

「分かった。俺の背中はルシアに預けるよ」

背後からの敵の排除と援護をルシアに任せて、鉄の剣で大マガモの集団に吶喊《とっかん》する。混乱したままの大マガモたちは、ルシアの火炎の矢と、俺の鉄の剣の憐れな犠牲者と成り果てていった。最後の1羽の大マガモの首筋に剣を突き立てると、ボフッと白煙を上げて素材へと変化した。

「ふぅ。集団でいると、さすがにちょっとだけヒヤッとするね」

「ツクル兄さんは、全然強いじゃないですかぁ。大マガモの攻撃が全然効いてない。すごいわぁ～。さすが、うちの……あっ」

ルシアが照れたように何かを言い淀んだが、そこは最後まで言いましょう。俺はルシア専用

『恋人』なんだから、遠慮はいらない。

「うちの……何？　専用『恋人』でよかった？」

「ツクル兄さんのイジワル～。そんなの決まっているじゃないですかぁ～。バカ、バカ～。イジワル～」

背中をポカポカと叩くルシアは顔を真っ赤にして照れていた。はぁ～、かわええのぅ……。萌え死ぬ状況とは、こういうことを言うのであろうか……。この世界に来てから、脳内の98％はルシアに関することで埋め尽くされている。中毒状態といっていいほどだ。恋は盲目というが、盲目なんて生易しいものではなく、恋は中毒だ。俺の中のルシア成分が不足する事態が起きれば、この世界を滅ぼしかねない。

「俺はルシアが大好きだぁーーーっ！！！　世界で一番愛しているぅーーーー!!」

胸の中に溜まっていた気持ちが、思わず声になって漏れ出してしまった。

「ひゃあぁ!?　ツクル兄さん、人がいない所だからいいけど、そんなことを大声で言われたら照れてしまいますよ～」

気持ちが募りすぎて声として出てしまったが、ドン引きされていないことに安堵した。転生前の自分が今の自分たちを見れば、『イチャイチャしているバカップルめ、時間と金を有意義に使えない低能どもがっ！』と悪態をつきまくるだろう。だが、リア充を手に入れた俺は、転生前の自身の価値観を全否定する。カワイイ恋人と過ごすのは、何物にも変えられない至福の時間なのだと。

「ルシア、ありがとうっ!!」

背中をポカポカと叩いていたルシアの方に向き直ると、彼女の身体をギュッと抱きしめる。

「んもう～。ツクル兄さんは、すごく卑怯です……。急に好きとか言われて、ギュッと抱きしめられたら、うちもドキドキしちゃいます」

ルシアは恥ずかしいのか、顔を背けていた。ただ、ギュッと抱きつき返してきたことで、おっぱいが鉄の鎧に潰されて、革の胸当てからこぼれ落ちそうになる。このおっぱいも俺のものだ。実に素晴らしい柔らかさを持っていた。しばらく2人で抱き合ってお互いに満足したようだ。

「さて、そろそろ素材拾いしよっか」

「はい……。名残惜しくはありますが、仕方ありませんね……」

ルシアが装備の緩みを整えてくれた。こういった細かいことに気が付いてくれるルシアは、絶対にいい奥さんになれると思う。イチャイチャ成分の補充を完了した俺たちは、退治した大マガモの素材を拾い集めた。手に入った素材は、【羽毛】×5、【カモの肉】×3、【卵】×2。それらの素材をインベントリにしまうと、さらに探索を続けるべく、南に下っていくことにした。大マガモを退治して【羽毛】をゲットしたものの、肝心の【綿花】が見つかっていないのだ。ゲームでは、確かこの辺りに自生しているはずなのだが、一つも見当たらない。ガサガサと草を掻き分けて進むと、不意に大蜘蛛と遭遇してしまう。体長が4mほどあるが、それほど強くはない。ただただ気色が悪いだけである。

「ひぇぇぇ……。ツクル兄さん、うち、蜘蛛は苦手なんです……」

大蜘蛛の不気味な外観は、若干1名の戦闘意欲を削ぐことには成功していた。

「苦手なら下がっていていいよ。これくらい、どうってことはないから」

大蜘蛛程度の攻撃力では鉄製の防具を貫けないのは先刻承知しているので、落ち着いて鉄の剣を抜いて盾を構えると、シールドバッシュで大蜘蛛の気絶を誘った。不意を突かれた大蜘蛛がシールドバッシュを喰らって、動きを止める。どうやら、綺麗にシールドバッシュが命中して気絶状態になったようだ。こうなれば、あとは急所である胴体部分に鉄の剣を突き込むだけの簡単な作業だ。大蜘蛛が絶命すると【蜘蛛の糸】に変化した。

剣をしまおうとすると、何かがこちらに向けて走り寄ってくるのが見えた。

「ルシア、あれは何だろう?」

「毛玉のかたまりですかね? それにしてもとても汚らしい生き物ですね～」

こちらへ向かって走り寄ってくる生物は泥や砂で毛皮が汚れ、元が何であるのかさっぱり判断がつかない生き物であった。

「おーい、そこの人たち。ちょっと悪いけど、おいらたちを助けてくれない？」

謎の四つ足毛皮生物が、こちらを見つけると喋りかけてきていた。ゲームでは魔物も仲間にできる仕様だったが、喋る魔物はいなかったように記憶している。思わずルシアを庇って前に出ると、剣と盾を構えた。

「何者だっ！　お前は魔物だろうっ！　なぜ喋れる！」

「お願いします。話を聞いてください。おいらの大事な人が死にかけていて助けてほしいんです！　一生のお願い。それに食料も分けてほしい‼　助けてくれたら、貴方様の番犬でも何でもやりますからっ！！！」

謎の四つ足毛皮生物が、足元に跪《ひざまず》いて食料を分けてくれと懇願している。こ、こんなイベントはゲームになかったぞ……。

「ツクル兄さん、この子、よほど困っているみたい。どうですか、食料はたんまりとは言いませんが、うちとツクル兄さんでは食べきれないほどありますし、ここで会ったのも何かの縁だと思うから、うちを助けてくれた時のように、この子を助けてあげませんか？」

ルシアは謎の四つ足毛皮生物に同情したようで、控えめに助けてほしそうな視線をチラチラとこちらに送っていた。ぐぅ、その眼で見つめられると、俺は抗えねえよ。でも、助ける相手

は正体不明なんだよなぁ……。

「カワイイ恋人のルシアのお願いなら仕方ない。とりあえず助けてやるから、まず名乗れ‼」

助けてやると聞いた謎の四つ足生物は、バッと顔を上げた。

「ありがとうございますっ‼　おいらはハチ。ヘルハウンド族のハチと申します。本当にありがとうございます」

「へ、ヘルハウンド⁉　馬鹿な！　何でそんな高レベルな魔物がこんな場所にいるんだっ⁉」

ハチが本当にヘルハウンドだったら、大変なことになる。ヘルハウンドといえば、ゲーム中ではレベル50を超しており、終盤近くに登場する魔物だ。マジか、なんでこんなことに……。

予定外の高レベル魔物の出現に、剣を持つ手がカタカタと震える。今の俺じゃ、ダメージを負わせる前に消し炭にされてしまう相手なのだ。せめて、ルシアだけでも逃がせるように、俺が盾とならねばならなかった。しかし、俺の恐怖を嗅ぎ取ったのか、ハチと名乗ったヘルハウンドは前脚を勢いよく振って否定する。

「おいら、ヘルハウンドといっても子供なので、そんなに強くないです。おかげで、貴方様に助けを求めないといけない事態に陥っているのですから」

ハチの身体は泥と砂で汚れているものの、大型犬程度の大きさであり、終盤に出てきたヘルハウンドとは比べ物にならないほどみすぼらしかった。

「そ、そうか。取り乱してすまない。俺も大事な人を守りたいんでな。そういえば、こちらも名乗ってなかったな。俺はツクルだ。後ろの子はルシア。よろしく頼む」

「ヘルハウンドがこんな場所にいてビックリしたと思いますが、ツクル様とルシア様のご厚意に甘えさせてもらいます」

ルシアが後ろから俺の服の裾を引っ張る。

「ツクル兄さん……。早いところ、ハチちゃんの大事な人を助けにいきましょう……。こうしている間にも大変なことになっているかもしれませんから」

「おお、そうだったな。ハチ、案内してくれ」

「合点承知！　ツクル様、おいらのあとについてきてください！　しっかりと案内させてもらいますからっ‼」

ハチが頭を擦り付けそうな勢いで礼を言うと、矢のように飛び出していった。

「はぇえ‼　ルシア、急いで追いかけるよ」

「ひゃやぁ！　すごく速いわぁ～、ツクル兄さん待って～」

飛び出していったハチの後ろ姿を、2人とも駆け足で一生懸命に追う。10分ほど走ると、湿地帯を抜けて草原のような場所に出たが、その中に生えていた大木の木陰にハチの大事な人がいた。木陰で横になっていた生物は、ハチと同じように灰色に汚れた毛並みをまとったオオカミであった。

「ツクル様、おいらの大事なフェンリル族のルリちゃんだわ。実は2人で一緒になりたいと、両親に黙って駆け落ちしてきたんです。でも、駆け落ちしたのはよかったんだけど、2人とも未熟で餌となる魔物を狩れずに、ご飯が食べられなくて……。本当においらは愚かなことをしてしまった……」

木陰でグッタリと横になっているオオカミがフェンリルだと告げられて、さらに驚いた。ゲームでは、ラスボス前に魔王城の門番をしているはずの魔物である。確かレベル70近かったような記憶が……。だが、目の前のルリはかなり衰弱しており、か細い呼吸しかしていなかった。純白のはずの毛皮も砂と泥に塗れて灰色に変色し、みすぼらしさを増幅させている。

先ほど手に入れた【カモ肉】をハチの前に置く。

「おい、ハチ。ルリはかなり衰弱しているから、お前がちゃんと噛み砕いて食べさせてやれ」

「ツクル兄さん、木腕にお水も出してあげてください。脱水症状もあるみたいですし、お砂糖と塩も少しだけ混ぜた方がいいと思います」

ルシアもルリの状態をかなり危ないと判断したようで、水も飲ませるように指摘した。

「ツクル様、ルシア様、このご恩は必ずお返しします。このハチは恩を絶対に忘れたりしません‼ ルリちゃん、ほら、おいらが柔らかくしたカモ肉だよ。お願いだから、目を開けて食べてくれ。頼むよ」

ハチが噛み砕いて柔らかくした【カモ肉】を、ルリの口に押し込んでいく。押し込まれた肉をゆっくりとルリが咀嚼し始めた。木椀の水も咽《むせ》ないようにルシアがゆっくりと飲ませていく。しばらくするとルリが目を開いた。

「ハチちゃん……お肉美味しいね……。今までで一番美味しいお肉かもしれない……。でも、このお肉どうしたの……」

「実は、こちらにおられるツクル様とルシア様に分けていただいたんだ。おいらの実力じゃ、ここの魔物も狩れなかった。ごめんよ。ルリちゃんを無理やり誘って駆け落ちしたおいらの責任だ。村に帰ろう……。やっぱりおいらとルリちゃんじゃ、一緒になれない。飢え死にする前にそれぞれの村に帰って謝ろう」

「……なんで？　ハチちゃんは悪くないよ。あたしが、魔王軍の徴兵の話を蹴ればよかったんだから……。ハチちゃんが悪いだなんて誰が決めたの？　あたしはハチちゃんのことが好きなんだもん。この気持ちだけは変わらないよ」

衰弱していたルリがよろよろと立ち上がると、ハチに甘えるように身体を寄せた。

「ルリちゃん……。でも、おいらと一緒じゃ、ご飯も食べられないよ。それじゃあ、ルリちゃんが死んでしまう！　そんなのおいらが耐えきれない！」

「そんなの……。ハチちゃんとの駆け落ちを決めた時から覚悟してるよ。女の子の覚悟を馬鹿にしちゃダメよ……」

どうやら、魔王軍の徴兵を逃れるため、ルリとハチはお互いが住んでいた村から駆け落ちして逃げてきたらしい。ゲーム内では魔物の村を発見したことはなかったが、フェンリルやヘルハウンドはそれぞれの村である程度まで強くなってから外の世界に出るようだ。だから、ルリやハチのように産まれたばかりの魔物が村を逃げ出すなんていうのは、前代未聞の珍事なのだろう。それにしてもオオカミであるフェンリル族と、近親種とはいえ犬のヘルハウンド族が恋仲とは、世の中は不思議に溢れているな。ルリとハチのやり取りを見ていたルシアが、目から大粒の涙を流して号泣している。そして、こちらを向いてお願いをしてきた。

「ヅグル兄ざんっ‼　かわいそうでずぅうう‼　このお2人さん、本当にかわいぞうでずぅ‼　このお2人さんを、あの小屋で住まわせることはできませんか？　この人らのご飯やったら、うちが作りますからぁ！」

予想した通り、2人の境遇に同情したルシアが、あの小屋に住まわせたいと言い出した。

……はぁ、泣いているルシアたんに頼まれたら断れないじゃないか。ヘルハウンドとフェンリルが番犬代わりか……。魔王城かよっ！　と突っ込みたくもなるが、断ったら絶対に今晩の膝枕と明日の朝のモフモフ権を取り上げられると思うので、素直に降参する。男は、女の子のすることを寛大に受け入れないとね。ヘルハウンドにフェンリルもバッチコーイっ！　覚悟ができたので、身体を寄せ合って泣き続けているルリとハチに話を持ちかけることにした。

「あー、お2人さん。悲壮感を漂わせているところを申し訳ないが、一つ提案させてもらいたいんだけれどもよろしいか？」

身を寄せ合っていたルリとハチが、一斉にこちらに顔を向けた。

「ツクル様の提案とは？」

「実はルシアが2人のことを応援したいと言い出してね。我が家で一緒に共同生活をしないかと申し出ているんだ。今のところボロ屋だが、近々改装も予定しているし、食料も豊富とまではいかないが、それなりに貯蔵している。君らがどれだけ食事をするか分からないが、必要な食料を確保できる自信はあるよ。だから、一緒に暮らさないか？」

「……ツクルさん、とおっしゃられましたね。見ての通り、あたしたちは魔物です。あなた方の村では他の方が怯えてしまいます。ご厚意はありがたく頂戴いたしますが、共同生活は無理かと……」

「えー、ルリさん。その件につきましても問題ありません。実は我が家は俺とルシアしか住んでなくてね。しかも、人里離れた僻地にあるんだ。滅多に人も寄り付かないよ。だから、君らも身を隠すにはちょうどいいと思うんだ」

「……そうなんですか……」

「ルリちゃん、実はおいら、さっき助けてもらう代わりに、ツクル様とルシア様の番犬でもなんでもしますって約束しているんだ。だから、この約束だけは果たさないといけなくてさ」

「……そうだったの。じゃあ、約束を破るわけにはいきませんね。ハチちゃんともどもツクルさんたちのお家にご厄介になってよろしいでしょうか？　頂くご飯の代わりに番犬でも何でもお引き受けいたします。恩を受けるのであれば主《あるじ》も同然。名前は呼び捨てで結構です」

「おいらからも頼みます。ルリちゃんと同じくおいらの名前も呼び捨てで構いません」

ルリとハチは地面に伏せるように並んで頭を下げた。

「ルリちゃん、ハチちゃん、よろしくね～。ツクル兄さんはすごい人だから、ビックリしないでね～」

ルシアが地面に伏せているルリとハチの間に入り、砂と泥で汚れきった2人の毛皮を撫で回していた。

「ルリ、ハチ、とりあえずよろしく頼む」


＞ルリが仲間に加わりました。

＞ハチが仲間に加わりました。

2人が仲間に加わったようなので、ステータスをチェックする。

ハチ
種族：ヘルハウンド族　年齢：2歳　職業：魔物　ランク：新人
LV1
攻撃力：6　防御力：4　魔力：4　素早さ：6　賢さ：4
総攻撃力：6　総防御力：4　総魔力：6　総魔防：4
特技：引っ掻き（攻：+5）
装備　右足：なし　左足：なし　身体：なし　頭：なし　アクセサリー1：なし　アクセサリー2：なし

ステータスを確認した瞬間に思わず噴き出してしまった。よえぇーーーー‼　マジか、ヘルハウンドの初期能力ってこんなに残念な感じだったのか……。でも、レベルが上がると相当強くなっていくんだよな。予想外の弱さに、この辺りですら魔物の狩猟ができなかったというハチの言葉の裏付けが取れた。確かにこの能力では、勝つのが難しいだろう。とりあえず、しばらくは装備を作って魔物退治に連れていき、レベル上げしてあげるか。ついでにルリの方もステータスを確認する。

ルリ
種族：フェンリル族　年齢：2歳　職業：魔物　ランク：新人
LV1
攻撃力：4　防御力：6　魔力：6　素早さ：4　賢さ：6
総攻撃力：4　総防御力：6　総魔力：6　総魔防：6
特技：氷の息（魔：＋10）
装備　右足：なし　左足：なし　身体：なし　頭：なし　アクセサリー1：なし　アクセサリー2：なし

こちらもヘルハウンドのハチと同じような能力だ。これでは、この辺りの魔物にはボコられてしまうだろう。
2人を仲間にしたが、ルリの体調が少し悪そうだったので、周辺の安全を確保して、ルシアと共に休憩してもらうことにした。その間に、ハチを引き連れて大マガモを3体ほど倒し、【羽毛】と【カモ肉】×2を手に入れた。さらにしばらく探索を続けると、探し求めていた

【綿花】が自生する場所に辿り着く。ゲームで発見した座標よりも若干南の場所に生えていたのだ。栽培用に【綿花】を10個ほど採り、あとは【綿毛】に素材化させた。目的の物を手に入れると帰還の時間が近づいてきていたので、休憩していたルシアとルリと合流し、転移ゲートで小屋に戻る。初めて転移ゲートを使ったルシアを含めた3人は、茫然とした表情をしていた。

「ツ、ツクル様？　おいらどこにいるのですか？」

「ハ、ハチちゃん。ここはどこだろうね……。さっきの扉を抜けたら違う所にきちゃったみたい」

「ツ、ツクル兄さん。これって……。あの小屋ですよね？」

3人とも狐につままれたようにポカンとしていた。混乱している3人に、分かりやすく転移ゲートのことを説明しておく。

「あ、これが転移ゲート。さっきの扉と俺の小屋を一瞬で結ぶ道具さ。どんなに距離があっても、この扉を使えば一瞬で移動できるのさ。楽できただろ？」

説明を聞いたルシアとルリとハチは驚いていた。南の湿地帯にいたと思ったら、一瞬で俺たちの住処に帰還できたからだ。それに、ルリとハチは俺たちの住処を見て、さらに驚いていた。整地された畑の中に、いきなり土の防壁や水堀を完備している城塞のような場所があったからだ。

「転移ゲートにもビックリしましたけど……。まさか、ここが全部ツクルさんとルシアさんの家というわけではありませんよね？」

「ルリちゃん、いくらなんでもそれはないでしょう。ちょっとした村くらいの広さはあるから。きっと、休憩に寄っただけで、もう1回転移ゲートで移動するんでしょ？」

ルリとハチは、ここが俺たちのマイホームだと認識していないようだ。寝泊まりする小屋こそみすぼらしいが、外側の防壁はそこいらの村よりもずっと堅牢に作ってある。それに、木で作った木偶人形たちが周囲を警戒していた。

「ここが俺たちの家だ。門構えは立派だが、中の小屋はみすぼらしいままなんでな。ガッカリしないでくれよ」

ルリとハチが焦っていた。

「……ハ、ハチちゃん……。こ、これはすごい人のお家で番犬することになったかも……」

「ル、ルリちゃん……。この広さだと大変な仕事になりそうだけど、おいら、めちゃくちゃ頑張って、ツクル様に褒めてもらうよ。ルリちゃんを食べさせていくためにもね」

ハチは尻尾をパタパタ振って、やる気を見せていた。男として、嫁となるルリちゃんを食べさせていく決意が固まったものと思われる。その意気だ。同じ男として俺も応援させてもらうぞ。

「番犬といっても、魔物もそんなに寄ってこないし、外はゴーレムさんたちが周囲を警戒してくれていて平和な所だから、そう気負わなくていいですよ〜」

「ルシアの言う通りだ。とりあえず、ハチとルリには素材集めと魔物討伐を助けてもらえるとありがたい。なに、俺がついているから大丈夫。すぐに強くなるさ」

魔物討伐を手伝ってほしいと言われた2人の顔が不安そうに曇る。

「おいらたちだと角ウサギくらいしか狩れないと思うんだけど……」

「まぁ、大丈夫だ。とりあえず、今日はルシアが腕を振るってくれる夕食を食べて、英気を養ってくれよ」

ハチの背中をパンパンと叩きながら、木の扉を開き、中に入っていった。

ルシアが夕食の準備を始めたので、俺はハチとルリの汚れた身体を綺麗にする。泥と砂がすごいので、沐浴用の洗い場は断念して、インベントリから水を取り出して丁寧に泥と砂を落としていった。

「はくしょいっ！　ツクル様。スゴイ冷たいんですけど……。やっぱり、泥と砂は落とさないといけないんですかね？」

「小屋の中を泥と砂まみれにすると、ルシアが掃除しないといけなくなるからな。我慢してくれ。ルリも冷たいが我慢してくれよ。なに、あとで焚き火に当たればいいさ」

今度はルリに水をかけて、毛についた泥と砂を洗い落としていく。2人とも泥と砂の大半が落ち、ハチは黒い毛、ルリは白い毛であることが判明した。大半が落ちたところで、仕上げにすすぎの水を2人にかける。

「ひゃぅ……。冷たいです。ツクルさん、あたし我慢しますから、ザバッとやってください。はぅううっん！　冷たいぃぃい」

水に濡れた2人が、毛についた水を飛ばそうと身体をブルブルと震わせた。泥の混じった水が俺の顔を直撃する。

「ぶへぇ！　ぺっ！　ぺっ！　こらこら、2人とも泥を飛ばさないでくれ」

「そう言われても、寒くて我慢できないですよ。ルリちゃん、とりあえず、焚き火の前にいこうか」

「……ううぅ、そうね。あたし、冷え性だから我慢できないわ。ハチちゃん。身体寄せていい？」

「そんなのいいに決まっているさ。遠慮なんかしないでいいよ。おいらとルリちゃんの仲だし」

見ているこっちが赤面しそうなほどイチャつくルリとハチだが、落ち着いたら2人の馴れ初めを聞かせてもらうことにしよう。

「……大好きだよ。ハチちゃん」

「そんなん、おいらもだよ」

ヘルハウンドとフェンリルが焚き火の前でイチャイチャして身体を寄せ合っていた。転生前なら、茶々を入れるところだが、ルシアと暮らすようになった今の俺には、ハチの気持ちが痛いほど分かる。

作業台の所に移動した俺は、念願のベッドを作成することにした。これまではベッドなし生活だったが、【綿毛】と【羽毛】を手に入れたことにより、快適な寝床を実現できそうだ。ベッドがあれば、ルシアたんとも正式な朝チュンを……嘘ですっ！　全国1500万人のルシアたんファンの皆様、お願いですから刺殺だけは勘弁してください。イケナイ方向へ思考が流れそうになったので、ベッド作成に集中することにした。作業台のメニューから【フカフカベッド】を選択して作成する。

【フカフカベッド】……フカフカの寝心地のベッド。消費素材／羽毛：2、綿毛：5、木材：5

ボフッ！　ダブルサイズのベッドが作業台の上に飛び出した。寝具も一緒についてきたようで、2人分の枕と掛け布団も付属している。

「うむ、小屋にはちょっとサイズが大きいかもしれないけど、改築の際に部屋を広げればいいだろう」

問題はルシアの寝相の悪さだが、ベッドから落ちないようにと理由をつけて同衾させてもらおう。嫌だと言われたら、ベッドはルシアに譲って俺が地べたで寝ればいい。

「何の音です？　いきなり大きな音がして、おいらビックリしたわ」

生成の音でびっくりしたルリとハチが、作業台の方へやってきた。2人ともついさっきまでなかったベッドを見て眼を丸くしている。

「さっきまでこんなベッドなかったよね？　あたし、夢でも見ているのかしら……。ハチちゃん」

ルリがガブリとハチの尻尾を噛んでいた。

「ぎゃひいんっ!!　いだいっ！　痛い。ルリちゃん、痛いのは勘弁して」

「ハチちゃんが痛がるということは夢じゃないんだね。まさか、ツクルさんの力ですか？」

ルリとハチが目をぱちくりさせてベッドを見ている。

「言い忘れていたけど、俺はビルダーなんだ。大概の物は自作できちゃうし、即完成させることができるのさ。さっき2人が見た土の防壁も、俺が半日程度で完成させたものだよ」

2人がギョッとした顔で周りの防壁を見渡す。その間に完成した【フカフカベッド】をインベントリにしまい込んだ。

「……ツクル様ってビルダーなんだぁ……。す、すごい力ですね……。ははは……」

ハチがせわしなく振っていた尻尾を股の間に挟んで震えていた。

「……ハチちゃん。これは完全にお口にチャックをしないといけないことだわ。ツクルさんのことが知れると、あたしたちの住む所もなくなっちゃう。だからこれは内緒にしないと。あたしとハチちゃんの秘密ね」

ルリは意外と頭が回るようだ。彼女の言った通り、僻地に住んでいるとはいえ、人が来ないとは限らない。そんな時にベラベラと喋ってしまうと困った事態に陥るので、2人にはしっかりと覚えておいてほしかった。

「ルリの言う通りだ。このことは他の人に喋っちゃだめだよ。もちろんルシアは知っているから大丈夫だ。そうだ、ルリとハチにも寝床を提供しないとね。【干し草の寝台】でいいかい?」

「お食事を出していただくうえに、寝床まで提供していただくわけには……。あたしたちは外で大丈夫ですから、お気遣いは無用です」

ルリは遠慮をしているが、これから共同生活を行う仲間だから、専用の部屋を用意してあげようと思う。

「大丈夫。2人の愛の巣はすぐに作れるさ。任せといて」

2人の返事を待たずに、作業台のメニューから【干し草の寝台】を選択する。

【干し草の寝台】……干し草を敷き詰めた寝床。消費素材／干し草：5、木材：5

飛び出した【干し草の寝台】を片手で持上げると、小屋の前に設置して周りを土のブロックで囲み、天井も土ブロックで埋めていく。外との出入りには【木のドア】をはめ込み、外気の侵入を阻止しておいた。完成した小屋を見た2人はポカンとしていた。番犬というのは名目に過ぎないから、2人にも温かい寝床で寝てもらいたい。

「とりあえず、こんなものだ。近々改装するから手抜きで申し訳ないけど。夜の寒さは2人で一緒に寝ればしのげるはずだよね？」

【干し草の寝台】は、ルリとハチの大型犬クラスの2人が横になっても余るくらいの大きさがあり、仲良く一緒に寝られるようにしておいた。

「ツ、ツクル様……。ルリちゃんと一緒の寝台はまずいです。野宿の時も寝る場所だけは別々だったんですから」

「あ、あたしは別に大丈夫だけど……。ハチちゃんはあたしと一緒じゃ嫌なの？」

「そんなことない。一緒がいいけど、その～ルリちゃんと一緒の寝台で寝るってことはさー。

ルリちゃんが本当においらの嫁になってもいいってことだと思ってしまうわけであって……」

「一緒に駆け落ちしているんだから、あたしはもうハチちゃんの嫁になったの。ハチちゃんは違うの？」

「いや、おいらもそのつもりだった。でも、本当にいいのかなとも思う。不甲斐ない男でごめん」

お熱い2人が一緒に寝れば、寒くて風邪を引くこともないだろう。今日は俺もルシアと一緒に寝て、心まで温めてもらうことにしよう。ルリとハチの部屋を小屋と棟続きにするため、壁を打ち抜く。打ち抜いた壁の先ではルシアが夕食を作っていた。

「あら、ちょうどいいところですね。夕食ができたから呼びにいこうと思っていました〜。ルリちゃんもハチちゃんもいい部屋作ってもらったね。おやまあ、2人一緒のベッドですか。温かそうでよかったわぁ〜」

夕食の準備を終えたルシアが、ルリとハチの部屋のベッドが一つなのを見て顔を赤らめていた。

「ルシア、実はルシアのベッドも作ったんだ」

「本当ですか⁉　さすがに床に寝るのはあちこち痛かったから、助かります〜」

小屋の奥の部屋に【フカフカベッド】を設置する。ベッドは奥の部屋ギリギリいっぱいの大きさだった。

「なんか大きなベッドですね？　はっ！　まさかこれって、うちとツクル兄さんが一緒に寝るベッドですか？」

驚いてこちらに振り返ったルシアに、コクコクと頷く俺。その瞬間、ルシアの顔がボッと真っ赤に染まって、茹でだこのようになったかと思うと、革のワンピースの裾を持ってモジモジし始めた。ファウァーーーーー!?　ルシアたん、大事なおパンツが見えてしまっているよっ！

これは罠か!?　罠なのかぁ！　ルシアのパンツがチラついたことで、大きく動揺してしまった。深呼吸をして一度落ち着くことにする。今から、もっと重大なことをルシアに伝えなければならないのに、邪《よこしま》な気持ちが前面に出てしまえば、拒絶される可能性が高くなるからだ。落ち着け。紳士的にいくんだ。俺はキッチリとクールにミッションをこなせるスーパーエージェントだろう。クールに決めようぜっ！

「るしあ殿、何卒それがしと共に同衾してくれませぬか？　るしあ殿の許可が出る迄は絶対に手は出しませせぬ。夜分のるしあ殿の寝相の悪さにて布団から落ちないように、それがしがしかと捕まえておき候。何卒願いたもうぞ」

ブゥウーーーー!!　しまったぁ、なにゆえに武士風!?　口の野郎がまたしくじりやがったっ！

「ツクル兄さん……」

「ツクル様」

「ツクルさん」

３人の憐みにも似た同情の目が俺を貫いていく。心に三連コンボの大技を打ち込まれたことで、ライフ残量はゼロ付近を指し示していた。オフゥ、大事なところでミスるなんてありえねえぞ……。これじゃあ、ルシアたんもドン引きだぜ……。照れたように顔を真っ赤にしたルシアが、燃え尽きかけていた俺の耳元で囁く。

「……いいですよ。うち、本当に寝相が悪いんで、ツクル兄さんに捕まえてもらわないと、落ちてしまうと思うから……。ちゃんとギュッと抱きしめていてくれますか？　でも、まだ一緒に寝るだけですからね。エッチなことはしちゃダメですよ」

「ホント⁉　マジで？　エッチなことなんて絶対にしませんっ！　ルシアと一緒に同衾できるだけで大丈夫ですっ！」

真っ赤な顔でうにゅうにゅと恥ずかしがっているルシアを思わず抱きしめていた。神が降臨した！　ブラボーー！　ヒャッハーー！　ルシアたんと合法同衾できるぜ〜！　イヤッホー！

「ツクル様もルシア様と仲よくされているなぁ。おいらもツクル様みたいに大事な人を養っていける立派な男にならないと。それには、もっと頑張らないといかんね」

「ハチちゃん期待しているからね。でも、あたしも一緒に頑張るから、あんまり無理しちゃ嫌よ」

みんなしてイチャイチャタイムだった。自分の大事な人とイチャイチャできる時間はどんなことをしている時よりも楽しいし、嬉しい気持ちでいっぱいになる。人生23年、恋人という存在なく生活してきたが、転生後にルシアと過ごしたこの3日間が一番充実しているかもしれない。転生万歳‼　ビバッ転生生活！　テレビもネットもパソコンもゲームもない世界だけれども、今までで最もリア充な生活であることを俺は実感していた。ベッドインの約束（エッチなし）を取りつけて、ルンルン気分で夕食タイムが始まった。

「今日の夕食は何だい？」

「『カモ肉のロースト、クレソン添え』と『牛肉のタタキ』です。お好みでネギやワサビを添えて召し上がられるとよいですよ。あと、デザートに『アイスクリーム』を作りたいんで、ルリちゃんの【氷の息】で手伝ってもらえるとありがたいわぁ」

アイスクリーム⁉　甘味スイーツだと⁉　ルシアたんはマジでプロ級ですか‼　アイスクリームと聞いてテンションが上がった。スイーツは別腹なのだ。異世界でアイスクリームを食べられる幸せに頬が緩む。

「あたしの【氷の息】でよければ、いつでもお手伝いします！」

ルシアにお手伝いを頼まれたルリが張り切っていた。フェンリルの【氷の息】をアイス製造に使うのは、異世界ならではといったところか。

「夕食を食べたらお手伝いしてもらいますから、まずは食べましょうか。いっぱい作っていますから、どんどん食べてくださいね」

ルリとハチも木皿に小分けされたルシアの料理の前に行儀よく座った。俺も小分けされた木皿に前に座り、ルシアの料理に手を合わせる。

「いただきます」

一人暮らしの時は絶対に言わなかった言葉が、自然とこぼれだす。料理を作ってくれた人が目の前にいるので、感謝の気持ちが溢れ出していた。

「召し上がれ～」

ニコニコとほほ笑んでルシアが食事を勧めてくれる。それだけで、心がほっこりと温かくなっていくのを感じた。

まずは、カモ肉のローストを一切れ口に入れた。塩と胡椒で下味をつけ、焚き火でじっくりとローストされたカモの香ばしい肉の香りが舌の上に色彩豊かな絵を描く。カモ肉ってこんなに美味しかったのか……。高級品だと思ってたけど、案外食べやすいなぁ……。付け合わせの炒められたクレソンも一口食べてみる。ちょっとの苦味とちょっとの辛味。子供時代なら食べられなかった味かもしれないが、先ほど食べたカモ肉の脂をさっぱりとリセットしてくれ、再びカモ肉を食べたくなった。

「ルシア、美味いよ。素晴らしい料理だ。とても、あの食材と調味料で作られたとは思えないね」

「ルシア様！　このカモ肉、すごく美味いですよ。おいら、こんな美味しいご飯を食べたのは産まれて初めてだ。美味しいね、ルリちゃん」

「ホントに美味しいですね。村では生肉か干し肉ばかり食べてきたんで、舌がびっくりしてますよ」

ルリもハチも木皿に盛られたカモ肉のローストを器用に口の中に放り込んでいた。オオカミと犬にとっても、ルシアの料理は止まらなくなる味付けになっているようだ。

「そんな褒められたら恥ずかしいですよ。このできじゃあ、おばあさんに出したらめちゃくちゃ怒られるのに……」

自分の食事を食べながら謙遜するルシアだったが、確実に店に出せるレベルだ。

「えっ、これで怒られるの⁉　マジかぁ。ルシアの死んだおばあちゃんが納得するレベルの料理を食べたら、他の人の料理は食べられないかもしれないなぁ……」

「【醤油】と【お酢】、それに【味噌】と【油】が手に入ると、もっともっと美味しいご飯が作れますよ……まぁ、他にも欲しい調味料はたくさんあるんですけど……」

ゲームの『クリエイト・ワールド』にも大量の調味料アイテムが存在していたが、西洋風の世界観でも、日本製のゲームのためか日本の調味料が多くラインナップされていた。この転生先の世界も、日本でおなじみの調味料がルシアの口から出てくるところをみると、同じ調味料が存在しているようだ。ルシアの料理がまだまだバージョンアップすると分かったので、調味料調達の優先度を上げなければならない。たしか、発酵系調味料は【発酵樽】で作れたような……。発酵元になる豆類などを手に入れないと。

「よし。調味料は優先的に作っていこう。美味いご飯が食べられると分かれば、作る気も起きるってもんだ。こっちの牛肉のタタキも美味いんだろうな」

カモ肉のローストをあっという間に平らげると、今度は牛肉のタタキに箸を進めていった。霜降りの入った牛肉は表面に焼き色がつけてあり、中は軽く火が通ったミディアムレアな状態だった。まずは塩だけ付けて食べてみる。焼き色をつけた表面は香ばしく、中身はしっとりした舌触りで、牛肉の脂が口内の熱で溶けだした。しっかり熟成された肉独特の複雑で、深みのある味が広がる。肉ってこんなに美味いのか。俺が食っていた肉って、いったい……。新たに一枚を箸ですくうと、ネギを添えて口に運ぶ。固くはないがしゃっきりとした歯触りで、ネギの香りと肉の脂が混じり合い、濃厚な味を脳に送り込んでくる。止まらない。今度は、ワサビを付けて食べてみよう。もう1枚のタタキにワサビを付けて、口の中に放り込む。スーッと鼻に抜ける辛みのあと、さっぱりとした肉の旨味が際立つ、癖になりそうな味であった。ルリもハチもタタキを一心不乱に頬張っていく。

「……ルシア、おかわりを頼む」

あっという間に自分の木皿に盛られた肉が消え去っていた。しばらく、皆が無言で肉を食っていた。

「ふぅ、食った食った。肉美味かったなぁ……」

俺はいっぱいに膨らんだ腹をさすっていた。ルリもハチもお腹の辺りがありえないくらいに膨らんでいる。

「さて、アイスクリームを作る準備をしないと……」

ルシアが鍋に卵黄と卵白に分けて、卵白に砂糖を加えて泡立て始める。しばらくしてメレンゲになると、卵黄を加えてまた混ぜ始めた。

「ルリちゃん、ちょいとこのお鍋を氷の息で冷やしてもらえるかしら」

「こんな感じでいいんですか？　フゥウウ」

ルリが息を吹きかけると、銅鍋の底にうっすらと霜がつく。そこへ牛乳を加えて、さらに混ぜ始めた。しばらく混ぜていると、ひんやりと冷えたアイスクリームが完成した。

「こんな感じでいいですね。さて、ツクル兄さんに味見してもらいましょうか」

木皿に盛られたアイスクリームをルシアが差し出してきた。木のスプーンで一口分すくって口に運ぶ。口に入ったアイスクリームは、舌の上でまるで淡雪のようにさらりと溶ける。そして、濃厚なミルクの味と甘味が口内いっぱいに広がっていく。

「美味いっ！　それ以外なんも言えねぇ……。美味いよ」

あまりの美味さに頬を涙が伝っていた。それほどまでにルシアの作ったアイスクリームは美味しかったのである。市販のアイスクリームでは出せない、愛情をたっぷりと注いであるので、世界で一番美味しい。

「ツクル様、おいらも一口食べさせてほしいです」

「ハチちゃん、あたしの分も残してね」

「みんなにちゃんと分けるから安心してください。うちも、こんな僻地でアイスクリームを作れるとは思っていなかったから、喜んでもらって嬉しい」

均等にそれぞれの皿にアイスクリームを盛っていくと、ルリとハチはものすごい勢いでアイスクリームを舐め始めた。

「ルリちゃん……おいら、もう村の食事に耐えられないかもしれんよ……。こんなに美味い食事が世の中にあるなんて思いもしなかった」

「ハチちゃん……。お2人の役に立って、美味しいご飯にありつこうねっ‼　あたしも頑張るから」

ルリもハチも、ルシアの料理によって胃袋をガッチリと握られたようだ。ちなみに俺の胃袋は、既に完全にルシアに掌握されてしまっている。アイスクリームを平らげると、ルリとハチの歓迎会を兼ねた夕食会は終わりを告げた。

夕食後、寝るまでに少し時間があったので、今日収集してきたハーブや野菜を畑に植えることにした。この世界で畑で栽培する方法としては、作物が枯れた時にできる【種】から行うものと、自生しているものをスコップで掘り起こして植える【苗】からの2種類ある。今回は【苗】からの栽培パターンとなる。どの作物も複数の【苗】をゲットしていたので、一部は枯らして【種】にする予定だ。インベントリから作物の【苗】を取り出して、次々に植えていく。

自生していた作物を植え終わると、畑のメニューを開いて作付け状況を確認する。

畑の作付け状況
畑40×40マス　240／1600マス
ジャガイモ×10マス　サツマ芋×10マス　エゴマ×20マス　ニラ×20マス　ネギ×20マス
胡椒×20マス　クレソン×10マス　ミント×10マス　バジル×10マス　カモミール×10マ

ス　薬草×30マス　ヒーリングリーフ×20マス　綿花×50マス

作付け1マスで1~3個の素材が手に入る仕様のはずなので、主要穀物や野菜などを植えつければ、食料の自給体制にある程度の目処がつけられる。素材収集で出かけた際には、穀物やハーブなどをスコップで苗化して持ち帰る予定だ。俺が作った畑では、多分通常より何倍も早く作物が生育し、3日ほどで完全に収穫可能になるはずなので、【種】にする作物以外は素材化していこうと思う。

「よし、今日の仕事はこれで終わり」

本日の仕事を終えて小屋に帰ると、ルリとハチは自分たちの部屋に戻って、2人で仲よく寝息を立てていた。まだ幼いヘルハウンドとフェンリルであり、しばらくの間、荒野を彷徨っていたので、疲れが溜まっているのだろう。

「お帰りなさい~。ルリちゃんもハチちゃんもすごく疲れていたみたいですね。ベッドに横になったら、すぐに寝息が聞こえてきました」

「あの子たちはまだ子供だからね。それに飲まず食わずで彷徨っていた疲労も、かなり蓄積してるんだろう。ところで、何で囚人服に着替えているの?」

食器の後片付けを終えたルシアが、以前の囚人服に着替えていた。

「出かける前に洗っておいたのが乾いていたから、寝間着にしようかと思いまして。ツクル兄さんのも一緒に洗ってありますよ～」

昼食後に出かける前、水洗いをしておいてくれたようだ。さすが、嫁にしたい女性ナンバー1のルシアたん。よく気が利く。着たきりで過ごすのは気持ち悪いもんな……。明日には残っている【綿毛】から【糸】を作って、布系の衣服を生成してみるか。そういえば、【洗い布】も欲しかったな。

「ルシアはよく気が利くね。ありがとう。いつもお世話になっております」

「うちがこうして生きてられるのも、ツクル兄さんのおかげだし、いろいろとワガママ言わせてもらっているのはうちの方なんで、遠慮しないでください」

「でもさ、俺はすげえルシアに感謝してるよ。記憶がなくて、あのまま一人で暮らしていたら、孤独に耐えられずに発狂していたかもしれないからね。そう思うと、誰かと一緒って素敵なことだよね。それが、自分の一目惚れした子かと思うと、とっても素敵なことだ」

「ひゃぁ、ツクル兄さん⁉」

ルシアをお姫様抱っこすると、頑張って作成した【フカフカベッド】に向けて歩き出した。急に抱っこされたルシアは、アワアワしながらも抵抗はしなかった。

「今日はもう遅いから寝るとしようか。これが、俺とルシアの初同衾ということでいいよね？」

同衾という言葉を聞いたルシアの顔が真っ赤に染まる。心なしか、いつもはピンと立っている狐耳もパタパタと落ち着きなく動いていた。

「ツクル兄さん……その、あの……」

「ん？　何？」

ルシアが言いたいことは大体分かっている。だけど、ちょっとだけ意地悪したくなったので、気が付かないふりをする。

「……その……あの……」

「ん？　何だい？」

「……エッチなことは絶対にしちゃいけないですよ。したら、うち泣いてしまうかもしれませんし。それで、ツクル兄さんがショック受けてしまうかもと思うと、胸がとっても痛くなるんです」

ルシアたん、カワエェ……。もう、それだけでお腹いっぱいです。大満足です。エッチなんてものは飾りだというのが、偉い人には分からんのですっ！

「分かってる。同衾とは一緒の寝床で寝ることだからね。エッチなことはなし。俺もルシアに嫌われたら生きていけないから、約束は守るよ」

ルシアをダブルサイズのフカフカのベッドに寝かせると、ちょっとだけ隙間を開けて背中合わせで俺もベッドに潜り込んだ。すると、ルシアが俺の背中に身体を寄せてきた。

「ツクル兄さん……。同衾は身体を寄せ合うもの。それに、うちはツクル兄さんの身体をギュッとしておかないとベッドから落ちてしまいます。だから、身体をギュッとさせてください」

「……いいよ。ちゃんと俺にしがみついといて」

背中全体にしがみついたルシアの温かさを感じる。人の温かさというのは、かくも心地よいものなのかと思わせてくれた。一人っ子で、仕事で忙しかった両親と一緒の布団で寝たことなど数えるほどしかなく、人生の大半を独り寝で過ごしてきた俺には、ほとんど経験がなかったことだ。

「……ツクル兄さんがいてくれてよかった。おばあさんが亡くなってからの独り寝は本当に寂しかった……。誰かと一緒に寝るのは楽しいですね～」

「俺でよかった?」

「ツクル兄さんでよかったです。それに、兄さんの匂いはすごく安心できて落ち着くんです」

抱きついていたルシアが、俺の首筋の匂いをクンクンと嗅いでいた。以前見た『彼氏の匂いを嗅ぐと落ち着く理由』というネット記事には、本当に彼氏を愛し、大切に思っている女性は〝彼氏の匂いなしではやっていけない〟というくらいに彼氏の匂いに愛着を示すそうだ。『彼氏の匂いを嗅ぐと精神的に落ち着く』というくらいのレベルになると、自分のＤＮＡが彼氏を伴侶として強く求めているという証拠だとも書かれていた。女性は『この男性とだったら、自分の子孫をしっかり残すことができる』と本能的に察知しているようで、肉体的に免疫が強く、子孫を残すことができる力を持つ男性は、彼女に対して嫌な匂いを発することはないらしい。なので、ルシアが俺の匂いを嗅いで安心できるというのは『自分の子孫を残すために、この男性が必要』と本能的に感じとって、自分のいるべき場所に戻ってきたような落ち着いた状態なのかもしれない。

「そう言ってもらえると、ありがたいね。俺もルシアの匂いは大好きだよ」

ルシアが恥ずかしがっている様子を見ながら、いつの間にか俺は眠りに落ちていった。

◆◇◆◇◆

ラストサン砦の司令官室に据え付けられたモニターから注がれる視線に辟易としながら、アタシは答礼を返していた。

「進捗はどうなっている？　そろそろ、転生ビルダーの位置は捕捉できたのか？」

画面の向こう側の魔王は、苛立ちを隠さずにアタシを睨みつけていた。すでに魔王から捜索依頼を受けて数日が過ぎていた。だが、場所の特定こそできたものの、捜索に力を注ぎ過ぎて、

その場に送り込む戦力を集めるのに時間がかかっていたのだ。

「ほ、捕捉はできました。最果ての村の奥の無人地帯に居を構えている様子です。我が配下の者が土塁に囲まれた城塞らしき場所を確認しております」

「ほう、イルファにしては手早く仕事を進めておるではないか。あまり、期待はしていなかったが、場所まで捕捉しているなら、とっとと攻めろ。犠牲はいくら出しても構わないから、転生ビルダーの首を挙げろ！」

魔王は苛立ちをアタシにぶつけるように、強い口調で転生ビルダーを攻めるように催促してきた。そんなことができるならとっくにしているが、現状は砦周辺の村々に徴兵をかけて兵を集めている段階であり、今しばらくは動けないのだ。そのことは魔王も理解しているはずなのに、ことを急がせるのは、アタシを王都に戻さないための横槍なのかと邪推したくもなる。家柄だけでいえば、アタシは魔族の中でも尊い家柄の竜人族。現魔王を追い落とそうと画策する連中からしてみれば、アタシの家柄が旗印になるらしいことを、王都にいた際に身内から聞かされた。なので、魔王はアタシのことを毛嫌いしているとしか思えない。

「はっ！　至急、兵を集め、判明した転生ビルダーの首を挙げてみせます。魔王様に栄光あれ！」

魔王はアタシの答礼を一瞥すると、無言で通信画面を切った。

「相変わらずの魔王様だニャ。あんなのがこの国のトップかと思うと、先々が不安だニャ。ワシはのんびりとイルファと共に辺境で過ごしたいニャ」

アタシは胸の谷間からはい出したタマの頭を撫でながら、嘆息をする。

「そういうわけにもいかないのよ。実家からは武勲を立てて早く帰れと言われるし、それにタマちゃんも正式に両親に紹介したいの……」

「そっか……。けど、ワシのことは気にするニャ。イルファが危ない目にあうのだけは勧められニャイだけニャ」

アタシはそっとタマの頭を撫でて、司令官の椅子に深く腰をかけた。

4章　出現！　フワモコ生物

チチチ……チュン、チュン。

鳥のさえずりが聞こえるが、瞼に朝の光が差し込んでいないことを思うと、今日は曇りなのかもしれない。朝だ……。今日で4日目か……。なんだか社畜仕事とゲームをしているよりも、充実した日々を送れているな。これが、リア充という生活かぁ……。マジ、転生した俺は勝ち組。目を閉じたまま、ぼんやりと今日までのことを考えている。転生前は仕事と趣味に追われてあっという間に時間が過ぎ去っていたが、転生後は一日が長く濃く感じていた。これもルシアが一緒にいてくれるおかげだろう。

さて、今日はハチとルリの装備や布系の衣服を作って、家の改築も始めるか。そのあと、近場の魔物でも狩ってこよう。今日も充実した日々を送れそうだ。本日の予定を決めたことで、目を開けると、目の前に白く艶めかしい太ももと革のパンティーが鎮座しておられた。

……フォォオオウゥンーーーーーー!? ルシアたんっ！　なんという寝相っ!!　しかも、なんでズボンを脱いでおられるのでしょうかっ!?　尻尾まで出ていらっしゃるっ！　はっ、違いますっ！　全国1800万のルシアたんファンの皆様！　餅つけ、いや落ち着きなさい！

こらそこ、包丁を持つんじゃない！　冷静に考えろ！　けっして、俺は手を出していないっ！

ふにょん、ふにょん。つきたての大きなお餅のような感触が下腹部に伝わってきた。恐る恐る、太ももが生えている掛け布団をめくっていく。すると、その先には寝間着をはだけたルシアの胸が、俺の下腹部に密着していた。フォオオッ!!　ルシアたん!?　なんで俺の足を抱いて寝てるのさっ！　しかも、ありえないくらいに胸がはだけているし……。はぅ、違う！　誤解だっ！　みんな聞いてくれ！　俺は無実だ！　こらそこ、バールとか金属バットとか打撃武器は持ったらダメだ。そんな君らの姿をルシアたんが見たら嘆き悲しむぞ。

「ふみゅう……。ふあぁ………」

ルシアも目覚めたようだが、目が半開きのため、まだ寝ぼけているのだろう。しかも、布団をかぶって寝ていてせいか、髪の毛がワシャワシャと寝癖だらけになっている。しばらく、寝ぼけているルシアを観察していたが、どうも俺の足を抱き枕と勘違いしてギュッと抱きしめているらしい。おかげで、白く艶めかしい太ももと可愛いお尻が俺の目の前に生えていたようだ。

「非常に眼の毒……。いや、眼福というべきか……。でも、この状況では朝の狐耳のモフモフタイムが実施できないではないか……」

ルシアの頭が俺の足側にあっては、朝の恒例儀式にしようと企んでいる、狐耳のモフモフタイムが実施できないのだ。悲しい気持ちになった俺の目の前で、フサフサの毛に覆われた尻尾が左右に揺れていた。ちょっとだけ、先っぽだけなら触ってもいいよね……。揺れる尻尾に惑わされて、白い毛先の部分を軽く撫でてみた。フサフサの毛は触り心地が最高で、尻尾は別の意志を持っているようにビクンと跳ね上がった。

「ふあぁ……」

一瞬、ルシアが目覚めそうになるが、再び寝息をたて始める。まだいける。悪戯をしているような気がしないでもないが、再び尻尾を触ってみる。今度は手櫛で毛を梳くように撫でてみた。ビクビクと尻尾が震えて反応を示す。この触り心地……。狐耳のモフモフもいいが、尻尾のフサフサも甲乙つけがたい……。もう少しだけ撫でてみようか……。

「あふぅ、ツクル兄さん……。そんなところ触ったらダメですよぉ。ふみゅぅ、あふぅ……」

ルシアからの制止の声に思わずビクンと身体を震わせてしまったが、よくよくルシアの顔を覗くとまだ寝ている様子だった。もう少しだけ触りたい。だが、これ以上触るのは非常にリスクが高くなる。万が一、触っている最中にルシアが目覚めたら、絶対に怒って話をしてくれなくなるに違いない。それだけは、何としても避けなければ……。俺は考え抜いた末、触れるか触れないかギリギリのソフトタッチで尻尾に触ることにした。

ソフトタッチに尻尾がビクビクしているじゃないかっ！　なんというエロスッ！

「あ、あぅ……ふみゅぅ……ふあぁっ!!　ふあぁぁあっ!!　どうして、こんなことになっているのですっ！」

完全に目を覚ましたルシアが自分の状況を把握し、驚いて叫んだ。一方、俺はルシアが驚いて事態を把握するまでに、尻尾から完全に手を離して事実の隠ぺい工作を行った。

「ふぁぁあぁっ！　おはよう……。なんだか、とっても素敵なお尻が、俺の目の前にあるんだけど……。これは一体どうしたものか……」

「ふぁっ！　ダメです！　ツクル兄さん！　まだ、起きたらダメなんです！」

ルシアが大慌てで飛び起きると、いつの間にか脱いでいたズボンを履こうとしていた。慌てている様子で、足がうまく裾の中に入らず、バランスを崩して転んでしまう。おかげで、可愛らしいお尻とフサフサの尻尾が丸見えだ。

「ルシア、大丈夫かい？　怪我してない？　とりあえず、目を閉じておくつもりだから、慌てないで服を着てくれ」

「怪我はしてないです。本当に寝相が悪くてごめんなさい……。昨日の夜、エッチなことはダメって言っておきながら、うちの方がツクル兄さんにふしだらな格好で抱きつくだなんて……」

ルシアは謝りながら衣服を整えていた。

「いやあぁ、朝から素晴らしい光景で目覚めさせてもらったよ。今日は朝からやる気が漲っているようだっ！　うむ、眼福、眼福。脳内のルシアメモリーに永久保存完了」

「もぅ～、ツクル兄さんのイジワル～」

「さあ、今日も一日頑張ろうっ！　ちょっと作業してくるよ」

「うちもいっぱい頑張ります。朝ご飯できたら、呼びにいきますね」

「あいよ。それまでにお腹をいっぱい空かしておくことにするよ」

朝食の準備をするルシアと別れて、小屋の外に出た。

外に出ると、一晩寝て元気を取り戻したルリとハチが庭を走り回っていた。2人とも俺の顔を見ると、こちらへ駆け寄ってくる。

「「おはようございます」」

「2人とも早いね。朝の散歩かい？」

「やることがなかったんで、朝の見回りをしてました。付近に魔物の匂いはないと思います」

2人は木の扉を開けることができないので、防壁内を見回ってくれていたようだ。意外と真面目で働き者だな。

「今日は午後から素材収集も兼ねて魔物狩りに出る予定だから、ハチとルリにも手伝ってもらうよ。そのための装備を今から作ろうと思うんだ」

「「装備？」」

ルリとハチがお互いに首を傾げる。説明するよりも実際に作成した方が早いので、作業台の所に移動して、まずルリの装備を作業台のメニューから選ぶ。

【フェンリルクラウン（銅）】……魔力＋5　防御＋5　付属効果：なし。消費素材／銅のインゴット：1、革紐：1
【フェンリルテイル（銅）】……魔力＋5　防御＋5　付属効果：なし。消費素材／銅のインゴット：1、革紐：1
【鉄鎖】……魔力＋20　付属効果：なし。消費素材／鉄のインゴット：1

魔術攻撃を得意とするフェンリルのために、魔力が上昇する装備を作成することにした。

「これがルリの装備ね。フェンリルは魔術が得意な種族だから、この装備にしてみたよ」

銅製の冠と尻尾カバー、それに脚に巻き付ける鉄製の鎖をルリに装備してあげた。装備したルリは、鉄鎖を器用に身体に絡ませてフィットさせていく。

「あぁ、素晴らしい装備ですね。何だかとっても強くなった気がします」

「ルリちゃん、もともとカワイイけど、その装備つけたらすごく綺麗になったと思う。さすがルリちゃん。マジでカワイイ」

装備をつけたルリの姿を見て、ハチの鼻がだらりと伸びていた。実際に俺もルシアの装備を見て鼻の下を伸ばしていたので、人のことはとやかく言えない。

「次は、鼻の下を伸ばしているハチの分も装備を作ってあげるとしよう」

作業台のメニューからハチが装備できそうなものを作成する。

【鉢金】……防御力＋10　付属効果：なし。消費素材／鉄のインゴット：1、革紐：1
【鉄のベスト】……防御力＋20　付属効果：なし。消費素材／鉄のインゴット：2、革紐：1
【鉄の爪】……攻撃力＋30　付属効果：なし。消費素材／鉄のインゴット：2

物理攻撃を得意とするヘルハウンドのために、攻撃力と防御力を上げる装備を作成し、作業台の上に現れた装備をハチにつけさせる。

「おわっ！　ツクル様、鉄臭くて鼻が利かない」

「命を守る大事な防具だから、我慢してくれよ。それに獲物を狩る大事な武器でもある。ルリを食わしてやりたいなら、文句を言うべきではないな」

「分かってます。ルリちゃんのためなら、何でも我慢しますよ」

装備の鉄臭さに辟易としているハチであったが、嫁であるルリを食わせるためには、頑張って強くならねばならないという決意があるので、すぐに納得していた。頑張れ、ハチ。お互い伴侶を喰わせるために頑張っていこうな。

「ハチちゃん……。すごいカッコいいよ。あたしの旦那様は何を着てもビシッとしているわ」

「ルリちゃん、褒めすぎ。おいら、まだ装備に着られているだけだよ。この装備を使いこなしていっぱい魔物狩るから。待っててね」

我が家の新たな同居人のオオカミと犬の夫婦は、熱々な仲を見せつけてくれる。まぁ、俺もさっきまでルシアとイチャイチャしていたから、他人を冷やかすのはやめておこう。

「さて、あとは【綿毛】を【綿糸】にする【糸車】と、【綿糸】から【織布《しょくふ》】を織る【機織《はたお》り機】もいるなぁ」

お互いの装備を褒め合ってイチャイチャしているルリとハチを横目に、【綿織物】を作るために道具を作成していく。あと、【裁縫箱（布）】も作っておかないと衣服は作れないな。

【糸車】……羊毛・綿毛・絹を糸に変える道具。消費素材／木材：3、棒：3、竹：2
【機織り機】……それぞれの素材の糸を使って、毛織物・綿織物・絹織物を織る機械。消費素材／木材：15、棒：20、竹：10
【裁縫箱（布）】……布製品を縫製するのに使用する。消費素材／鉄のインゴット：1、

銅のインゴット：1、竹：1、木材：2

布製品を作る道具類を作成すると、作業台に載りきらなかった機織り機がルリとハチの目の前に現れた。

「ひゃーっ、ビックリした！　作る時は声をかけてくださいよ」

「すまん。意外に道具がデカかったな。邪魔にならない所に設置するよ」

すぐさまインベントリにしまい込むと、製錬炉やタンニン漬けの壺がある工房予定地に設置しておいた。朝食後に小屋の改装を予定しているので、とりあえずの仮置き場だ。

【糸車】からメニューを開き、【綿毛】から【綿糸】を作成する。

【綿糸】×5……綿毛をほぐして縒《よ》り合わせた糸。消費素材／綿毛：1

細く縒られた糸巻がそれなりの量になった。そのまま、すぐに【機織り機】のメニューを開き、【綿織物】を選択する。

【綿織物】……綿製品の元になる織布。消費素材／綿糸：10

機械で織ることなく、【綿織物】が白煙とともに【機織り機】の上に飛び出した。機織り職人が見たら憤慨ものの作り方だろうが、織り方を知らない俺としては非常に助かる。

早速【裁縫箱（布）】の木箱から型紙を選んでいく。もちろん最初はルシアの下着だ。純白の白で、少しレースが入ったエッチなやつにしておいた。

【ブラジャー（綿）】……綿製のブラジャー。消費素材／綿織物：1
【パンティー（綿）】……綿製のパンティー。消費素材／綿織物：1

ボフッ！　木箱の上に飛び出た純白の下着を握り締める。肌触りはフワフワして柔らかい。おまけに汗もしっかりと吸収してくれる逸品なので、ぜひとも下着として使ってほしい。あとは、普段着用にダボッとしたラインの【コットンシャツ】と、膝上10㎝の【コットンスカート】、さらに寝間着用に【コットンパジャマ】を作成した。3つともシンプルなデザインで白い色をしているので、ルシアによく似合うと思われる。

【コットンシャツ】……綿製のシャツ。消費素材／綿織物：2
【コットンスカート】……綿製のスカート。消費素材／綿織物：1

【コットンパジャマ】……綿製の寝間着。消費素材／綿織物：2

ルシア改造計画も軌道に乗り始めてきたので、最初に着ていた黒い囚人服は廃棄する予定だ。

「あとは俺のパンツと作務衣《さむえ》だな……」

型紙を見てみたが、男性用下着はブーメランパンツのような形しかない。とても恥ずかしいが、見られるのはルシアくらいなので作成することにした。【作務衣】の方は寝間着代わりに使おうと思っている。あと、沐浴の際に身体を洗う【洗い布】も一緒に作成した。

【ブーメランパンツ】……綿製の男性用下着。消費素材／綿織物：1
【作務衣】……綿製の衣服。消費素材／綿織物：2
【洗い布】……綿製のタオル。消費素材／綿織物：1

生成された衣服が木箱の上に置かれていた。これだけあれば、何とか着回しをしてしのげるだろう。畑に植えた【綿花】が生育すれば、新たな衣服も作れるようになるので、それまではこれで我慢するしかない。

「さて、完成したな」

「……相変わらずのデタラメな力ですね。あっという間に布製品ができてしまうなんて……。職人泣かせな技ですよ」

確かに非常識な力だが、僻地で自給自足生活《サバイバル》をするには持ってこいの能力だ。ルシアが言っていたビルダーが多くいた時代は、もっとヤバイものを量産していた奴がいたかもしれない。それから比べれば、俺の生成品などカワイイもんだ。

「まぁ、人里離れたこの地で俺たちだけで生活しようと思えば、こういった力を有効活用しないとね」

「ツクル様の力は神様からもらったすごい力だから、あんまり見せびらかさない方がいいですよ……。ハハハ」

ハチは俺のビルダーの力を見る度にため息をついて、ルリを見ていた。なんだろう。俺の力がデタラメすぎて、呆れているのか。

「そうしておくよ。外ではなるべくコッソリと使うことにする」

「その方が身のためですよ」

ハチも俺の力のことを心配してくれているのだ。2人の忠告には感謝しておく。油断と慢心から、弾圧の対象であるビルダーであることを知られては元も子もない。僻地だといっても人の目がゼロということはないので、気を引き締めることにした。

衣服を作り終わったところで、ルシアの呼ぶ声が耳に届いてきた。ルリとハチの防具姿を見たルシアが2人を褒める。褒められた2人は、尻尾をブンブンと振り回して喜んでいた。朝食後、ルシアに綿の衣服を渡すと、非常に喜んでくれた。やはり、革製の下着は少しゴワゴワしていたようで、朝の沐浴にいそいそと出かけていった。

一方、ルリとハチには小屋の改築工事を始めることを伝え、外で日向ぼっこをしてもらった。鉄の作業台を小屋の中に持ち込んで、改築作業を始める。まず、室内の物をインベントリにしまい込み、小屋の中を空にする。

「よし、とりあえずは小屋の木の壁を外すか……」

木槌を装備すると、小屋の壁と床を叩いて素材化させていく。素材化した【木の壁】と【木の床】は沐浴場に再利用するつもりなので、インベントリにしまっておいた。あまり広くなかった小屋は、ものの数分で更地になった。

現在の小屋は4人だと少し狭い。リビングは広くとりたいから、水路の反対側の崖の斜面を削って、そこに寝室を作ろう。手始めに水路と反対の崖を木槌で削っていく。土と粘土が混じった地盤だったのでサクサクと削れ、5m幅で防壁付近まで平らにならしていった。これでかなりのスペースを確保でき、上層階への改築も考えれば相当な広さの家になるはずだ。

小屋の壁は、魔物に侵入された場合を考えてレンガ造りに変更する。これは、崖を削った時に入手した大量の【粘土】と【砂】を使って【レンガの壁】を製作する。さらに、レンガの壁を高く積むための【はしご】も用意した。

【レンガの壁】……粘土と砂を焼き固めたレンガの建材。消費素材／粘土：10、砂：10
【はしご】……木製のはしご。消費素材／木材：2、棒：3

大量に生成された【レンガの壁】を見ると、幅1m、高さ1m、奥行き1mの立方体の建材だ。ルリやハチが大きく成長した時のことを考えて、1階の室内高は6mほど確保し、天井分も入れて7ブロック分の【レンガの壁】を積み上げることにした。最初に取りかかったのは、飲料用の水場を利用したキッチンフロアだ。順番に【レンガの壁】を積み上げていき、身長では高さが届かなくなったので、はしごに登り天井部分も覆っていく。そして、換気口を兼ねた箇所から竹の樋《とい》で飲料水の通り道を確保する。

「水瓶《みずがめ》と流し台もあった方がいいだろうな……」

とりあえず、思いついたものを作って設置してみる。ルシアがいらないと言えば、インベントリの肥やしにすればいい。

【水瓶】……粘土を焼き上げて作った大瓶。消費素材／粘土：2
【流し台】……石製の流し台。消費素材／石：3、岩石：2

完成した【水瓶】は竹の樋から水を受け、溢れた分は元の水路に戻り、水堀へと流れ込んでいく。一方、【流し台】には、新たに外に掘った下水用の深い穴につながる排水路を掘っておいた。こうしておけば、水堀の汚染を避けられ、水の汚染による病気の発生も防げると思われるからだ。

キッチンはルシアが一番喜ぶところだから、気合を入れて作らないと。あとは【レンガのかまど】を作って、調理スペースを反対側に作ればシステムキッチン風になるはずだ。機能性の高いキッチンを作って、料理番であるルシアの負担を少しでも減らしてあげたい。そう思い、作業台のメニューから【レンガのかまど】を作成する。

【レンガのかまど】……レンガ製のかまどで火力は強め。消費素材／レンガ：20、鉄のインゴット：5

生成された【レンガのかまど】を【流し台】の横に置く。そして、先に作っておいた通風孔と外への導線を兼ねた勝手口に、【木の絡繰《からく》り扉】を取りつける。この【木の絡繰り扉】は、ドアを開けずに扉部分を上下に開閉できる優れものだ。これで調理の最中にルシアが酸欠になる危険性はなくなっただろう。

対面側の調理スペースには、耐久性を考えて岩石ブロックを並べておいた。少しゴツゴツしているが、調理器具も置けるように広めのスペースにしている。

続いて、リビングダイニングに取りかかる。まずは【木のダイニングテーブル】と【椅子】を2脚。【暖炉】も設置しておかないと、冬を乗り切れないかもしれない。今のところはご飯を食べるだけの場所なので、必要最小限の物にとどめた。作業台から生成する物を選択していく。

【木のダイニングテーブル】……木製の大きな4人掛けのダイニングテーブル。消費素材/木材：3、棒：2
【椅子】……木製の椅子。消費素材/木材：2、棒：2
【暖炉】……レンガでできた暖炉。消費素材/レンガ：20、鉄のインゴット：2、銅のインゴット：1

生成されたテーブルと椅子を設置。暖炉を崖側に設置して、煙突用の穴を天井に開ける。ルリとハチの出入りができるよう、広めのスペースを取った玄関に【木の扉】をはめ込む。

「これでよし。殺風景だけど、ボチボチと変えていけばいいよな。でも、リビングダイニングで100畳近い広さはちょっとやり過ぎたか……。天井も高いし、ちょっとしたビルのエントランスホールくらいになっちまったぜ」

幅5mほどある巨大な玄関扉を開けると、100畳のリビングダイニングが拡がっていた。以前の小屋と比べれば10倍以上の広さになっている。まぁ、床は建材が足りないので土間のままだけど……。

リビングダイニングのあと、今度は作業スペースを作っていく。同じく100畳程度の部屋を隣に作り、【製錬炉】【タンニン漬け樽】【鉄の作業台】【裁縫箱（革）】【裁縫箱（布）】【糸車】【機織り機】【焚き火】を設置していく。ビルド関係の道具類はこちらに集約して設置する予定で、雨でも作業ができるよう室内にしておいた。もちろん換気用の通風口を設置して、酸欠になる事態だけは避けておく。

その他、【素材保管箱】を作成する。これは、インベントリから溢れ出す素材群をしまっておける魔法の箱だ。ゲームの世界観を引き継いでいると思われるこの世界でも、保管箱には大量の素材を放りこめるらしい。インベントリも結構埋まり始めているから、腐らない素材や持ち歩く必要のない物はこちらに保管する。

【素材保管箱】……ビルダーのランクに応じて、保管できる素材の数が増える不思議な箱。
消費素材／鉄のインゴット：2、銅のインゴット：2、木材：2

生成された【素材保管箱】のメニューを開く。

素材保管箱 （新人）
収納スペース 0／20

自分のランクが【新人】であるため、収納素材数は20種類のみ。だが、レベルアップや生成回数でランクが上昇すれば、保管数が増える仕様だ。とりあえず、腐らずに持ち運ぶ緊急性の低い素材を保管箱に移していく。【石】【棒】【木材】【鉄のインゴット】【銅のインゴット】【岩塩】【綿毛】【なめし革】【革紐】【羽毛】【砂】【鹿の角】【蜘蛛の糸】【雑草】【干し草】【樫の古木】の16種を保管箱に移した。保管箱に入れた素材を入手した場合、あるいは生産した場合は自動的に保管箱に保管され、消費する場合は保管箱から消費される。

これでインベントリがスッキリした。あとはレベルアップと生成回数を稼いで、保管箱の容量を大きくしていこう。

ルリとハチは番犬をしてくれるつもりらしいが、同じ屋根の下で暮らしていく仲間なので、キチンと室内に専用の部屋を用意する。ゲーム内で戦ったフェンリルやヘルハウンドはかなり大型の体躯だったと記憶しているので、それを見越して大きめの部屋にしておいた。【レンガの壁】で囲って天井をつけ、リビングダイニングと棟続きにする。【干し草のベッド】を設置し、玄関とは別にルリとハチ専用の出入り口を設ける。

「ふぅ、次は俺とルシアの寝室だな。意外とブロック積みは神経を使う作業だぞ」

崖を削った場所に作った20畳ほどの部屋に【フカフカベッド】を設置すると、小屋に使ってあった【木の床】を敷き詰めていく。あとは衣服を収納する【クローゼット】を作成することにした。


【クローゼット】……衣類や雑貨などを収納する家具。消費素材／木材：2、銅のインゴット：1

完成した【クローゼット】を壁際に配置。シンプルな寝室だが、素材や建材が足りない状況では、上出来の部類ではないだろうか。今後はルシアと相談して、いろいろと追加していけばいい。

残るはトイレか。我らがアイドルのルシアたんは、当然のごとく使わないことは決定しているが、俺は自然の摂理に逆らえない。リビングの横に3畳程度の小部屋を作り、汚水用の肥溜めに繋げておいた穴の上に【木の便器】を設置することにした。

【木の便器】……木製の洋式便器。消費素材／木材：2

和式の便器は俺が使えないので、洋式に近いタイプの便器を生成した。陶器製の便器も欲しいが、意外と難易度が高いので今は木製で我慢する。手洗いと洗浄用に水瓶も設置した。

「ふぅう！　これで第一次改築計画は完了だな。まぁ、改築というより、新築というべきだろうが……」

新築された我が家は、レンガ造りで平屋の大豪邸に進化していた。だが、建材不足と素材不足で、内装は小屋時代とあまり代わり映えしないので、さらに素材収集範囲を広げ、快適イチャラブ生活を送れるように改築していく予定だ。

トイレが完成すると、外で日向ぼっこしていたルリとハチ、それに沐浴を終えたルシアを呼んだ。沐浴から帰ってきたルシアは、純白のコットンシャツとスカートに着替えて、清楚なお嬢様みたいな格好になっていた。やはり、ルシアは白が似合うなぁ。黒はパンツとブラジャーだけでいい。麦わら帽子とか被せたら、完璧なヒロインの誕生だ。

純白の服に着替えたルシアに見とれていると、先に屋敷の中に入ったルリとハチが驚きの声を上げていた。

「ツクル様、かなり広い部屋ですね。こんなに広く作っていいんですか？　それに、おいらたちの部屋もやたらと広いのですが……」

「ああ、多分ルリとハチは成長すると結構大きくなるからね。これくらいの広さがいると思うよ。それに子供が生まれたら、狭い部屋というわけにもいかんだろ……おふぅ」

子供と聞いたルリが俺に体当たりをしてきた。意外に衝撃が強く、床に尻もちをつく。

「ツクルさんっ！　こ、子供なんてまだ早いですよ。あたしたち、まだ子供なんだからぁ」

「そうだよ。子供はおいらが一人前になってからだよ！」

ハチも慌てているが、フェンリルとヘルハウンドからはどんな子が生まれるのか、知りたい気持ちが強くなる。ヘルリルだろうか、フェンハウンドだろうか……。いずれにせよ強い魔物であることは間違いない。だが、２人がまだ幼い魔物であることも事実なので、ゆっくりと見守ってあげた方がよさそうだ。

「すまん、すまん。２人が仲よくしているから先走ってしまったようだ。部屋はまだ殺風景だから、欲しい物があれば教えてくれ」

器用に身体で押してドアを開け、自分たちの部屋に入ったルリとハチが室内を見回していた。その間にルシアを連れてキッチンスペースや寝室などを案内するため、大きな玄関ドアを開ける。

「ひゃあ!? とっても豪勢な扉ですね……。ひ、広い。広過ぎではありませんかぁ!?」

「とりあえず、ルリとハチが成長しても入れるように、広めのリビングダイニングを作ったんだ。あいつらは大人になるとでっかくなるからなぁ」

「フェンリルさんとヘルハウンドさんが大きくなるのは分かりますが……。それにしても広いです……。ああっ！ キッチンスペースまでっ！」

玄関の先にあった、だだっ広いリビングダイニングに二の足を踏むルシアだったが、キッチンスペースを見つけると、すぐさま駆け寄っていった。やはり、一番興味があるのはキッチンスペースのようだ。あそこはかなりこだわって作ったから、喜んでもらえると嬉しいな。キッチンスペースに入ったルシアは、工夫して配置した水瓶や流し台、レンガのかまどを見て喜んでいた。

「ツクル兄さん……。こんな立派なお台所を作ってくれてありがとう。こんな使いやすそうなお台所は初めてです……」

「あとは食材を保存する【冷蔵庫】とか作れるといいんだけど、結構奥地に行かないと【氷結晶】は取れないから。もう少し強くなったら、取りにいってみよう」

「【冷蔵庫】も作れるんですか⁉　あれは裕福な方しか持てない高級品ですよ。そんな高級品まで自作できるなんて……」

「ここはルシアのお城だからね。必要な物があったら遠慮せずに言ってくれ」

「はい。でも大概の物は揃ったから大丈夫です」

ルシアは早速キッチンを自分用にカスタマイズするため、調理器具や食器の設置を始めた。

ルシアの専用スペースなので、下手にお手伝いしないで任せてしまった方がいいだろう。

「あとは沐浴場の改装をしてくるから、お昼ご飯は期待しておくね」

「もちろん。任せてください～」

ウキウキした顔で鍋や包丁を整えているルシアを横目に見ながら、勝手口から沐浴場へ向かった。

沐浴場に着くと、早速目隠し用に積んだ土壁を撤去して、元の小屋で使っていた【木の壁】を取り出す。

「ゆくゆくは温泉に変えるつもりだから、目隠しはやっぱ木の風情が大事だよな」

手にした【木の壁】を、外からの目線を遮るように設置していく。

洗い場の一部には屋根を付けて、雨天でも使用できるようにした。これで、ルシアたんとウキウキお風呂大作戦への下準備が半分済んだな。あとは【溶岩燃料】と【シャボン】を手に入れて温泉を完成させれば、作戦発動準備完了だ。ぐへっへ、ルシアたんのお背中を流すのは俺の特権なのだ。『ついでに手が滑ったふりでおっぱい触っちゃったりして……。ぐへへ』と妄想に浸っていると、ハチから声をかけられた。

「ツクル様……声が漏れてますよ。おいらもルリちゃんと一緒にお風呂入りたいけど、怒られるから我慢しているんです」

声が出てた⁉　すぐさま逃げられないようにハチの頭をヘッドロックする。

「ハチ君、取引しようじゃないか。君にとっても利益になる取引さ」

「ツクル様、痛いですって。言うことは聞きますから、放してくださいよ」

ヘッドロックから抜け出ようと足を踏ん張るハチに囁きかける。

「今聞いたことをルシアに黙っておいてくれるなら、温泉ができたあかつきにはルリとの混浴をセッティングしようではないか。どうだい、悪い話ではないだろう?」

ヘッドロックから抜け出そうとしていたハチの動きが止まった。しめた。ハチの興味を引いたぞ。なんとか言いくるめて、ルシアたんとのウキウキお風呂大作戦の漏洩を阻止しなければ。

「……本当ですか?」

「俺は嘘をつかない。さっき聞いたことを黙っていてくれたら、ルリとの混浴をプレゼントしよう。男同士の約束だ」

しばらく、ハチは考え込んでいたが、奴も男だった。男というのは煩悩に抗えないように神が作りたもうたに違いない。

「ルシア様には内緒にしておきますから、温泉ができたらルリちゃんとの件はよろしく頼みます」

交渉成立だ。

「任された。ハチもくれぐれもよろしく頼むぞ。これには男のロマンがかかっているのだから」

ガッチリとハチの前足を握る。

「お任せください。ツクル様の夢はおいらの夢です。必ず成就させてみせますよ」

こうして、俺とハチとの間に『混浴お風呂同盟』が発足し、ウキウキお風呂大作戦の成就に向けて結束を高めることとなった。

◆◇◆◇◆

私は目の前にある大きな卵を見て、嘆息していた。背後の森を見ると、親鳥が私たちを探しているようだが、既に十分に距離を取れていた。安全圏に出たと判断した私は、通信結晶のスイッチを入れる。

「こちら、第6捜索隊。我々はコカトリスの卵の奪取に成功した。親鳥からの追跡はすでに振り切った。これより、孵化しそうなコカトリスの卵をラストサン砦に持ち帰る。調教師の手配を頼む」

「こちら捜索隊本部。よくやった。コカトリスは貴重な戦力だから、司令官も喜んでおられる。慎重に持ち帰られることを期待する」

「了解した。帰還にはあと2～3日かかりそうだ。これにて交信終了する。魔王様に栄光あれ！」

通信結晶での交信を終えると、部下のゴブリンたちに持たせたコカトリスの卵に再び眼をやった。石化能力を持つ視線と、尻尾の蛇が咬むことで与えられる猛毒は、これまで幾多の魔王様討伐を企んだ反逆の徒を地獄に叩き落としてきた。今回の転生ビルダー狩りにも動員を予定していたようで、私の隊には転生ビルダーを探すのではなく、人里離れた場所で子育てをするコカトリスから卵を奪取する密命が下っていた。その卵を手に入れるために多くの部下のゴブリンたちが石化させられたり、餌になったりした。それでも何とか10名ほどが生き残り、奪取した卵を必死になって運搬していた。この卵さえ持って帰れば、あとはラストサン砦の調教師がなんとかしてくれるはずであり、持ち帰った私には相応の褒賞が準備されるはずだ。辺境の辺境であるラストサン砦に配属されて10年が経ち、栄転して地元に帰ることを諦めかけていた私に舞い込んだ幸運に、心が沸き立っていた。

霧の大森林の近くまで戻ってくると、担ぎ手のゴブリンたちが疲れ始めていたので、一旦小休止することにした。

「よし、ここで小休止する。各自、水分と食事をとれ！　終わったら一気に霧の大森林を抜けるぞ！」

指示を受けたゴブリンたちは、背嚢から食料と水の入った水筒を出して、食事を始めた。私も一緒にその輪の中で飯を食べる準備をした。

◆◇◆◇◆

俺たちは新しいキッチンで作られたルシアの昼食を満喫し、素材採取に行くための準備をしていた。

「さて、腹も膨れたし、素材収集に出かけるとしようか」

まずは、北の鉱山地帯に向かう。道具や装備、それと我が家の改築で素材を大量に消費したので、鉱石と石炭の補充も兼ねて、小山をまた一つ削ることにしたのだ。その間に、ルシアたちには【薬草】やハーブ類、その他の素材になりそうなものを探しておいてもらうことにしてある。

小山に登ると、【鉄のつるはし】を装備して地面を掘り返していった。つるはしで地面を削る度に【土】や【粘土】、【砂礫】ブロックなどが一気に素材化して辺りに散乱していく。その中には【鉄鉱石】【銅鉱石】【石炭】といったものが紛れており、それらも一様に素材化されて地面に飛び出した。小山を削り終えると、地面に散乱した素材をインベントリに収納する。

「お、【金鉱石】や【銀鉱石】、【石英】もポチポチ混じっているなぁ。それに【石灰石】ブロックと【石膏】ブロックも大量にあったのは僥倖《ぎょうこう》だ。今回の山は意外と当たりだったかもしれない」

【金】【銀】【石英】は装飾や魔術書を作るための祭壇に必要な金属で、序盤では見つからないと思っていたが、近場に埋もれているとは攻略記事にも書かれていなかった事実だ。みんな序盤の場所を掘り返すより攻略を優先していたからな。俺も転生前ならゴリゴリ攻略していたんだろうけど、今はルシアたちとゆっくり過ごすのも悪くないという考えだ。

少しばかり深く掘り過ぎたが、どうせ人がほとんどいない無人地帯であるため、埋め戻すのはやめておいた。不思議なことに、前回掘った部分が埋め戻されており、辺りには魔物からドロップされた素材が散乱していた。山が崩れて魔物が生き埋めにでもなったのかな。まぁ、いいや。素材はキッチリと利用してあげないとね。俺は散乱していた素材も一緒に収集してルシアの方に戻った。

「ツクル兄さん、鉱石掘りは終わりました？　ルリちゃんとハチちゃんのおかげで、結構ハーブ類と薬草類が見つかっていますから、素材化してくれるとありがたいです～」

「はいよ。どこだい？」

ルシアたちでは素材化できないため、見つけた場所へ俺が出向いていく。ハチとルリが誘導して数カ所歩き回った。回収できた素材は【玉ねぎ】【毒消し草】【魔力草】【セージ】【ヘンルーダ】だ。【毒消し草】【魔力草】【ヘンルーダ】はともに薬草で、【調合器具】で【毒消し】【魔力回復薬】【目薬】を生成する時に材料となる素材である。

「いろいろと回収できたね。さて、あとは魔物を狩りながら木材を回収するとしよう」

「ツクル様、ものすごく油臭い匂いが漂ってきているんだけど、魔物かな？」

ハチが鉱山地帯の方に鼻を向けてクンクンと嗅いでいた。

「油臭い……。そりゃあ、スラッジスライムだね。よし、そいつ弱いから倒そうか。ハチ、案内を頼む」

「よっしゃ、任せてください」

ハチを先頭に油の匂いのする方へ案内してもらった。しばらく進むと黒い水がしみ出した水溜まりにウネウネと蠢《うごめ》く、うす黒く染まったスライムの集団が数十匹いるのを発見した。

「いっぱいいますね。あたしたちで倒せるのかしら……」

ルリが不安そうにスライムの集団を見ている。

「スラッジスライムは魔物レベル2の雑魚だから、ルリやハチの今の装備ならダメージを負わないよ。安心して突撃してっ！　ルシアは火炎の矢で援護。なるべく遠くのを狙ってくれ。ルリ、ハチ、ついておいで」

「はい、了解しました。ツクル兄さんの指示に従いますよ」

「あ、はい」

「ルリちゃん、おいら頑張るわ」

剣を引き抜いて盾を構えた俺は、ルリとハチを率いて、ウネウネ蠢いているスラッジスライムの中に殴り込みをかけた。ルシアが放った先制の火炎の矢が奥にいたスラッジスライムに命中し、燃え上がって蒸発した。スラッジスライムは俺たちを認識したようで、ウネウネゆっくりとこちらへ近づいてくる。

「ルリちゃんのためなら、油臭いのも我慢できる」

先頭を走っていたハチが、身体に纏わりつこうとしたスラッジスライムを爪で引っ掻いて一撃で絶命させる。すぐさま別のスラッジスライムに飛びかかると、爪でスライムを引き裂く。

そのハチの姿を見たルリが驚いていた。

「ハチちゃん、カッコいい……。装備でこんなに強さが変わるなんて……。あたしも頑張ってみよう」

ハチの奮闘に勇気づけられたルリも、スラッジスライムに向けて【氷の息】を吹きかけていく。ルリの息に触れたスラッジスライムの表面が霜に覆われて固まる。しばらくすると、スラッジスライムは白煙を上げて素材をドロップした。

「ハチちゃんっ、あたしも倒せたよっ！」

「さすがルリちゃんっ！　おいらたちって実は強かったのかもしれないね」

ハチが言ったように、ルリとハチは成長すれば最強生物に近い魔物である。ただ、いかんせん幼いことと、親元を離れて家出したことでレベルアップができていない。その状態で強い魔物が闊歩する地域に行ったせいで、狩りができなかっただけである。キチンと育てば、俺よりも強くなる可能性があるのだ。ビルダーは戦闘に関してはそこまで強くならないんだよなぁ。

戦闘に関してはハチとルリに期待しておこう。そう考えている間も、ルリとハチは逃げ惑うスラッジスライムを次々に捕捉して倒していった。

「ツクル兄さん、あとはお2人にお任せでよろしいですかね?」

「そうだね。ダメージも負わないし、特殊な攻撃を持っているわけじゃないから任せていいよ」

しばらくすると、水溜まりに集まっていたスラッジスライムは、ルリとハチによって殲滅させられていた。そして、全員が光の粒子に包まれていく。

＞LVアップしました。
LV3↓4
攻撃力：20↓24　防御力：19↓23　魔力：11↓13　素早さ：11↓13　賢さ：12↓14

「おいら強くなったの?」

初めてのレベルアップを経験したハチが、不思議そうにこちらを見ていた。

「ああ、強くなっているはずだ。どんどんレベルアップしていけば、ハチもルリも強くなるのさ」

「おいら頑張る‼」

強くなる方法を知ったハチは、とてもやる気が湧いてきたようだ。一方、ルリも強くなったことを実感していた。

「さて、もうひと狩りする前に、スラッジスライムが落とした【油脂】を集めるとしよう」

レベルアップの喜びを噛みしめているルリとハチを尻目に、俺とルシアは素材化した【油脂】を集めて回る。回収を終えると、木材を調達するために霧の大森林の入口付近に足を延ばすことにした。


霧の大森林の入り口付近に到着すると、いきなりゴブリンたちの集団に遭遇した。何か大きな丸い物を運んでいる様子だったが、俺たちの存在に気が付くと、錆びた武器を手に襲いかかってきた。敵意を見せた相手に手加減する気はないので、みんなに戦闘態勢に入るように指示を出すと、自らも剣を抜いて吶喊する。ゴブリンが振り下ろした斧を盾で弾き返すと、隙のできた脇腹めがけて剣で貫く。貫かれたゴブリンが身体をビクビクと激しく震わせると、断末魔の叫びを上げて絶命していった。

あとずさりをするゴブリンを挑発するため、盾をしまって左手に剣を持ち替える。完全に相手を舐めた格好を晒していた。挑発されて怒ったのか、ゴブリンが斧を振り上げて突っ込んでくる。その突撃を左にかわすと足を引っかけて転倒させ、無防備な背中に左手の剣を突き立てた。ゴブリンが身体を仰け反らせると、絶命して白煙と化す。無残に絶命した仲間を見た他のゴブリンたちが、あとずさりを始める。

逃げ出そうとしていたゴブリンたちに、ハチが飛びかかって爪で切り裂いていく。ルリも素早く近づくと、氷の息をゴブリンの足元に吹きかけて逃げられないように凍りつかせた。ルリとハチによりあっという間に残り一体となり、残ったゴブリンは背中を見せて逃げ出す。そこへルシアの火炎の炎が命中して、燃え上がり絶命した。

退治したゴブリンが素材化された【ゴブリンの骨】を集めながら、ルシアが褒めてくれた。

戦闘用の装備のため、革のワンピースに着替えたルシアが屈む度にパンツがチラリと見えてしまう。白だっ！　今日は白だよ。あの白のパンティーを装備しているのだよっ！　チラリと見えるルシアたんの純白の下着が眩しいのだ。くおおぉ、眩しすぎて眼がぁ、眼がぁぁぁ‼　チラチラと下着が見えるように考えて、自らの作った丈の短い革のワンピースに満足していた。

お尻に釘付けになっていると、不意に後ろからドンという衝撃に襲われた。

「ツクルさん。女の子のお尻をジロジロ見てはダメよ」

衝撃の主はルリだった。ルシアのお尻を見て悦に入っているのを注意されてしまった。

「あ、すまん。ワザとじゃないんだ。視線に入ってしまってね。ＨＡＨＡＨＡ！」

「ツクル兄さん、どうかされました？　それよりもこんなにたくさんの【ゴブリンの骨】が手に入りましたよ」

爽やかな笑いで誤魔化すと、ルシアが集めてくれた【ゴブリンの骨】を受け取ってインベントリにしまい込む。ゴブリンの骨は、落とし穴や骨灰を創り出すのに使用する素材で、陶磁器の原料にもなるので、使い道は豊富だ。

「ありがとう。助かるよ。それにしても奴らは何を運んでいたんだ？」

ゴブリンが集団で担いで運んでいた丸い物体に、みんなの視線が注がれた。白く丸い物体。何だか見覚えのある形だが、それにしても大き過ぎるような気がする。眺めていると、物体にひび割れが生じ始めた。それを見たルシアがポツリと呟く。

「これって……何かの卵でしょうか？　それにしても大きい卵ですね」

「卵にしてはえらい巨大だが……。嫌な予感しかしないぞ」

白く丸い物体のひび割れがドンドン大きくなっていく。そして、穴が開いたかと思うと、黄色いくちばしがチラリと見えた。

「ひよこ？」

黄色いくちばしが見えたことで、白く丸い物体が卵であることが判明し、中にヒナがいることも分かった。

「ひよこだったら、殻を破ってあげないと。通常は親鳥が卵をつついて割るのを手伝うはずだから、このままだとこの子は死んでしまいます！」

ヒナがいることを知ったルシアが、慌てて卵の殻を割り始めていた。ベリベリと一心不乱に卵を割り続けていく。

「ピヨ、ピヨ」

半分ほど卵の殻が割れたところで、ヒナの鳴く声が聞こえてきた。割れた殻からチラリと顔をのぞかせる。明らかにニワトリのヒナにしては身体がデカイ。

「ツクル兄さん！　大きなひよこちゃんですよ。あぁ、うちを突いても何も出てきませんよ」

巨大な体躯のひよこがルシアのおっぱいをポヨン、ポヨンとくちばしで突いている。いいぞ、もっとやれ……じゃない。絶対にこのデカさはニワトリ以外のひよこだ。ダチョウか、それとも大ニワトリか……。

「なんかとてつもなくデカイひよこですね。何の魔物のひよこだろ？」

「鳥系の魔物なのは間違いなさそうだけど……。あたし、こんなにデッカイひよこは初めて見るわ」

ルリとハチも、卵から孵《かえ》ったひよこを見て首を傾げている。その間にもひよこは殻を自分で割り、卵から転がり出てきた。大きさは体長2m近い。ん？　尻尾が生えているのか……？

体長2mのひよこには小さな尻尾が生えていた。目を凝らしてよく見ると、それは蛇の頭を持っており、ウネウネと動いてもいた。……ふぇ⁉　ふぇぇぇぇぇぇぇぇっっ！！！　これってまさか、コカトリスのひよこかぁぁあ‼　びっくりして腰が抜けそうになった。

『クリエイト・ワールド』ではコカトリスの石化ブレスで何度も石化させられて、その度に魔王城攻略を中断させられた苦い思い出が蘇ってくる。確か魔物レベルは50以上で、ヘルハウンドやフェンリルと同様に最終盤で現れるはずの厄介な魔物だった。

「ル、ルシア……。この子は自然に帰そう。それがお互いのためだと思う」

「ピヨ、ピヨ、ピョオ！」

コカトリスのひよこが抗議したそうに大きな鳴き声を上げている。どう見ても、刷り込み効果でルシアを親だと思っているようだ。マジでヤバイ。

「えー、飼っちゃダメですか？　ホラ、こんなに可愛いんですよ。ピヨちゃんが大きくなったら、きっと卵を産んでくれるようになるし、食材の確保にも貢献してくれると思うんですけど！」

ルシアは既に、フワモコ生物であるコカトリスのひよこに取り込まれたようだ。猛烈に飼いたいアピールを俺に向けて送ってきている。しかも、もう名前まで決めているようだった。確かにニワトリの親戚だから、卵も産むだろう。だがルシアたんよ、その子はコカトリスなんだ……。おっきくなったら、毒のブレスとか石化ブレスを吐いて、みんなに迷惑をかけちゃうかもしれないんだぜ。そう、伝えてやりたかったが、どうしてもルシアの悲しむ顔を見たくなかったので、渋々ではあるがコカトリスを飼うことに決めた。とりあえず、毒のブレスと石化ブレスを家では吐かせないように教育しておかないと……。朝目覚めたら、石化していたら笑えない。

「……ルシア、飼ってもいいけど、この子はコカトリスの子供だから、飼育には細心の注意を払うようにっ！　ピヨちゃんも毒と石化の息は吐かないこと！　これだけは守れるかい？」

「ピヨ、ピピピヨ！」

コカトリスのひよこは人語が理解できるようで、俺の言葉を聞いて羽で敬礼を返してきた。むぅ、コカトリスめ。人語を理解するとは、なかなかやるではないか。

「ひぇ～！　ピヨちゃんはコカトリスさんでしたか。とってもカワイイ子に育つんだろうなぁ～。ツクル兄さん、飼うのを許してくれてありがとうございます～。ピヨちゃん、ツクル兄さんとの約束はちゃんと守らないと駄目よ」

「ピヨヨ！」

ルシアは、コカトリスがどれくらい危険な生物か理解していないらしい。体毛が乾いてフワモコ生物になったピヨちゃんをハグしていた。

「ピヨちゃんは、おいらたちの仲間になったってことでいいのかな？」

ハチが確認する。

「そうだな。ルシアがどうしても飼いたいそうだからね。ルシアが飼いたいといえば、俺に否決権はない。よって自動的に飼育許可が可決されたことになるのだよ」

「まぁ、あたしは別に大丈夫よ。カワイイ子だし」

ルシアが体長2mのひよこに乗って、辺りを走り回っていた。後の世に奇跡のコラボといわれた〝コカトリスライダールシア〟が爆誕の瞬間であった。

> ピヨが仲間になりました。

仲間になったところで、ステータスを確認する。

> ピヨ　種族：コカトリス族　年齢：0歳　職業：魔物　ランク：新人
> LV1
> 攻撃力：8　防御力：8　魔力：4　素早さ：8　賢さ：4
> 総攻撃力：8　総防御力：8　総魔力：4　総魔防：4
> 特技：くちばし（攻：+5）
> 装備　右足：なし　左足：なし　身体：なし　頭：なし　アクセサリー1：なし
> 　アクセサリー2：なし

生まれたてなので、毒のブレスや石化ブレスは覚えていないのが、せめてもの救いだった。

「ルシア、ピヨちゃん、木材を伐《き》り出すからあまり遠くに行かないようにね。ルリとハチもこの入り口辺りの魔物なら自由に狩っていいよ」

俺は走り回っているルシアとピヨちゃんに声をかけると、霧の大森林の木材を伐り出す作業を開始する。ついでにルリやハチにも周辺の魔物を狩るように指示を出した。

「はいよ~。ルリちゃん、あっちから魔物の匂いがするから倒してこよう」

「ハチちゃんについていくわ」

ルリはハチの先導で近場にいると思われる魔物の狩りに出かけていった。一方ルシアはピヨちゃんに乗って辺りを爆走している。

木材の調達を終え、日暮れ前に我が家に帰り着くと、ルシア専用の騎獣となったピヨちゃんにもう一度だけ、我が家でのルールを確認することにした。

「ここがマイホームだけど、ピヨちゃんに今一度、我が家でのルールを説明させてもらう」

「ピヨヨ」

ピヨちゃんはルシアを地面に降ろし、ビシッと羽を動かして敬礼する。人語を解するのは実に楽でよい。この能力がなければ怖くて飼えない魔物だが、意思の疎通ができれば、不幸な石化事故も未然に防げるだろう。

「よろしい。まず、基本的に畑を荒らさない」

「ピヨ、ピョ！」

大きく頷き理解したことを告げてくる。

「2つ目、毒のブレス、石化ブレスを習得した際は、俺かルシアに必ず申告すること」

「ピヨヨ、ピヨ！」

羽でドンと胸を叩いて『任せてくれ』とでも言いたそうだ。

「3つ目、室内には出入り自由だが、物を破損した場合は俺に申し出ること。以上3点を守れるかい？」

「ピヨヨ、ピヨ、ピョヨッヨ！」

背筋を伸ばし、大きく頷いて『必ず守りますので、よろしくお願いします』と言いたそうにつぶらな瞳で俺を見つめてきた。くっそ、カワイイじゃねえか……。実は俺もちょっとだけピヨちゃんに乗ってみたいんだぜ……。ちくしょうめ。

「よろしい。ようこそ我が家へ。これからよろしくな」

「ピヨちゃん、よかった。これでうちと一緒に生活できるわよ。ツクル兄さんは優しい人ですから、不便なことがあったら教えてくださいね～」

ルシアはホワホワの産毛に覆われたピヨちゃんを抱きすくめると、頬ずりをしていた。抱き枕として一緒に寝ると言いだしかねないが……。まぁ、俺もホワホワは嫌いじゃないぞ。ちょっとだけ添い寝させてくれ。

ルシアは装備を着替えると、自らのお城であるキッチンスペースに陣取り、夕食の支度を始めた。ルリとハチは装備を俺に脱がせてもらい、２人でイチャイチャタイムをスタート。その様子を見届けた俺はピヨちゃんを引き連れて、新たに手に入れた薬草類やハーブを植えて、畑の水やりを行った。水やりの途中、ピヨちゃんが何も植えていない畑を突きたそうに見つめていたので許可すると、ワームをほじくり出して自らの餌にしていた。ピヨちゃんがワームをごっくんしてしばらくすると、口からボフンと白煙が上がり、素材化した肥料がドロップされる。全自動肥料発生装置だな。コカトリスにこのような機能があったとは……。ピヨちゃんマジ有能。肥料は栽培により劣化していく畑の状態を回復させるもので、栽培をするに当たっては重要アイテムになっている。けれど、『クリエイト・ワールド』では、ワーム掘りが面倒で栽培を挫折したプレイヤーも多数いたとも囁かれている。だが、ピヨちゃんの加入により肥料のストックを自動で行えることが判明し、畑の栽培ローテーションの目処が立った。

水やりを終えると、ピヨちゃんと共に作業スペースへ行き、ピヨちゃんの装備と広くなった屋敷の中を明るく照らすための灯火類を作ることにした。

「さて、ピヨちゃん。君にも装備を作ってあげようと思うのだが、とりあえず君はルシアの騎獣兼護衛ということでよろしいだろうか？」

「ピヨヨ、ピヨピヨ！」

そのつもりらしい。親であるルシアを全力で護りたい気持ちが前面に出ている。子供なのに見上げた根性だ。さすが、コカトリスだけのことはある。

「よろしい。ちなみに、ちょっとだけ君の羽毛を触ってもいいだろうか？」

ホワホワの産毛の魅力に抗えず、ちょっとだけ触らせてほしいと頼んでみた。次の瞬間、ズビシュとピヨちゃん渾身のくちばしが俺の額を直撃した。

「イデぇええ！　なぜルシアがよくて、俺はダメなの⁉　えこひいき反対！」

「ピヨオ！　ピヨヨヨ‼」

ピヨちゃんは身振り手振りで『女だから無理なの～』と言いたそうにしていた。女子だと……馬鹿な……。そういえば、ルシアが卵うんぬんとか言っていたな。そういうことだったのか。ピヨちゃんがメスだという衝撃の事実が判明した。女の子に男子がベタベタと触るのはいただけない。ピヨちゃんの怒りはもっともだ。だが、あのくちばしでの一撃は非常に痛い。頭蓋骨に穴が開くかと思い、軽くトラウマになりかけている。

「分かった。ノータッチ、オッケー！　穏便にいこうじゃないか。ＨＡＨＡＨＡ！　ピヨちゃんがメスと判明したので、カワイイ装備を作ってあげよう」

「ピヨヨ！　ピヨオ！」

とりあえず、カワイイ装備を作ることでピヨちゃんの機嫌の悪化は防げたようだ。作業台のメニューから装備を見繕っていく。

【革の騎乗鞍】……防御力＋10　付属効果：1名騎乗可能。消費素材／なめし革：3、革紐：2
【鉄のトサカ】……防御力＋20　付属効果：なし。消費素材／鉄のインゴット：3、銅のインゴット：2
【鉄の脚絆《きゃはん》】……攻撃力＋30　付属効果：なし。消費素材／鉄のインゴット：2、銅のインゴット：2

生成された装備が作業台の上に飛び出した。飛び出てきた装備を見たピヨちゃんは、飛び跳ねて喜んでいる。

「ピヨロ！　ピヨ！」

「あー、はい、はい。とりあえず着けてあげよう」

ピヨちゃんは装備がかなり気に入ったようで、早く着させてほしいと催促してくる。【鉄の脚絆】【革の騎乗鞍】【鉄のトサカ】を装着していく。

やべえ、何だ、このラブリーな生物は……。ピヨちゃんに乗れるルシアに羨ましさを覚えたが、くちばしで額を貫かれては命にかかわるので我慢することにした。

「う～ん、いいね。サイズもちょうどいいし、似合っているよ」

「ピヨヨ、ピヨロオオ‼」

ピヨちゃんの装備を作り終えると、再び作業台に向かい合う。

「さて、あとは灯りを作らないと。住まいが広くなったのに焚き火の明かりだけじゃ、足らない場所が出てきそうだ。【ハチの巣】から【蜜蝋《みつろう》】を制作して【ローソク】を作らないと。魔術の光を宿すものは、希少な素材でないと作れないからな……」

とりあえず、素材から成分を抽出したり、調合したりできる道具の【調合器具】を製作することにした。素材から成分を抽出したり、いろいろな薬を生成したりできるので、作業スペースに設置しておいて損はない。そのためには、まず足らない素材である【金のインゴット】【銀のインゴット】【ガラス】を作る必要がある。

製錬炉のメニューから【金のインゴット】【銀のインゴット】【ガラス】の作成を選択する。

【金のインゴット】……金鉱石を製錬した金属塊。消費素材／金鉱石：2、石炭：2

【銀のインゴット】……銀鉱石を製錬した金属塊。消費素材／銀鉱石：2、石炭：2

【ガラス】……砂と石英を溶け合わせた透明ガラス。消費素材／砂：3、石英：2、石炭：2

必要な素材が揃ったので、作業台から【調合器具】を作成する。

【調合器具】……抽出鍋、調合釜、乳鉢、ガラス管、薬研など数種類の器具類。消費素材／金のインゴット：2、銀のインゴット：2、鉄のインゴット：2、銅のインゴット：2、石英：2、石炭：5

ガラス管や乳鉢、薬研など数種類の器具が1つの台座にセットされ、まとまって出てきたので、空いているスペースに【調合器具】をセットする。

「これで素材の調合や抽出が可能になったな。これで【ハチの巣】から【蜜蝋】と【ハチミツ】が抽出できるようになった」

【調合器具】の抽出メニューから原材料に【ハチの巣】を選択する。

【ハチの巣】……ハチが幼虫を育てたり花の蜜などを蓄えたりするために作る巣。抽出素材／蜜蝋：20、ハチミツ：5

黄みがかった色の粘土状の物体が調合台の上に飛び出した。これは【蜜蝋】で、【ハチの巣】から【ハチミツ】を取った後に残るものに、熱と圧力を加えて抽出されるロウ（ワックス成分）のことだ。口紅やクリームの原料にもなるので、染料が手に入ったらルシアに口紅を作ってやりたい。だが今は、調合メニューの中にある【ローソク】を製作するのが優先だ。

【ローソク】×20……綿糸を縒り合わせたものを芯にして、芯の周囲に蝋を成型したもの。消費素材／蜜蝋：3、綿糸：1

ついでに【ローソク】を差す【燭台《しょくだい》】も製作することにした。

【燭台】×5……室内照明の持ち運べる道具で、ローソクを立てるのに使う台。消費素材／鉄のインゴット：5、銅のインゴット：5

1つだけ【ローソク】が差せて持ち運べるタイプの【燭台】が作業台の上に現れた。【ローソク】を差して火を灯すと、オレンジ色の炎がユラユラと揺れて、薄暗くなっていた作業スペースを照らした。

「おおぉ、灯りはいいね。夜を明るく灯すのは文明の力だ。結構な労力を使ったけど、完成したぞ。これで、夜の闇に怯える必要もなくなる」

「ピヨ、ピヨ、ピヨオ！」

装備の確認を終えたピヨちゃんが、パチパチと羽で拍手してくれた。その愛らしい姿に思わずギュッと抱きつこうと思ったが、あの黄色いくちばしがズビシュと額に打ちつけられてしまうので、グッと我慢をする。

完成した【燭台】を持って、夕食を作っているルシアの元に向かい、ダイニングテーブルに2つセットした。日が暮れかけていて、薄暗かったダイニングテーブルやキッチンスペースが明るくなる。

「あら、明るくなってよかったぁ。焚き火からかまどに変わって少し暗いかなと思っていたところなんで、ツクル兄さんに灯りを作ってもらいたかったんです」

「これでかなり明るくなったでしょ？　まぁ、ローソクの火だからそんなには明るくないけど、ないよりはマシだよね。夜になってもルシアの顔が見られるし」

「あら、ピヨちゃんもとっても綺麗な格好にしてもらえましたね。似合ってますよ～」

明るくなったことで、ピヨちゃんの装備が追加されたことに気付いたルシアが、嬉しそうに褒めていた。

「ピヨ、ピヨロ、ピピ」

「そうですよね。ツクル兄さんはセンスがいいですから。それに、ピヨちゃんの可愛さはうちが保証します～」

ルシアはピヨちゃんのジェスチャーだけで完全に意思の疎通をこなしていた。これが、ライダーと騎獣の絆というものだろうか……。ピヨちゃんも可愛いが、俺はルシアの方がカワイイぞ。うん、やっぱりカワイイ。ローソクの明かりに照らされたルシアは、日の光の下で見るのとは違った幽玄な雰囲気を発していて、手際のいい調理姿も優美で気品が感じられる立ち振舞いに見えた。本当にルシアはカワエエなぁ……。祖母に厳しく育てられたって聞いているけど、案外いいところのお嬢様だったのではなかろうか？

夕食ができるまで、ルシアが調理する姿をピヨちゃんと一緒にウットリと見とれて過ごした。突然、料理中のルシアから「ソーセージを作りたいから、絞り器って作れます～？」と聞かれたので、作業台のメニューを調べてみると、あった、ありましたよ。『クリエイト・ワールド』では何千、何万の道具や素材があるとの触れ込みだったが、進行上必要ない道具はクリア後にやり込めばいいやと思い、確認もしていなかったのだ。革で作られた【絞り器】を生成して、ルシアに渡す。

夕食が完成すると、ルリとハチもダイニングテーブルの方にやってきた。

「ルリちゃん、今日の晩ご飯はなんだろうね。おいら、さっきから漂ってくる匂いでお腹が鳴りっぱなしだよ」

「この匂いはきっと、あたしたちがいっぱい狩った羊肉を使った料理だと思うの」

ルリとハチは、夕食のメニューが何か想像してソワソワしていた。

「本日の夕食のメニューは、ハーブ入りラムソーセージのマッシュポテト添えと、ラム肉タップリの肉スープです。スープは熱いから気を付けてくださいね〜」

個人用の木皿に山盛りに積まれたラム肉のソーセージとマッシュポテト、木椀に注がれた汁ものにはラム肉とネギの輪切りと玉ねぎが浮かんでいた。

「うわぁぁああ！　ご馳走だ。ルリちゃん、ものすごいご馳走だよ」

「あたしの予想は当たっていたみたいね。あれだけ一生懸命に羊を狩ったんだもの。はぁー、いい匂いがするわ」

ハチとルリはルシアの作ったラム肉料理の匂いを嗅いで、よだれが我慢できず地面に垂らしていた。俺もルシアに教えられて知ったのだが、ラム肉とは若い子羊のことで、大人の羊はマトン肉というらしい。マトン肉はラム肉に比べて独特な匂いがきつく、癖のある食材のようだ。転生前に俺が食べたことのあるジンギスカンはマトン肉だったみたいで、あの独特の匂いがするのかと思ったが、ルシアが作った料理からは漂ってこなかった。

「美味そうなソーセージだろ。作っている間、見ているのが辛かったんだ。味わって食べような」

「わ、分かってますよ。こんなご馳走は味わって食べないと罰が当たると思う」

ルリもハチもソーセージや汁物から放たれる匂いに食欲が刺激されて、我慢の限界を迎えようとしていた。

「じゃあ、いただきましょうか」

「「「「いただきますっ!!」」」」

木のフォークでソーセージをプチッと突き刺す。中に閉じ込められていた肉汁がブシュと飛び出しているソーセージを口内に誘導して咀嚼する。牛肉の脂より淡白だけど、ラム肉の独特な脂の風味を堪能することができ、最後にスーッとする後味が舌の上を通り抜けていった。これは癖になるかも……。牛肉の濃厚な脂も好きだが、ラム肉の脂はまた違った味がする。それに、ハーブ入りと言っていたけど、この清涼感はミントだろうか……。ルシアの作ったソーセージに舌鼓を打ちながら、使われている調味料を考えるのが、昨今の俺のマイブームである。

2本目のラム肉の脂が通り過ぎたあと、舌の上をリセットしてくれる清涼感の存在を考えていた。ミントはハッカとも呼ばれ、葉に爽快味および冷涼感を与えるメントールに富むハーブで、料理、カクテル、菓子、薬用酒、精油、香料などの材料となる万能素材だった。

「ルシア、このソーセージにはミントの隠し味が入れてあるね？」

「正解です～。ツクル兄さんは舌が鋭いですね～」

「ルシア様っ！　おかわりっ！　おかわりください！」

ハチが口の周りをソーセージの脂まみれにして、おかわりを催促していた。あれだけ、味わって食べるようにと言ったにもかかわらず、ハチは最速で食べ尽くしていた。

「はいはい。お待ちくださいね～」

「ルシア様も罪作りな人だ！　このソーセージは美味すぎるもん！」

ルシアが改めて盛ったソーセージが置かれると、ガツガツと貪るように食べていく。

「あぁぁハチちゃん！　あたしの分も残してぇ。ルシアさん、おかわりー」

ルリも自分の分を食べ尽くすと、ルシアにお皿を差し出し、おかわりを要求する。今回の食材は2人が頑張って狩ってくれた羊肉なので、いくらでも食べればいい。ルリとハチの喰いっぷりを眺めつつ、3本目のソーセージを口に放り込んだ。そして、今度はマッシュポテトも一緒に口に入れていく。裏ごししたジャガイモの甘みとラムソーセージの脂が合わさり、舌の上がにぎやかになる。そして、イモ類はごはん・パン・麺類などと同様に主食となる食材なので、お腹が膨れるのだ。米や小麦粉がまだないため、イモ類は貴重な主食として俺たちの腹を満たしてくれる。

「意外とマッシュポテトも好きなんだよなぁ……。イモは美味しいよね」

マッシュポテトの美味しさを再発見した俺は、続いてラム肉の汁物に手をつける。ラム肉の独特な脂の匂いはセージの爽やかなほろ苦さによって調整され、脂の旨味が玉ねぎやネギ、ニンニクなどの香味野菜を煮込んだスープに溶け出して絶妙な味を醸し出している。ラム肉も柔らかく煮込まれてホロホロと口でほぐれていき、噛むとスープの汁気を口内に拡げる手伝いをした。もっときつい味かと思ったけど、美味いなぁ……。あぁ、転生してよかった。転生してなかったら、今頃はいつものようにカップ麺かコンビニ弁当だったからなぁ。ルシアの料理の美味しさに思わずホロリと涙がこぼれそうになった。転生前の俺の食事は、両親が共働きだったため、コンビニ飯かカップラーメン、ファーストフードといった、カロリー摂取と空腹感を充足させる目的でしかなかったのだ。けれど、今は大事に味わってみんなと楽しく食べることに喜びを見出していた。世間一般の家族の団らんとは、こういうのをいうんだろうな。みんなで食卓を囲んでお喋りして、笑ったり、怒ったり、ご飯の取り合いをしたり……。

「ツクル兄さん、どうかされましたか？」

自分の作った料理に舌鼓を打ち、美味しくできたことに笑顔が綻んでいたルシアが、箸を止めてみんなの食べている姿を見ている俺に気付いて声をかけてきた。

「あ、いや。みんなで食べるのは美味しいなと思ってさ。いいなぁ、うん、いいよ。あぁ、美味いっ！　ルシア、おかわりを頼むっ！」

感激してちょっと泣きそうになり、それをルシアに見られると恥ずかしいので、ソーセージを一気に食べると、おかわりをもらうために皿を差し出した。

「変なツクル兄さんですね。そんなに慌てて食べなくても、まだたくさん残ってますよ～」

ルシアが新婚ホヤホヤの新妻の如く、ニコニコと新しいソーセージを盛りにキッチンに歩いていく。みんなが食事をしているが、ピヨちゃんは畑でたらふくワームを食べたので、地面にうずくまって眠そうにしていた。異世界に転生してこの世界を作り変えてやろうかと思ったけど、案外ここでマッタリとみんなと日々を過ごしていくのも悪くないかもしれない。

夕食後、ルシアが後片付けを終えると、コットンパジャマ姿に着替えて寝室にやってきた。既にルリとハチは自室に戻って2人仲よく熟睡中だ。俺は寝間着代わりの作務衣に着替えると、ピヨちゃんの装備を外して床に置いた。ルシアのお願い攻撃に負け、ピヨちゃんは俺たちの寝室でルシアの抱き枕候補としてベッド横で眠るそうだ。万が一、寝相が悪いルシアが俺とは反対側に落ちそうになっても、ピヨちゃんの上に落ちる予定なので安心だ。

「ツクル兄さん。今日はピヨちゃんを仲間に入れてくれてありがとうございます。うち、きっとピヨちゃんを立派なコカトリスに育ててみせますよ。いろいろと迷惑をかけるかもしれないけど、よろしくお願いします～」

ベッドの上で三つ指をついて頭を下げたルシアに、思わず俺も正座をしてしまった。しかし、ルシアたん、ピヨちゃんのフレスや石化ブレスの恐怖に苛《さいな》まれてしまうのだよ。それにコカトリスは非常にイカツイ顔立ちになってしまうのだ。ピヨちゃんの、そのラブリーな姿は今だけなのだよ……。成長して大人になると巨大なニワトリの身体と大蛇の尻尾となるのだ。今のピヨちゃんの愛くるしい姿がいつまで続くのかは俺にも分からなかった。

「ピヨちゃんはカワイイし、人語を理解してくれるから、俺としてはこのままでもいいかなぁ～とか思ったりして……」

「ダメですよ！　両親のいないピヨちゃんの親代わりとして、立派なコカトリスに育てて、このお屋敷の一員として恥ずかしくない魔物にしないといけません！」

下げていた頭を上げたルシアは、ピヨちゃんに母性を呼び覚ませられたのか、転生前の世界にいたような教育ママぶりを発揮していた。既にフェンリルとヘルハウンドが住み着いている
この屋敷に、立派なコカトリスまで住むとなれば、『どこの魔王城だよ』と突っ込まれそうな

気がするぞ。あとは、ドラゴンが住み着けば、魔物四天王の完成だ。『奴は四天王で最弱の……』とハチ辺りが言い出しかねない。だが、万が一、ルシアがドラゴンを飼いたいと言い出したら、今度は俺の騎獣として相棒になってもらうことにしよう。

「分かりました。ルシアがきちんとピヨちゃんを育ててね。育児の予行演習だと思ってしっかりと頼むよ。そうだな……子供は3人くらいで、女の子、男の子、女の子の順番がいいぞ。みんなルシアの血を引いているから美男美女になるはずだ。そうそう、女の子には『絶対にパパと結婚するんだ』って言ってもらえると嬉しい。男の子とはキャッチボールをしてやりたい。あー、一緒に風呂に入って洗いっこもしてみたいなぁ。俺、してもらったことないし。子供には絶対にしてあげたいぞ」

ルシアたんとの子供か。絶対にカワイイ子が生まれるんだろうな。家族かぁ……いいなぁ。ルシアの両肩にポンと手を置くと、ボフッという音がしそうなほどの早さでルシアの顔が真っ赤に染まった。

「い、育児だなんてぇええええ……。うちとツクル兄さんとの子供は、まだ早いと思います……。もうっ！　ツクル兄さんのイジワル～。うちは先に寝ます。おやすみなさいっ！」

真っ赤になったルシアは恥ずかしさに耐えられなかったのか、布団を被るとそそくさと横になってしまった。照れているルシアたんは非常に可愛くて、俺のハートがキュンキュンと疼いてしまう。転生した一番の喜びは、ゲーム世界に浸れることじゃなく、ルシアという女性に出会えたことだろう。布団を被って隠れてしまったルシアにおやすみの挨拶をした。

「おやすみ。ルシア、ピヨちゃん」

そして、ローソクの火を消すと、俺も布団の中に潜って身体を横たえた。

◆◇◆◇◆

私は部下を引き連れて、ラストサン砦にほど近い人族の村を訪れている。

イルファ司令官のご指示により、周辺の村を回って、兵士となるべき者を次々に借り受けてきた。転生ビルダーの居住場所を捜索するだけで、既に200名近い兵士が行方不明となっており、発見した転生ビルダーの拠点を総攻撃するには、兵が不足している。イルファ司令官は不足した兵力を魔物で補填しようとしていたが、ことごとく失敗に終わり、魔王陛下から叱責されたようで、砦の中はピリピリとした空気が流れていた。そんな中で下されたのが、この人狩りのような村を回っての強制徴募だ。私も徴兵された身の上なので、徴兵に引っかかった奴らには同情を覚えるが、命令に背けば自分の首が飛ぶので、手を抜くわけにはいかない。

「こちらは魔王軍ラストサン砦のものだ。既に先ぶれの通達が届いておると思うが、この村より10名の者を兵として徴募する。なお、この人数は変えられないので、確実に提供するように！」

出迎えた村人たちからは、不安そうな視線がこちらに向けられていた。既に先ぶれに出した使者には、付け届けを出した者の徴募は免除すると伝えるように言ってあり、先ほど、その使者と合流した際に付け届けを出した者の一覧をもらっていた。要は金の払えなかった貧乏人が強制徴募の対象者となることが決定しており、付け届けされた金銭は徴募業務を担った私たちの懐を潤わせることになっていた。長年、僻地の砦に安月給で扱き使われていたので、こんな時こそ、副業に励んでおかなければならない。

「よし、今から名を呼ぶ者は徴募対象者だ。それと、きたる掃討作戦に向けて、魔王軍は物資を欲している。この村には食料、金銭等の8割を供出してもらうからな。逆らえば魔王陛下への反逆と見なし投獄されると思え！」

新たに食料と金銭の供出を付け加えてやった。これくらいのことをやっても魔王陛下の名を出せば、村人たちは怯えて反抗せずに差し出してくるので、私たちとしては笑いが止まらなかった。本当に転生ビルダー様のおかげだ。私たちの悪行は直属の上司であるイルファ司令官に押し付けてしまえば問題なく誤魔化せるので、部下たちに徴募者と徴発品をドンドン集めさせた。

5章　砂漠の民、兎人族

チチチ……チュン、チュン……チチチ。新しい屋敷になってから初めての朝を迎えた。崖を削って作った寝室には、ガラス製の天窓から朝の眩しい光が差し込んでいる。

ふにょん、ふにょん。寝相の悪いルシアが、昨日よりさらに危ない格好で足にしがみついていた。純白のコットンパジャマに着替えたことで、いいところのお嬢様っぽい感じが増している。だが、相変わらず理由は不明だがお尻が捲れて尻尾が飛び出し、右に左にユラユラと揺れて触ってくれと誘惑をしていた。今日も素敵なお尻をありがとうございます。尻尾のフサフサを堪能させてもらいます。両手で合掌すると、左右に揺れている尻尾を手櫛でサーっと柔らかく梳《す》いていく。引っかかりなくスーッと梳かれ、至極の感触が指先を楽しませてくれる。

「ふぁうん、おばあさん。尻尾の手入れは自分でやりますから……。あ、うぅん……」

ふみゅ、ふみゅと寝ぼけながら悶えるルシアを見ていると、もう少しだけ悪戯をしたい気になる。両手でフサフサの尻尾を揉み揉みしてみた。ビクンと身体を震わせたルシアが艶めかしい吐息をもらしていた。

「あ、あうう。おばあさん、そんなに揉んだらダメだって～……。ふみゅ」

おうおう、俺のハンドマッサージに反応してくれるとは。えぇのぅ、サイコーだぜ。

ズビシュッ。

「ひぎゃああっ‼」

ルシアの尻尾を弄んで楽しんでいた俺の額に、突起物が突き刺さったような激痛が走る。

「ピヨ……。ピヨヨ」

俺の額を貫いたのは、ピヨちゃんのくちばしであった。彼女も非常に寝相が悪いらしく、床で寝ていたと思ったが、今はベッドの上で丸まって寝ているようだ。

「何です？　ピヨちゃん、まだ朝じゃありませんよ……。ふぁ」

うつらうつらしているピヨちゃんのくちばしが、再び俺の額に向けて落ちてくる。ファッーーーーー。らめっぇえええ！　あのくちばしで貫くのはらめぇええ。咄嗟に首をひねり、頭上からの凶器の落下をかわす。ピヨちゃんのくちばしは、誰もいなくなった枕を貫いた。あ、あぶねえ。あんなのを喰らったら、頭蓋骨が粉砕骨折してしまう。だが、ピヨちゃんを起こすと、せっかくのルシアの尻尾モフモフタイムが終了してしまうじゃねえか……。クッ、まだ触り足りねえ。ルシアの尻尾を弄り倒す誘惑に囚われて、頭上から落下するピヨちゃんのくちばしを避けつつ、堪能することを決意した。フワフワの尻尾に手を入れると、柔らかく反発するルシアの毛並みを堪能していく。ああぁ、これだ。俺が求めていた癒しはこれなんだよ。ルシアたんの尻尾は最強だぜ。あぁぁ、俺はこのまま死んでもいい……。

「はぁ、はぁ……。おばあさん……。そんなに激しく触ったらダメだって……。うぅん」

俺の足の間で、もぞもぞと動くルシアの胸が、太ももにふにょんふにょんと柔らかな刺激を送り込んできた。ファッーーーー！！！ルシアたんっ‼ この感触はイカンよ‼ 実にけしからん‼ あぁ、これが天国という場所か‼ フサフサの尻尾と、おっぱいの感触を堪能していた俺の注意力は、太ももと指先に集中していて、頭上から迫るピヨちゃんの凶器の存在を忘れ去っていた。

ズビシュッ‼

ピヨちゃん会心の一撃が脳天を貫くと、俺は激痛の余りに悲鳴を上げてしまった。

「ひぎゃあああぁあああぁっ‼」

「ふあ⁉ あ、あああっ〜〜ピヨちゃん？ ツクル兄さん？ あぁぁ、ツクル兄さんのおでこから血が出てますよ⁉」

悲鳴で目が覚めたルシアが眠そうな目を擦って、俺のおでこを撫でてくれた。心配そうに俺のおでこを撫でるルシアのコットンパジャマからは、はだけた胸元が視線に飛び込んできていた。ファッーーーーーーーー‼ ルシアたんっ‼ おっぱいっ！ おっぱいしまって‼ ラメェエエ‼ 某《それがし》はエッチなしのお約束をしている身の上。だが、そんな危険な格好

をしてはいけませぬー‼

「あー、ルシア君、大丈夫だ。どうやらピヨちゃんが寝ぼけて俺を突いたようだ」

「そうですかぁ？　ピヨちゃん、ツクル兄さんの額を突いちゃいけませんよ〜」

目覚めたピヨちゃんのほっぺたをルシアがツンツンして、注意をしていた。ピヨちゃんは、『あたし、そんなことしたのかしら？』とでも言いたそうに、小首を傾げてルシアと俺を交互につぶらな瞳で眺めていた。うぐぅ、そんなにカワイイ顔を見せられると、叱れないじゃないか……。くそう、小悪魔ピヨちゃんめ。可愛いぞ。

「ピヨちゃんもワザとじゃないから怒れないよ。さて、起きようか。ルシアは朝ご飯よろしく。ピヨちゃんは朝の畑仕事を命じます」

「はぁ〜い」

「ピヨ、ピヨヨ」

2人とも身支度をすると、ベッドから降りて、それぞれやるべきことをするために寝室を出ていった。ベッドに残された俺はたんこぶになりかけていた額をさすると、本日予定している素材集めと狩猟に向けての準備を始める。

朝食後、皆が集まった前で今日の目的を発表する。屋敷のさらなる改築に向けて、素材収集の強化と魔物討伐の推進をすることに決めていたのだ。最近、素材収集で外出する際に、チラホラと魔王軍だった者の残骸がゴーレム隊によって収集されるようになっていたので、用心のためにも、みんなのレベルと屋敷の防衛力を強化しようと思っていた。そのために、南の砂漠地帯へ出向き、いろいろと素材を充実させてパワーアップするつもりだ。

「今日は南の砂漠地帯に行って、素材収集と魔物狩りを行うことにした。それに皆の装備や屋敷の設備もパワーアップさせていきたいしね。強い魔物に出会っても全滅しないくらいには強くなろうと思う」

「砂漠地帯だなんて、1日で行けるほど近くないけど、この屋敷はほったらかしにするんですか?」

ハチは、2人の愛の巣があるこの屋敷に愛着を感じ始めているようで、遠い場所へ行くことに不安そうな顔をしていた。

「ああ、砂漠地帯に向かうといっても、昼食はこの屋敷でとるし、夜はこの屋敷で寝るさ。【転移ゲート】さえあれば移動はスムーズにできるからね。忘れたかい? 君たちが湿地帯の向こうで行き倒れていた時、一瞬でここに戻っただろ?」

インベントリにしまい込んでいた転移ゲートをリビングダイニングの床に据え付ける。すると、高さ3mほどのゲートが稼働して、紫色の膜が形成されていった。

「さぁ、ここを通れば、ハチとルリの出会ったあの平原に行ける。安全性は自分たちで実験済みだろ？」

「そうか！　これで移動するなら距離は関係なくなるんでしたね！」

ハチがゲートの能力を思い出したようで、ゲートが展開した紫色の膜の中へ身体を入り込ませていった。そして、すぐにこちらに戻ってくる。

「確かにおいらたちがいた平原があった！」

ゲートのすごさを感じたハチは、目をキラキラと光らせていた。既に一回は体験しているはずだが、忘れっぽいのかもしれない。

「ということだ。皆さんのご理解が得られたところで、遠足の準備を開始しようか。といっても、いつでもこの屋敷に帰れるから、必要装備だけでいいんだけどね」

「はーい。じゃあ、お昼の仕込みはしておかないといけませんね。ちょっとだけ準備の時間をくださいね。お昼に帰ってきたら、すぐに食事を出せるようにしておきますから」

「そうだな。そうしておいてもらえると助かる。多分、1日じゃ砂漠地帯の奥までは到達できないだろうしね」

ルシアはキッチンスペースに戻ると、手早くお昼の下ごしらえを済ませていく。その間に俺はルリやハチ、そしてピヨちゃんの装備を装着していき、出発の準備を進めていった。この、転移ゲートは、魔王軍の要衝などにあるだけで、一般人の目にはほとんど触れない場所に設置されている。女神様が初心者大満足ツールとしてくれなければ、ゲーム中盤以降でないと手に入らないレアアイテムだ。そういったチート級のアイテムがあるからこそできる今回の遠征である。

「お待たせしました。お昼の準備もできたから出発しましょうか」

屋敷を出る前に、ゴーレム生成器の前で充電していた木のゴーレムたちを起動し、留守を任せると、リビングダイニングに展開した転移ゲートをくぐって、ハチたちと出会った湿地帯の先の平原に向かう。

転移ゲートを抜けて平原に到着すると、ゲートを回収し、さらに南に向かって歩き始めた。途中でハーブマスタールシアが【マスタード】【唐辛子】を見つけると、苗化と素材化してゲット。食い意地が割と張っているルリは、【ブドウ】【オリーブ】【オレンジ】などの果樹を見つけた。そういった食材を新たに獲得しつつ、ハチが見つけた大マガモや大蛙などを討伐しながら進んでいく。やがて、緑が少なくなって砂漠化し、サボテンが少し自生するだけの荒涼とした黄色い大地に変わってきた。

「あっつい。砂漠地帯だと分かっていたけど、鉄の鎧が焦げるわぁ……。あちぃい」

「本当ですね。うちもすごく暑くて暑くて、お水をたくさん飲みたくなります。でも、ツクル兄さんが作ってくれと言った、この【塩飴】を舐めながらじゃないと、大変なことになるんですよね？」

「ああ、ルシアがぶっ倒れると困るから、キチンと摂取してね」

南の砂漠地帯まで行く予定だったため、前日にルシアに頼んで砂糖で飴を作ってもらい、それに塩をまぶした【塩飴】をインベントリにしまい込んでおいた。砂漠地帯は乾燥こそしているものの、摂取した水分が汗となって排出され、それによって塩分も体外に排出される。水だけでは塩分不足を誘発するので、エネルギーとなる糖分と必要な塩分を摂取できる【塩飴】は大いに役立っていた。

「皆もちゃんと塩飴を溶かした水分を摂取すること。屋敷にはすぐに帰れるが、身体を壊すとすぐには回復できないからね。体調が悪くなったら報告するように」

「はーい。ハチちゃん、飴が溶けたみたいだからこれ一緒に飲もう」

「いいのかい？　そ、その、おいらと一緒の椀で飲むんだけど」

「何、あたしとは一緒に飲めないの？」

「え⁉　あっ、違うよ。そ、その恥ずかしいかなと思ってさ。ルシア様もツクル様も見ているし」

ルリとハチが、塩飴を溶かしたお椀の水を2人で飲もうとイチャイチャしている。ごちそうさまです。ルリとハチは甘々カップルだな〜。いいな〜。個人的なことをいえば、俺もルシアたんとイチャイチャしたいので、それもありかと思う。そう思った俺はルシアと一緒に水分補給をしようとしたが、ピヨちゃんがお疲れの様子だったので、まずは大きめの椀を持ってピヨちゃんの元に向かった。

「ピヨ、ピピピ、ピヨ」

炎天下の暑い砂漠地帯を歩いたことで、ピヨちゃんはフワモコの羽毛によって温度調整ができず、熱中症になりかけているようだった。そこで、疲労回復を兼ねた、お水接待を開始する。

「はいはい。ピヨちゃん用のお水を持ってきたよ。水分は大目に摂取しておかないと、身体がもたないからね。ドンドン、飲んでくれたまえ」

ピヨちゃんがチラチラと周りを見て、お椀の水を勢いよく飲み始めた。ルシアを乗せてここまで歩いてきたことで、結構な疲労を感じているようだった。まだ若いコカトリスだから体力もないだろうしな。お昼休憩はちょっと長めに取った方がいいかもしれない。

「ルシア、ピヨちゃんがちょっとバテてるみたいだから、お昼までは歩いてくれるかい」

「何回もピヨちゃんに降りようかと聞いたんですけどね。我慢していたみたいです。分かりました。うちは歩くんで、ピヨちゃんは一旦涼しいお屋敷に返しましょう」

ルシアの決断により、ピヨちゃんは転移ゲートを使って、一旦涼しい屋敷に帰還することとなった。その後、昼食で一旦屋敷に戻ったら、ピヨちゃんの体調は回復しており、午後はみんなと一緒に砂漠を元気に歩いていた。

日暮れ近くまで砂漠を歩いた俺たちの前に、建物が集まった場所が見えてきた。村か……おかしいな。『クリエイト・ワールド』の世界には、砂漠に村は存在しないはずだが……。この世界では、こんな砂漠のど真ん中に自給自足できる村があるのか？　突如現れたことを訝《いぶか》りながらも、転生して初めて訪れる村の存在に、図らずも胸が高鳴ってしまった。

「と、とりあえずあの村に行ってみようか。ルシアもその格好なら追放者だと思われないだろ？」

「え、ええ、そうですね。この格好なら旅人だと思ってくれるでしょう。でも、ピヨちゃんとかルリちゃん、ハチちゃんを一緒に連れていくと、村の人がとってもびっくりすると思いますよ」

「なら、俺たちは魔王軍の斥候部隊という形で、あの村に乗り込むことにしようか。それなら、魔物がいてもおかしくないし、こんな僻地に本物の魔王軍がいるとは思えないし」

「おいらもツクル様の意見に賛成するよ。おいらたちは今からツクル隊長の部下で、魔王軍の斥候部隊でいいと思う」

ハチが賛同してくれたことで、他のみんなも俺の部下として、発見した村に向かうことにした。

　村は日干しレンガで組み上げられた粗末な建物が数十棟連なっており、日が沈んで暗くなり始めていたが、灯火の類はまったくついていない。人の気配こそするものの、皆建物の中に籠っているようで、暗く寂れた印象の強い村に感じられた。

「人はいるみたいだけど……。活気のない村だね。そろそろ夕食の時間だと思うけど、ほとんどの家で炊煙が上がっていないし……」

　周りの家々を覗こうかとも思ったが、木戸は固く締められており、他人を拒絶しているように感じられる。しかし、黙って見ていても誰も出てきそうにないので、俺が大声で名乗りを上げることにした。

「俺は魔王軍リモート・プレース方面軍、ラストサン砦所属の魔王軍士官ツクルだ。この村の代表者と話がしたいから、出てきてもらえぬだろうか」

　人の気配はするが、俺の呼びかけに答えてくれない。しょうがないので、少しだけ魔王軍っぽく脅しをかけることにした。

「出てこない場合は、俺の部下のフェンリルやヘルハウンド、それにコカトリスや超絶美人な妖狐族の魔術師によって、この村を完膚なきまでに破壊させてもらうつもりだ。5つ数える間に出てこい」

魔王軍というより、盗賊団の首領のようなことを言っているが、一向に村の中からの反応はなかった。

「5・4・3・2……」

俺がカウントを言い終わる寸前に、村の中央にある家のドアが開いて未知の生物が飛び出し、地面に平伏していた。

「何卒！　何卒！　略奪だけは勘弁してくださいっ！　この前、物資は納めたではありませぬか。これ以上、この村に納められる物はありませんっ！　本当にもう自分たちが食べる物すらないのですっ！　今は緩やかに死を待っているだけの我々に納められる物があるとしたら、我らの死骸のみなのですっ！　それでも略奪するというなら、村人をすべて殺していただきたいっ！　どうせ、我々に明日はこないのだからっ！」

ボロボロの服を着て、元は白かったであろう毛並みを茶色く汚し、痩せこけた生物が目の前で必死の形相で泣きながら、自分たちを殺して略奪していけと申し出ていた。その様子を見ながら、平伏している生物の姿を観察する。この種族って兎人《とじん》族だよな……。ウサギそのものが人間のように二本足で歩いている種族であると、ゲームでは説明されていたが、本当にウサギそのものだ……。平伏する生物が兎人族だと分かり、栄養状態が非常に悪いことがあらためて確認できた。『クリエイト・ワールド』では、兎人族は草原に村を作って住み、農耕をメインにコミュニティーを拡大する種族であったと記憶している。その彼らが、この砂漠のど真ん中にコミュニティーを作っても、食料が自給できずジリ貧になるのは当たり前のことだ。なんだってこんな酔狂な場所に村を作っているんだ。この世界の『兎人族』の生活範囲は砂漠まで拡がっているのか……。クソ、攻略情報にない設定とかやめてほしい。ありえない位置に村を築いてしまった兎人族たちはそれでも何とかして、この砂漠を開拓して生き延びていたのだろう。しかし魔王軍に見つかり、物資を召し上げられて、干乾し寸前に追い込まれている状況だと察することができた。

不意に、背中を引っ張られた。振り向くとルシアが涙を流しているのが目に入った。

ファッーーーーーーーーーーーーーーーーーーーーーー‼

ルシアたんが泣いてるっ‼　ヤバイよっ！　これは大至急ご機嫌をとる方策を考えないと、ルシアたんの涙によって俺の精神が崩壊しちゃうぅぅうーーー！！　ルシアは兎人族の境遇に同情して泣いていた。

「ヅグル兄さんっ！　えっぐ、この人ら、本当に可哀想で、可哀想でぇ、えっぐ、うちは耐えられません。うぁあああぁん。ヅグル兄さん‼」

「ああ、ルシア君、泣かないでくれたまえっ！　泣かれると俺の心臓がバクバクしちゃうわけだよ。今、大至急、この人たちをどうするか考えるから。大丈夫、俺が絶対どうにかするからね」

ルシアの号泣を見たところで、俺の腹は決まっていた。そして、その方法を実施するために平伏している兎人族に向けて宣言する。

「まだ、お前らに納められる物があるのを発見した。お前らには悪いが、命をいただくことにしたぞ」

平伏したままの男はビクンと身体を震わせた。死の覚悟はできているのだろうが、実際に殺されるかと思うと恐怖が湧いてきたのだろう。

「命といっても、殺しては俺に旨味がない。そこで旨味を出すために全員奴隷とすることにした。異議は認めぬ！」

「お願いですっ！　見逃してくださいっ！　このうえ奴隷として売られるのは耐えられない！　お願いします」

「くどい！　おとなしく奴隷として引き立てられろっ！」

平伏していた男は、俺に縋りつくように足を掴み、奴隷落ちを必死で回避しようとしている。

俺はインベントリから布と縄を取り出して、目隠しと自決防止の猿轡《さるぐつわ》、そして縄で拘束した。

その様子をルシアが心配そうに見ている。

「ルリ、ハチ、家の木戸をぶち破っていいから、住民を追い立ててくるぞ。従わぬ者は引きずってでもこの場に連れてくるようにっ‼　ピヨちゃんは引き立てられた者の見張りを頼むぞ」

俺はルリとハチを引き連れて、木槌片手に一軒ずつ家に押し入ることにした。ハチがクンクンと匂いを嗅いで、人がいる家の前で立ち止まると、ビルダーの力で木戸を素材化して、家の中に押し入る。すると、家の中では3人の兎人族が身を寄せ合って震えていた。姿形から両親と子供だろう。3人とも非常にやせ衰えており、特に子供は虚ろな目をしていた。

「聞こえていたかと思うが、お前らは俺の奴隷として引き立てられることが決まった。大人しく出てくれれば手荒なことはしない。さぁ、諦めて出てこい」

身を寄せ合って震える3人であったが、男の方が意を決して俺に襲いかかってきた。

「どうせ死ぬんだっ！　奴隷にされるくらいならここで死んでやるっ！　うぁああぁっ！」

「抵抗するなと言ってるでしょ。大人しく、あたしたちについてきなさい！」

ガリガリに痩せた兎人族の男は鬼気迫る顔で殴りかかってきたが、ルリが放った鉄鎖に身体を巻き取られると、抵抗虚しく家から引きずり出されていった。残された母親はもはやこれまでと思ったのか、隠し持っていたナイフを子供に突き立てようと、ナイフを持つ手を振り上げた。ちぃ、馬鹿がっ！　子供に手をかけるなっ！！！　虚ろな目で天井を見ていた子供は、母親がしようとしていることを理解していない様子だった。

「ハチっ！　ナイフを取り上げろっ！」

「合点承知っ！！！」

ナイフを振り上げた母親に向かって、ハチが矢のように飛び出していくと、間一髪のところでナイフを奪うことに成功した。俺は母親の行動に苛立ちを覚え、近づくと平手で強めに頬を叩いた。

「馬鹿野郎……母親がガキに手をかけるんじゃねえよっ！　それより、ガキを生かす方を選択しやがれ！　親が子供の未来を奪っちゃいけねえぞっ！　何様のつもりだっ！！！」

そんなに怒る気もなかったはずだが、母親の身勝手な行動を思い出すと、腹の底が沸々と煮えたぎってくる。なぜだ。母親なんていつも身勝手だったはず。俺は何にイラついているんだ……。クソ、クールになれ、俺！　いつも仕事で忙しそうにしていた記憶の中の母親に覚えた苛立ちが、目の前の兎人族の母親の行動で思い起こされたのかもしれない。

不快な気分に陥りそうだったので、兎人族の母親を縛り上げるとハチに引き立てさせた。残った子供には、水とルシア特製の【塩飴】を含ませる。毛皮は汚れ、顔や手足はやせ細り、お腹の周りだけぽっこりと膨らんだ姿は栄養失調そのものだった。このガキは衰弱が酷いな……。なんで、こんな状態になるまで、こんな場所で暮らしていたんだ。抱きかかえた子供は、【塩飴】を溶かした水をコクコクと飲んでいく。すると、虚ろだった目に少しだけ力が戻ってきたような気がした。

「しょっぱあまーい……。でも、おいしいや……。おじさん……誰？」

「小僧、俺はお兄さんだ。言い直しを求めるぞ」

「あ、はい。ごめんなさい……。それでお兄さんは誰？　お父さんの友達？」

子供はさきほどの事態を把握しておらず、俺のことを父親の知り合いだと思っているようだ。

言わなくていいことは黙っておくべきと思ったので、子供の勘違いに話を合わせる。

「ああ、君のお父さんのお友達だ。困っていると相談されてね。新しいお家に引っ越すことになった。君はちょっと疲れているようだから、特別にお兄さんがおぶってあげよう。だから、そのお水を飲んだらちょっとだけ寝てていいぞ。目が覚めたら、新しいお家にいるはずだからね」

子供はキョトンとした顔をしていたが、お椀に残った水を飲み干すとニッコリと笑った。

「そっか……。新しいお家に引っ越すんだね……。今度のお家では美味しい物が食べられる……か……な……すぅ、すぅ」

塩分と水分、糖分を補給した子供は、すぐに寝息を立てていた。命を繋ぐ応急的な処置はできたが、栄養不良による衰弱が激しいので、早いところ屋敷に移して栄養状態を回復させないと本格的にやばそうだ。小僧、死ぬなよ。子供をおんぶすると、ルシアの待つ広場に向かった。

村には彼らの家族の他には、最初に掴まった男の家族が暮らしているだけであった。総数にして7名。建物の数からするともっと住人はいたと思われるが、魔王軍の物資略奪後にかなりの数が亡くなり、村は壊滅寸前だったのだろう。搜索中、村人の死骸を発見するかと思ったが、死骸はなく、村の裏に墓と思われる木の印が多数突き立っていた。あとでルシアに聞いたのだが、この世界の住人は、生命活動を停止すると魔物と同じように肉体の存在が消え去るようで、墓には思い出の品を入れるのが一般的だそうだ。

「さて、村の者は全員捕らえたな。では、移動する」

村の捜索を終えて、子供以外を目隠しして数珠つなぎにすると、俺は転移ゲートをインベントリから出した。既に日は落ちており、魔物の襲来の恐れがあるため、村の建物に少し手を加えて転移ゲートを大急ぎで設置した。そして、ゲートを起動させる。紫の膜がゲート表面を覆い、転移が可能になったことが分かる。

「ルシア、先に行ってくれ！」

預けた兎人族の子供の様子をピヨちゃんと見守っていたルシアが、俺のウィンクを見て、どうするつもりか理解してくれたようで、子供を乗せたピヨちゃんを引いて転移ゲートに向った。

「ツクル兄さん！　先に帰って準備してますからね！」

転移ゲートを設置した建物へ足早に姿を消したルシアを見送ると、数珠つなぎになった大人たちを引き連れて、ゆっくりと歩き出す。大人たちは目隠しされているため足元が見えず、さらには奴隷になることを納得できずに抵抗の気配を見せるものもいた。そういった奴には小突いてでも無理やりに歩かせる。大人たちを引き連れて転移ゲートをくぐり屋敷に戻ると、先に子供たちと戻っていたルシアが出発前に作り置きしていた水飴を棒に差し、子供たちに舐めさせていた。

帰る際に眠っていたあの子供も他の2人の子と一緒に椅子に座り、一心不乱に大きな飴玉を舐めている。かなり衰弱していたから、栄養になりやすい糖分を先に与えて身体の状態をよくしないと、普通の食事は厳しいだろうな。多分ルシアのことだから、麦粥とか消化にいい物を作ってくれているだろうし。

母親に殺されかけた子が俺を見つけると、声をかけてきた。あっちで会った時よりは幾分か顔の血色もよくなったようだが、まだ安心はできない。

「あ〜……さっきのオジサンだぁ……僕ね……起きたら……すごくいい所にきてたんだ……ほら、こんなに甘い物が綺麗なお姉さんからもらえたんだぁ。いいでしょ……」

「小僧。オジサンじゃないといったはずだ。訂正を求める」

「あ〜、ごめんなさい。お兄さん……ここが僕らの新しいお家なのかな？　すごく立派なお家のような気がするけど……」

「ここは、俺とあの綺麗なお姉さんの家だ。特別にしばらくは泊まっていいぞ。小僧が元気になったら、新しい家を作ってやる」

棒に刺さった水飴を美味しそうにゆっくりと舐める兎人族の子供の頭をワシャワシャと撫で回す。しまったな、情が移りそうだ……。とりあえず飯を食わせて、体力を回復させたら、代表の男と話し合うか。

＞ナショナル・シンボルがイベントスタートしました。国家名を記入してください。

子供と話していたら、急に目の前にポップアップ画面が表示され、イベントの開始が表示された。

んん⁉　何だこのイベントは。こんなイベントは『クリエイト・ワールド』にはなかったぞ。それに、なにゆえにこのタイミングでイベントがスタートするんだ？

突如始まったイベントに狼狽して、ポップアップを消そうと意識するが、キャンセルを受け付けないようで、国家名を決めなければ表示され続ける仕様のようだった。んだよっ！　表示され続けたら、邪魔でしょうがねえ。国家名だけでも決めておくか……。ポップアップ表示が消えないことに苛立ちを覚え、表示を消すために急遽国家名を考えなければならなかった。国の名前なんてのは、適当でいいんだよ。『ルシアとイチャイチャ王国』と……。完璧だろ。名は体を表すだ。これが俺の建国の志よ。

＞公序良俗に違反する国家名のため不承認。再入力をお願いします。

ファッーーーーー‼　拒否しやがった‼　てめえ！　機械の分際で、俺の崇高な志を推し量るのかっ！　クソ、舐めやがって、『ルシアたんと一緒王国』これならどうだ。

＞世界観を逸脱した国家名のため不承認。再入力をお願いします。三度目に不承認となりますと、自動入力で国家名が決まります。

ファッーーーーーーーー‼　世界観持ち出してきやがった‼　2回も拒否するなんて、お前何様だよ。ちくしょう、機械に馬鹿にされたままで引き下がれるか『激☆ルシアたん神聖帝国』で決めてやる。この名前で不承認なんてあり得ねえだろうっ！

＞一部使用不能な文字がある国家名のため不承認。三度、不承認が発生したため、ライブラリからランダムに選択させてもらいます。

＞ランダム選択の結果『神聖イクリプス帝国』となりました。承認許可を願います。

機械が提示した国家名に無言で『不許可』を選択する。ルシアたん以外の名を冠する国家など百害あって一利なしだ。断固拒否する。

＞承認許可確認。国家名『神聖イクリプス帝国』と決まりました。おめでとうございます。

ファッーーーーーーーーーー‼　馬鹿野郎っ‼　不許可を選んだじゃねえかっ‼　何で勝手に許可してやがる！　俺の『激☆ルシアたん神聖帝国』を返しやがれ！　この腐れシステムがっ！

＞続いてシンボルマークの生成を行います。これは、ランダムに生成されるので、今しばらくお待ちください。

待て！　おいこら！　シンボルマークとか意味不明な言葉を発するな。まず、クエストの説明を求めるぞ！

＞生成完了。『神聖イクリプス帝国』のシンボルマークは『イクリプスの神像』と決定しました。

いきなり、インベントリの中に『イクリプスの神像』なる物がぶち込まれてきた。本当に意味不明なイベントで、不安感しか抱かせないクソ仕様だな。

＞神像をダイニングに設置してください。それでクエスト完了です。

システムメッセージが、インベントリに勝手に放り込まれた神像を設置しろとせっつく。緊急事態で急いでいた俺は特に深く考えず、言われるがままに等身大の神像をリビングダイニングの片隅に設置した。すると、設置した神像がまばゆい光で俺を包んでいく。

次に目覚めると、転生した時と同じように、『クリエイト・ワールド』のキャラクター作成時に出てくる、イケイケな格好の女性が覗き込んできた。ちぃ、この女か。まさか俺また死んだとか言わねえだろうな。目の前で覗き込んでいる女は、俺を言いくるめて半ば強制的に転生させた女神様だった。

「いやあねぇ、そんな無粋なこと言わないわよ。キッチリと仕事をしてくれる子は好きよ。転生の時はバタバタしてご挨拶できなかったけど、私はイクリプス。とりあえず、天なる国《ヘブンス》のお偉いさんから、この世界の管理を任されている女神よ」

イクリプスと名乗った女性は、先ほど俺がリビングダイニングに設置した神像と全く同じ顔と身体つきをしている。顔は細面で金色のウェーブがかかったミディアムヘアをなびかせ、気の強そうな吊り上がった碧眼でこちらを覗き込んでいた。

「とりあえず、さっきのシステムメッセージはお前の仕業だろ？」

「あら、バレてた？　ごめんね。とりあえず、この世界が消えてなくならないようにするためには、ああするしかなかったのよ。貴方もあの世界でルシアちゃんと一生暮らしたいんでしょ？」

イクリプスはヘラヘラと笑いながら、こちらへ視線を送ってくる。その態度を見ていると無性にはらわたが煮えくり返ってくるが、状況を把握したいがためにグッと我慢して状況を尋ねる。

「何の話だ？　俺は寿命まであの世界で暮らせるんだろ？」

「あー、はいはい。その件ね。確かに寿命まで暮らせるわ。ただ、それはあの屋敷をドンドン大きくして都市に成長させ、住民を増やしていくことができたらという条件付きなんだけどね」

「言っている意味が理解できねえ。アンタ、この世界は『クリエイト・ワールド』を模した世界だと言ったはずだろ？　『クリエイト・ワールド』にそんな縛りはなかったはずだが……」

　イクリプスはニヤニヤした顔を隠そうともせずに言い放った。

「ツクルが都市を作り、国を興して住民を増やすことによって、私に失われた力が戻ってくるのよ。そのためにも巨大で壮麗な都市を作り上げなさい。そして、多くの民を養い、彼らに栄華を与えることで、ツクルは寿命までルシアと共に生活ができるはずよ。それだけは、私が約束してあげるわ」

　つ、疲れるぅ～～‼　都市を作るのは好きだからいいんだが、国家運営なんぞ、面倒で疲れそうだ。それにしてもなんだか、この女神が面倒な女上司みたいな気がして嫌な予感しかしねえ。

「そのクエストの拒否はできるのか？」

「私からのクエストを拒否できるわけがないでしょうが。それに、ツクルは既にクエストを受諾しているわよ」

　新人社畜時代に正論を振りかざして詰問する女上司がいたが、目の前のイクリプスの言動はそいつに酷似しており、決まってその後には無茶振りが降り注いだ記憶が蘇ってきた。

「だから、ツクルはこの世界に世界最高の都市と国家を作り上げることに専念しなさい！」

ビシッとこちらに指を突きつけてキメポーズをしているイクリプスを見て、盛大にため息をついた。はい、無茶振りキマシター！　なので、盛り上がっているイクリプスには悪いが、再度現状を直視してもらうことにした。

「あー、盛り上がっているところ悪いのですが、俺は無人地帯にひっそりとした屋敷を構えているだけなんですけど。これで国家を作れとか無理だと思うんですが」

「それなら問題ないわ。私がプレゼントしたゴーレム生成器と転移ゲートを使えば、周りの村を襲って人狩りができるでしょ」

この自称女神様は邪神なのかもしれない。よりによって人狩りを推奨する女神様が目の前にいることに驚きを禁じえなかった。

「お、お前、仮にも神様なら、人狩りを推奨するんじゃゃねえよ」

「そう？　きっと楽しいわよ。ヒャッハー！　人狩りだぜぇー！　とかノリノリでやる人でしょ？」

イクリプスは完全に思考がどこか違う次元にある女神様だと思われる。そんな頭のネジが外れた女神様が管理するこの世界に、少しだけ不安を感じた。だが、この狂気の女神様を無視すれば、やがて世界を滅ぼしかねないので、渋々ではあるが協力することにした。

「仕方ない。お前の言う通りに、壮麗な都市を作り、多くの住民を集めて国を興してやる。ど

うせ失敗してもリスポーンしてくれるんだろ？」

リスポーンという言葉を聞いたイクリプスの顔が真横を向いて、俺に視線を合わせないようにしていた。

「ま、待てーーーい！　この世界には復活リスポーンはないのか？」

俺の質問に眼を泳がせるイクリプスだったが、やがて意を決したように喋り出した。

「そんなのあるわけないじゃない。ゲームを模して造られている世界だけど、命は一度きりよ。まさか、復活するとか思ってたわけ？」

驚いているイクリプスの顔を見て、とてもじゃないが『復活すると思ってました』とは言えなくなってしまった。マジか、死ぬのかよ。なおのこと安全第一でいかねえと、ルシアたんとイチャイチャ生活が送れねぇぇ。ああっ！　うぁあああ!!　どうすればいいんだよっ！

死なずにルシアとの生活を続けていくには、あの屋敷をドンドン改築して大きくしていき、住民を増やしていくことが必要だと、イクリプスより告げられたが、絶望的に人のいない地域で国家を伸張させるのは至難の技であった。

「ちっくしょうっ!!　俺のルシアたんとのイチャラブスローライフ生活を返せーーー！」

「うるさいわねー。とりあえず、バンバン素材を集めたり、転移ゲートを使って他の都市と交易したりして、お金や人を集めて大きくしていきなさい。そういうのが、貴方は得意なんでしょ！　私も陰ながら高みの見物をさせてもらうわ。オーホホホッホ！　それじゃあ、毎日欠かさずに私に礼拝するようにね！」

イクリプスはニッコリと邪悪そうな笑顔を浮かべると、ブンブンと手を振った。

「待て、このポンコツ無能女神っ！　お前絶対に他人事だと思ってるだろっ！　おい、俺の話を聞けぇ」

邪悪な笑みを浮かべるイクリプスに詰め寄ろうとすると、急激に意識レベルが低下していき、辺りは闇に閉ざされていった。


目を開けると、先ほど設置したイクリプスの神像の前にいた。突如、割り込んだポップアップによる、テロ行為級の国家名決定通知。よく分からない神像を押し付けられたうえに、異空間において怪しげな国興しまで任されて気勢を削がれたが、今はそれどころではない。連れてきた大人たちの拘束を解くことにした。

「とりあえず、大人たちも拘束を解くことにしようか」

「そうですね。転移ゲートも切ってあるし、元の場所には戻れないようになっているから、大丈夫だと思います」

ルリの言う通り、転移ゲートは転移時のみ空間を繋ぐようにしており、今は起動していないので、俺が繋がない限り、あの場所に帰ることはできない。それに、屋敷から逃亡しようとすれば、木偶人形たちの餌食になる可能性もあるのだ。

「そうだな。まだゴーレムたちにも伝えてないから、門を出た瞬間に即時肉塊に……」

俺とルリの話に聞き耳を立てていた大人の兎人族たちがビクビクと震える。目隠し、猿轡で拘束された兎人族たちは跪いていた。ルシアの食事ができたようなので、拘束を解いていく。

「……はっ！　ここはどこなんですか。私たちは砂漠のど真ん中にいたはず。そんなに歩いていないはずだ。まさか、もう殺されて……」

村の代表の男が屋敷の中を見回して、不可思議な現象に見舞われたことを認識できずにいた。その他の者たちも一様に屋敷内を見回して訝しんでいる。

「ここはツクル様とルシア様のお屋敷ですよ。とりあえず、おいらたちと一緒にご飯を食べることにしませんか？　いろいろな話はその後ですればいいと思うし」

「ハチの言う通りだ。お前らの身柄は俺が預かった。別に俺はお前らを救いたかったわけじゃないぞ。俺の大事なルシアがお前らに同情して泣いている姿を見ているのが辛かったから助けただけだ。飯を喰って体調を整えたら、新しい村の候補地探しも手伝ってやる。この辺は食料も豊富だ。お前らならうまく自活できるだろう」

無邪気に飴を舐めている子供たちとは対照的に、身を寄せ合って震えている大人の顔色は蒼白になっていた。

「こ、こんなことをして何の得があるのですか……。私たちはあの地で生を終えるはずだった」

代表の男はあの地で死ぬ覚悟を決めていたようで、今の状況を受け入れられない様子だ。

「得はないが、ルシアのためだ。それに俺のためでもある。ただ、それだけだ。文句あるのか？」

「そうですよ。ルシア様の飯は最高に美味しい。貴方たちも食べたら病みつきになるに違いない」

「そうね。はぁ、今日はよく歩いたからお腹空いたわ……」

ハチやルリがルシアの方へ行って、味見という前提でつまみ食いを催促していく。その様子を見ていた大人の兎人族たちはゴクリと唾を呑み込んでいた。

「ほ、本当に食事をいただけるのか」

「ああ、飯は食わせてやる。子供たちの体力が回復したら、住む場所を一緒に探してやる。それぐらいは手伝わせろ。お前ら兎人族は本来草原に住む種族のはずだ。あのような過酷な地で多くの犠牲を出したことには哀悼の意を表すぞ。お前ら、よく我慢したな」

俺は代表の男に頭を下げていた。多くの仲間や家族を失いながら、あの地でずっと生きてきたのだろう。

「おぉ、本当に本当なのか……。では、食事はありがたくいただくことにする」

「ああ、食料は豊富にあるから遠慮はいらん。腹いっぱい食え。子供にもたくさん食わせてやれ」

男の肩を叩くと、夕食ができたことをルシアが伝えにきた。俺は男と一緒に立ち上がると、湯気の立つ食事の待つ食卓に歩き出した。

食卓に大鍋で置かれたのは、麦の粥と味噌汁であった。麦粥からは今日見つけて素材化したオリーブオイルの匂いやニンニクや玉ねぎの甘い匂いが漂い、猛烈にお腹を刺激する。一方、こちらも大鍋で作られた味噌汁かと思ったが、ネギと豚肉が入った豚汁風であった。

「さぁ、あとはフルーツの盛り合わせですよ。たくさんあるから、みんな残さずに食べてくださいね」

フルーツを切って盛り付けた大皿が食卓に並ぶと、ルシアが兎人族たちに麦粥と豚汁を配っていく。目の前に置かれた食事を見て、兎人族たちは目をキョロキョロさせて、周りを窺っていた。

「さぁ食え。ルシアが、しばらく食事をしていないお前たちを気遣って、胃にショックを与え過ぎない食事にしてくれたようだ。もし足らないなら、肉を焼いてもらうぞ」

「こ、こんなにたくさん食べてよろしいのですか？　我々には思いもよらないご馳走なのですが……」

「遠慮するなと言っている。というか、ルシアの作った物を残す輩は俺が成敗する。腹が破裂するまで食え」

遠慮して手をつけようとしない大人たちを見た子供も、目の前の食事に手をつけずに我慢していた。しかし、俺の脅した言葉によって、代表の男が食事に手を伸ばし食べ始めると、すぐさま皆も食事を始めた。

「あぁあぁ、美味い……。こんな美味い粥は初めてだ。麦粥はもっと味のない粥かと思っていたが、ニンニクや玉ねぎなどの香味野菜やオリーブオイルが味の奥行きを出している。それに、この味はチーズも入っているのか……。あぁぁ、こんな贅沢な麦粥があっていいのだろうか」

ルシアの作った麦粥を食べた男が美味さのあまりに声を上げて泣き出していた。その他の大人たちも同様に、麦粥を頬張ると涙を流して、味を堪能しているように思える。やばい……。ルシアの料理が兎人族たちを堕としていくのが、手に取るように分かるぞ。

「おじさん……。お姉ちゃんの作ったお粥、すごく美味しいや。もっと食べていいの……」

一番衰弱していたと思われる兎人族の子供がルシアに介助されながら、ゆっくりと麦粥を食べて笑顔になっていた。

「小僧。お兄さんだ。訂正を求める」

「あっ、ごめんなさい。お兄さん、このご飯美味しいからもっと食べていい?」

「ああ、子供が食事の遠慮をするな。足らなかったらルシアがもっと作ってくれるから、遠慮せずに食え」

「わぁああ! お兄さんありがとう」

「ただし、お腹を壊さないようにに。お姉さんの言うことを守るんだぞ」

「ツクル兄さんの言う通りよ。あんまり一気に食べるとお腹を壊すから、時間をかけてゆっくりと食べましょうね」

ルシアが『あーん』と言いながら、兎人族の子供に麦粥を食べさせていく。その姿を見て、将来、俺とルシアに子供ができた時の食事を想像してしまい、なんだか不思議な気分になった。

ふむ、これは絶対にルシアとの子を設けて家族団らんをやり遂げねばならんな。

ルリとハチは別メニューの肉を麦粥や豚汁と共に食べて腹を満たすと、リビングダイニングでピヨちゃんと丸くなり、あとから出てくるであろうスイーツを狙っていた。その後、ルシアが出したプリンは大好評だった。


食事を終えると、兎人族の代表を作業スペースに呼び出す。

「飯は十分に食べたか?」

「え、ええ。久しぶりに腹いっぱい食事ができました。本当にありがとうございます」

男は膨らんだ腹をさすってみせた。

「それはよかった。ところで、名をまだ聞いてなかったな。俺はツクル。とりあえず、この屋敷の家主だが、諸々《もろもろ》の決定権は食事を作ってくれた妖狐族のルシアが持っている」

「は、はぁ。決定権を持たない家主のツクル様ですね。私はバニィーと申します。あの村の最後の村長でした」

「すまんな。強制的にでも移住させないとお前らが死ぬかと思って、強引な手段をとったことは詫びる」

「いいえ、逆に助けていただき感謝しております。魔王軍に少ない物資を略奪され、村は廃れて自暴自棄になっていましたから。ツクル様のお慈悲はありがたかったです」

バニィーは涙目で頭を下げると、握手を求めてきた。その手は、ゴツゴツとした豆がたくさんできた農耕従事者のものだ。あの不毛な砂漠で自然と格闘し、生き延びてきた証だろう。砂漠のど真ん中で無理ゲーさせられたのに、文句も言わずに日々を一生懸命に過ごしてきた男なんだろうな……。バニィーの過ごした日々を想像すると、過酷すぎて眩暈を感じそうになる。

もし、俺がビルダーの能力を持っていなかったら、彼と同じような苦しみを味わっていたはずだ。

「ああ、気にするな。幸い子供たちも危険な状態の子はいないみたいだから、2～3日ゆっくりすれば、回復するだろうさ」

「そ、その……できれば、この屋敷の使用人として我々を使っていただけないでしょうか……。ゼロから村を作るには人数が少なくなり過ぎました。お屋敷の片隅に自分たちで雨露をしのぐ小屋を建てますし、食事も何とか自給自足しますので、何卒お使いくださいませんでしょうか」

こちらから提案しようと思っていたことを、バニィーが先に切り出してくれた。総数7名の兎人族を屋敷の外で生活させるのは不憫だと思っていたので、彼の申し出は渡りに船だった。

「そういう話なら、飯と住む場所は俺が用意する。その代わりに、屋敷の掃除と、畑の農作物の管理、新しく作る予定の牧場の管理などを頼みたいのだが、やってくれるか？　無論、報酬が欲しいなら対価を渡すが、周りに街がないので無用の長物になりかねない。必要な物は作ってやるから、それを報酬代わりにしてもらえるだろうか？」

話を聞いたバニィーは、目をキョトンとさせている。どうにも説明しづらいので、作業台に連れていき、彼らが眠るための簡易的な【干し草のベッド】を生成した。

「はぁ!?　あぁあぁ……ええっ!?」

虚空より白煙とともに現れたベッドに、バニィーは腰を抜かした。

「ということで、俺が伝説の職業であるビルダーだと理解していただけただろうか？」

「え、ええ。あっ、はい。あの何でも作り出せるという、伝説に語り継がれる職業ですよね。魔王軍がすべて滅ぼしたと聞かされていましたが……。ツクル様がそのビルダーだったとは……」

「まぁ、いろいろと訳ありなんだがな。とりあえず体調が戻ったら、バニィーたちは使用人として働いてもらえるだろうか？」

「は、はい！　ぜひお願いします」

腰が抜けたままのバニィーを助け起こすと、2人でリビングダイニングに戻る。こうして、砂漠の村で無理ゲーをさせられていた兎人族は、我が家の使用人として新たに住み着くことになった。

6章　子猫と竜女

翌日からバニィーたちには、得意な農作業を始めてもらう。開墾作業こそ俺が担当するが、収穫や種まき、水撒きなどを任せることにした。これは、彼らが農作業を得意とする種族であり、他の者がやるよりも格段に効率的に作業ができるからだ。

作業場に移動した俺は、防壁の建材となる【鉄筋コンクリートブロック】を生成するために、【鉄筋】や【セメント】を作り出す作業を開始した。【鉄筋】を生成するには【金床《かなとこ》】が必要となるが、その前に【鉄台座】を生成する。

【鉄台座】……ハンマーを振り下ろす台座。消費素材／鉄のインゴット：20

大量に【鉄のインゴット】を消耗するが、高強度を誇る鉄筋コンクリートの防壁を作成すれば、この辺りの魔物では我が家へ侵入できなくなる。そのためなら惜しくない出費だ。

【鉄台座】が生成されると、【金床】が生成可能な白文字に変化していた。

【金床】……武器・防具を高性能化させたり、金属系建材を作ったりできるようになる。
消費素材／鉄台座：1、鉄のインゴット：20、銅のインゴット：5、木材：10、棒：2

生成された【金床】は、作業スペースの【製錬炉】の隣に設置した。
続いて、【金床】メニューから【鉄筋】を連続生成していく。

【鉄筋】×100……鉄を細く伸ばして棒状に加工したもの。建材の強度アップに使用される。
消費素材：鉄のインゴット：1

必要量が分からないので、とりあえず500本ほど準備した。足りなければ追加で生成すればよいだろう。
【セメント】を生成するには、【回転式焼成炉】が必要となる。作業台メニューから【回転式焼成炉】を選択する。

【回転式焼成炉】……主にセメント製造に使用される回転式の窯。消費素材／鉄のインゴ

ット：15、銅のインゴット：10、石炭：20

生成された【回転式焼成炉】は【金床】の反対側に設置する。メニューを開くと素材が揃っているため、【セメント】の生成を開始する。

【セメント】×10……土木・建築等に水で練って使う接合剤。粘土を含む石灰石や石膏を焼いて作った粉末。乾くと非常に固くなる。消費素材／石灰石：10、粘土：10、石英：2、石膏：10

完成した【セメント】が、袋に入った状態で飛び出してきた。その袋をインベントリにしまい、作業台に戻ると、メニュー画面の【鉄筋コンクリートブロック】が生成可能な白文字に変化したので生成する。

【鉄筋コンクリートブロック】×10……コンクリートと鉄を組み合わせることで互いの長所・短所を補い合い、強度や耐久性を向上させた建材。消費素材／鉄筋：10、砂：2、砂礫：2、水：2、セメント：1

今ある素材で作れるだけの【鉄筋コンクリートブロック】を生成した。
「これで多分足りるだろう。あとは簡易トラップ用の【縄】と【感圧板】を生成して、【竹トラップも併せて仕込んでおけば、間違って寄り付いてきた魔物も捕獲・殲滅できるはず」

【縄】×10……つる草を縒り合わせて強靭化したもの。消費素材／つる草：10

完成した【縄】をインベントリにしまい込む。あとは【バネ】を生成して、【感圧板】を作成する。

【バネ】×5……コイル状に巻かれた物体の弾性を利用した物品。消費素材／鉄のインゴット：2
【感圧板】……板の上に乗った重量により動作する板。消費素材／バネ：2、木材：1

生成された【感圧板】は、トラップの発動用踏板として設置予定だ。これを踏んだものは竹トラップの餌食となる。
「フフフ、フハハハっ！　魔物どもめ、マイスウィートホームに近づけさせる気はないからな。

荒れ地に骸《むくろ》を晒すがよい」

思わず悪役笑いがこぼれだした時に、振り向くとルリとハチがジーっとこちらを見ていた。

「お邪魔だったわね。ハチちゃん、戻ろうか」

「そうだね……。ツクル様、ルシア様がご飯ができたと言ってますんで、冷めないうちにきてくださいね」

いけないものを見たような様子で、そそくさとダイニングに戻ろうとするルリとハチを呼び止める。

「あー、2人とも。今言ったことは黙っておくように……。特にルシアには絶対に言ってはいけない。俺が悪魔的なトラップ地獄を生成しようなどと知られるわけにはいかないのだ。2人とも分かるね？」

ルシアはとても心根が優しい女性なので、魔物とはいえ大量虐殺用のトラップをニンマリ顔で生成する俺の本性を知ったら、ドン引きされるかもしれない。だから、絶対にバレてはならないのだ。

「黙ってますから、早くご飯食べましょう」

「ツクルさんにちょっと変わった趣味があるのを、ルシアさんに黙っておけばいいんですね。分かりました。黙っておきます」

なんとか2人を言いくるめることができたので、安堵してルシアの作った朝ご飯を食べに行くことにした。

朝食後、ルリとハチは恒例の日向ぼっこをする。ピヨちゃんも朝の畑での食事を終え、ルシアと兎人族の奥様たちと共に、沐浴場で身体を綺麗にしてもらっている。今覗くと、もれなくピヨちゃんの会心の一撃により額に風穴を開けられることは確実だ。いつかきっとピヨちゃんとも混浴してやる。フワモコ生物をワシャワシャと泡立てて綺麗にしてやるんだ。意外と俺に手厳しいピヨちゃんを、ハンドマッサージで蕩《とろ》けさせてやる野望も、新たにこの転生生活の目標に加えることにした。

その前に、マイスウィートホームを魔物から守る対策が先だ。防壁までくると、土ブロックによって盛られただけの土塁を木槌で撤去していく。実に簡単な作業だ。豆腐を潰すように木槌が当たる度に白煙が上がり、素材化した土ブロックがポンポンと地面に生成されていく。ブルドーザーよりも早く、土の防壁は削り取られていき、数分で真っ平らな更地に変化した。

更地になった場所を5mほど掘り、そこを基礎部として作り始め、万が一、敵が水堀に穴を開けても侵入できないように対策した。防壁の建材となる【鉄筋コンクリートブロック】は大量に製造してあるので、5mの地下基礎に10mの高さを持たせて土塁で囲っていた範囲を【鉄筋コンクリートブロック】製の防壁に積み替えていく。積み上げられた【鉄筋コンクリートブロック】はすぐに継ぎ目がなくなり、中の鉄筋部分も上部ブロックと合体するようで、厚さは1mしかないが、この辺りの雑魚魔物ではヒビ一つ入れられない強度になっている。

「ふぅ、高さも10mあると立派に見えるなぁ。防壁は第二次強靭化計画も考えておかないとね。素材が集まったら、対衝撃と対魔術対策も施すことにしよう。防壁は我が家を守る生命線だから、素材を惜しんだらダメだ」

完成した【鉄筋コンクリートブロック】製の城壁に足りない物を思いついたので、急いで作業スペースに戻り、作業台で製作した。

「肝心の【松明《たいまつ》】と【かがり火】、それに【鉄の門】を制作するのを忘れていた」

忘れていた物を作業台のメニューから選んで生成する。

【松明】……手で持てるようにした、火のついた木切れ。壁にも掛けられる。消費素材／棒：1、油脂：1
【かがり火】……割り木にして鉄製の籠に入れ、火をつけるもの。松明より広範囲を照らせる。消費素材／木材：1、油脂：2、鉄のインゴット：2
【鉄の門】……家の外囲いに設ける鉄製の出入り口。耐久値500。消費素材／鉄のインゴット：20、木材：10、銅のインゴット：10

ボフッ！

＞ビルダーランクがアップしました。
ランク：新人↓半人前
作成可能レシピ数：70↓150
＞素材保管箱の収納数が増えました（半人前）
収納スペース　20↓50

メッセージがポップアップされ、ビルダーランクが上昇したことを知る。ビルダーランクはLVによるランクアップもあるが、レシピ生成回数によってもランクアップするため、先ほどの3つを生成したところで規定数を超えたようだ。これにより作成可能なアイテムが大幅に増えた。おおぉ、ランクアップか。これでまた選択の幅が拡がるな。主にルシアたんの可愛らしい服だが。思いかけずランクアップしたことで、ルンルン気分のまま防壁作りに戻る。

防壁に高さ5mほどある【鉄の門】をはめ込み、門の入り口に【かがり火】を設置すると、防壁内外に【松明】を壁掛けにして取り付けていく。これで、夜に魔物が近づいてきても相手を視認できるようになり、攻撃がしやすくなった。

「よし、これで防壁は完成。さて、お次はトラップ設置に取りかかるとするか」

念願のトラップ設置に、思わず笑みがこぼれる。現状の素材と道具では初歩的なトラップしか仕掛けられないが、設置の仕方を工夫すれば、大きな戦果を上げられるはずだ。

まずは水堀の前に深さ15ｍ程度の穴を何個か掘り、穴の底に【竹槍】を何本も植えておく。土の壁には【油脂】を垂らしておき、滑って登れないようにする。この落とし穴を水掘り前に何十個も作り、偽装のために棒で組んだ格子の上に干し草と土を被せて、落とし穴の設置範囲をロープで囲い、自生していた花を植えておいた。

落とし穴の場所を花畑にしたのには、２つの意図があった。１つはルシアが罠の範囲内に立ち入らないようにするため、もう１つは攻め込んでくる魔物たちの心理を逆手に取った偽装としてだった。まず、ルシアが誤って罠に落ちないようにするため、素材収集中に花を避けて歩いていたことを思い出し、花畑にすれば彼女が勝手に立ち入らないようになると気付いた。水やり不要な繁殖力の高い花を植えておいたので、ノーメンテナンスで維持できるのも魅力的だ。ルシアには、勝手に花を摘まないように言っておけば、事故は起こらずに済む。同じようにルリやハチ、ピヨちゃんにも花畑を危険エリアだと知らせておけば安心だ。一方、攻め込んできた敵にしてみれば、ただの花畑に落とし穴が仕掛けてあるとは思わず、水堀を越えるために侵入する可能性が高い。敵の意表を突くのがトラップの基本だ。

「ククク、死のお花畑の完成だ。綺麗な花を足蹴にする奴は地獄に堕ちてしまえばいい。クハハッハハっ！」

ニマニマと半笑いで次のトラップを設置する。花畑から５ｍほど離れた場所に、胸くらいの高さで自生していた低木樹の生け垣を植える。生け垣の一部に【感圧板】を設置して、そこを踏むとストッパーが外れ、先を尖らせた【鉄筋】が生け垣から押し出される装置を作る。これも、ルシアが誤って踏まないように、【感圧板】の上には花を植えて目印とした。魔物がご丁寧に花を避けて歩くとは思えず、ショートカットしようと生け垣に近づくと、土手っ腹に風穴が開くようになっている。

「貫く生け垣の完成だ。フフフ、我が家に近づく魔物は臓物を晒して骸となるのだ。ハハハッ！」

さらにトラップを充実させるべく、トラップに引っ掛かった者たちが慌てて逃げると思われる林の方面に罠を仕掛けることにした。大木の根元にロープで輪を作り、錘《おもり》と繋がったロープによって脚などを自動的に縛り上げて逆さ吊りにしてしまう【括《くく》り縄】を大量に設置する。木々の間に設置した細い糸が千切れるとロープが締まり、錘が落下する仕掛けだ。

「苦しみの林の完成だ。ククク、ここで逆さ吊りにされてジワジワと死の恐怖を味わうがよい。ＨＡＨＡＨＡ！」

括り縄の設置を終えると作業スペースに戻り、最後の罠である【虎ばさみ】を大量に生成する。

【虎ばさみ】……門型の金属板が合わさり、脚を強く挟み込む罠。消費素材／鉄のインゴット：1

連続生成された【虎ばさみ】をインベントリにしまうと、生け垣の外側にランダムに設置しておく。見えないように偽装した罠の上には、お決まりのように花を植えて目印にした。

「クハハハッ‼　虎口の草原の完成だ。足を食い千切られてのたうち回るがよいっ！　ＨＡＨＡＨＡ！」

こうして、水堀から50ｍの間に4段重ねのトラップが仕込まれ、敵を虐殺するトラップゾーンが形成された。あとは、みんなに危険領域の位置を教えておけば完璧だ。ルシアには、トラップを設置したことを隠しておくことにした。一応の備えであるため、不安を抱かせるつもりは毛頭ない。家の外に出る場合は常にピヨちゃんに騎乗してもらえば、ルシアがトラップの餌食になることはないだろう。

木偶人形は一度解体して鉄製ゴーレムに変え、同じ鉄製の武器を持たせて50体まで増やしておく。ゴーレムも俺が仕掛けた罠の位置を把握しており、近づく敵を罠へ誘引する囮になると共に、敵を屠《ほふ》る兵士でもある。彼らには遠距離武器としてクロスボウも配備した。

◆◇◆◇◆

アタシは、司令官室のモニターの前で立ち尽くしていた。モニターの中の人物から、背筋が凍りそうな視線を浴びている。

「イルファ。俺はもう待てないぞ！　すでに1週間は過ぎているのに、いまだに転生ビルダーの首が挙げられない理由を、俺によく分かるように説明してくれるだろうか？」

画面越しでありながらも、魔王の冷ややかな視線を受けて、アタシの背中から嫌な汗が噴き出していた。今この瞬間も、魔王がアタシの首を刎ねろと言ったら、近侍している部下たちが嬉々として首を刎ねるのは間違いない。なぜなら、このラストサン砦でアタシの味方をしてくれる者は、タマ1人だけだからだ。他の部下たちは、常にアタシのポストを狙っている。

「へ、兵が整うまで今しばらくの猶予をいただきたいです。既に必要な兵士を揃え、大急ぎで遠征の準備をしているところです。なにせ部下が見つけた座標までは、このラストサン砦からでも、霧の大森林を越えて3日はかかります。あと1週間だけお待ちくださいっ！　それまでに必ずや転生ビルダーの首を挙げて参ります」

魔王は冷ややかな目線をアタシから外そうとはせず、ゴミ虫でも見るような侮蔑を大量に含んだ言葉を言い放った。

「ふん、能なしが……。仕方あるまい。あと1週間だけくれてやる。達成できなかった時の処遇は分かっているだろうな？」

1週間以内に転生ビルダーの首を挙げられなければ、アタシの命はないということだ。思わず、胸の中で眠るタマに縋りたくなる。どうしてこんなことになったの……。どうしてアタシが死の恐怖に曝《さら》されないといけないの……。本当なら、王都で高級官吏として宮廷の末席にいるはず。僻地の砦で死の恐怖に苛《さいな》まれる境遇に、ほとほと嫌気が差してきた。けれど、これは逃れられない運命である。

「わ、分かっております。吉報をお待ちください。魔王様に栄光あれ！」

魔王へ答礼を返すと、そこで映像は切れた。直後、身体中が鉛のように重くなり、全てが憂鬱になった。

◆◇◆◇◆

昼食を食べ終えた俺たちは、いつものように素材収集と魔物狩りに出かける。今日は砂漠地帯ではなく、火山地帯で【溶岩】などの素材を中心に採取する予定だ。

屋敷から出て、新調された防壁を見たルシアが驚きの声を上げる。

「ツクル兄さん……。立派な防壁を作ったんですね〜。これなら、魔物も入って来られないですね。この防壁を見たら、どこの魔王軍のお城だろうと思いますよ」

【鉄筋コンクリートブロック】によって作られた防壁を、ペタペタと触りながら強度を確認しているルシアのお尻からは、素敵な尻尾が垂れていた。あぁ、何という天使……。ルシアたんは何をしていても絵になるわぁ〜。恋人のお尻に垂れるフサフサの尻尾に視線を奪われていると、脳天に鋭い痛みが走った。

ズビシュッ！

「いでぇ、ピヨちゃんスンマセン。別に不埒《ふらち》なことは考えてないんだ。ルシアのお尻が素敵だな〜っと思っ……」

ズビシュッ！

振り向いて弁解しようとした俺の額に、ピヨちゃんのくちばしが突き刺さった。

「おぐぅうっ！　スンマセン、もう見ません。くすん」

「ピヨ、ピヨオロ！」

ピヨちゃんは『分かればよろしい』と言いたそうに胸を張って羽を腰に当てていた。クゥ、かわいいフワモコ生物に手が出せないと思って調子に乗りよって……。絶対にお風呂でハンドマッサージを達成して、ピヨちゃんを蕩けさせてやるぜ。『むりぃ、これ以上はむりぃなのぉ。あひー』って悶えさせてやる。

「ツクル様、ルシア様、いつまでも遊んでいたら、日が暮れてしまいますよ。今日は火山地帯に行くんですよね？」

火山地帯でいろいろと欲しい物もあるし、ある程度レベルを上げておかないと魔物と戦うのが厳しいので、しばらくは雑魚狩りに専念しなければならない。それに、火山地帯で手に入る【溶岩】を使ってお風呂も完成させたいとも思っていた。

「バニィーたちも住むことになったし、【お風呂】をそろそろ設置したいと思ってね」

「お風呂⁉　ぜひ欲しいです。お水だと冷たいんで、温かいお風呂はすごく憧れますよ。ツクル兄さん、お風呂を作りましょう！」

思わずニヤリと笑みがこぼれそうになるのを、必死でこらえる。ルシア自らが【お風呂】を希望したのであって、俺が誘導したわけではない。緩みそうになる顔をハチの方に向けると、あちらもルリの方を見て顔をにやけさせていた。分かるぞ、我が友よ。健全な男子なら抑え切れないはずだ。混浴お風呂同盟員であるハチも、ルシアが【お風呂】を選んだことで自らもルリと混浴できると思い、顔の締まりがなくなっていた。

「あー、ルシアがそう言うなら、お風呂を作るために、火山地帯の入り口まで足を延ばすとしよう。目的はお風呂を沸かす【火山石】を作る元となる【溶岩】と他の素材のゲットだ。よし行くぞ」

「ピヨ、ピヨッロ、ピヨ」

ピヨちゃんが騎乗できるように屈むと、ルシアが跨っていく。その際にチラリと白いものがスカートの裾から垣間見えた。ルシアはやっぱ白が似合う……。白がいいよ。うんうん。

「ツクルさん、ルシアさんの下着を見ていると置いていかれますよ」

じーっとルシアの方を見ていた俺を、ルリが背後から小突いてきた。どうやら、パンツを覗いていたのを見られたらしい。

「そ、そんなわけないじゃないか……」

「そうですかね？　あたしの勘違いだったかしら？」

「そうだね。勘違いだよ。ＨＡＨＡＨＡ！」

ルリの追及の視線を避けるように鉄の門を開けると、新たに設置した花畑と生け垣についてルシアに説明した。

「とりあえず、屋敷の外を綺麗にしようと思って、庭園を造ってみたんだ。花とか木はその辺の繁殖力の強い種類を植えてあるけど、手入れはゴーレムたちがやってくれるから不要だよ」

「わぁああ。素敵なお庭〜。ツクル兄さんは、本当に何でもできる人ですごいです。お花も綺麗に咲いていて、いいものを見せてもらえたぁ〜」

「庭園造りは俺の趣味だから、花畑に勝手に立ち入ったり、花を勝手に摘んだりしちゃ駄目だよ。それと、庭園内は石畳の通路を必ず歩いてくれ。草地にはいろいろと花の種やら、木の苗が植えてある可能性があるからね。草地も花が咲いている場所は踏まないように」

「分かりました。綺麗なお花を踏むのは可哀想ですからね。それに庭園はツクル兄さんが作った方が綺麗にできますから、うちは目の保養だけさせてもらいます〜」

「うむ。綺麗に花が咲いたら、いくつか摘んで食卓を飾ることにしよう」

「素敵。そういった彩りがあると、ご飯も美味しくなると思います」

ルシアに庭園のことを伝えてから、火山地帯に向けて出発する。

東に1時間程度歩くと、溶岩と噴煙が怒涛のように噴き上げる火山が遠くに見えてきた。麓まで赤い筋が流れ出て、近くの湖に流れ込んでいる。

「火山性ガスが出ているから、白い噴煙が出ている所にはあまり近づかないようにね。下手すると意識を喪失して死んじゃうから」

ハチとルリは鼻が利きすぎるので、火山性ガスに顔を背けていた。火山はまだだいぶ先だが、この辺りの地下にもマグマがあるようで、剥き出しの岩場から白い煙が噴出している箇所がいくつもあった。

「ツクル様、ここの匂いはすごいですね。魔物の匂いが追えなくなってしまう」

「ハチちゃんの言う通りすごい場所ね。火山地帯があるとは聞いたことがありましたけど、ここまですごいとは」

ルシアもピヨちゃんに騎乗したまま、遠くの火山を見ていた。

とりあえず、火山性ガスの噴出口付近で結晶化している【硫黄】を叩いて素材化させた。【硫黄】は【黒色火薬】や【マッチ】の原料など、いろいろな用途に利用できる素材なので、多めに採取しておく。近くを捜索すると、溶岩が冷えて固まった【安山岩】が露出していたので、防壁の外装飾りに使う石材として採取する。

さらに奥に進み、溶岩が流れた跡と思える苔が生えた岩場に辿り着くと、身体に苔を生やした苔猪豚が餌となる苔をムシャムシャと食べていた。

「今日の夕食は豚さんにしましょうかね。丸々と太って美味しそうですよ」

ルシアの言葉で、急に目の前の苔猪豚がごちそうに見えてきた。ルリやハチも一様に苔猪豚を獲物として認識したようだ。

「いいね。今日は豚か」

「ルシア様の手料理……。じゅるり」

「ハチちゃん、よだれ、よだれ……。じゅるり」

「ルリちゃんもハチちゃんも頑張ってね。豚さんの夕食は美味しいですよ～」

鉄の剣をゆっくりと引き抜くと、目標の苔猪豚の群れに近づいていく。1匹の苔猪豚が殺気を感じ取ったようで、ブヒブヒと鳴き声を上げて逃げ出し始めた。

ハチが素早く駆け出すと、苔猪豚の逃げ道を塞ぐように前に出て言った。

「諦めて、おいらたちの夕飯になるように！」

ハチが先頭を切って走っていた苔猪豚に飛びかかり、首筋に爪を突き立てて絶命させた。先頭を倒された苔猪豚たちは逃げ惑い、俺たちの方に向かってくるものもいた。

「悪いが、こちらにきても食材になってもらうのだよ」

向かってきた苔猪豚の首元に鉄の剣を叩きつけた。ザシュ。鉄の剣が首を叩き落すと、苔猪豚が絶命して、【豚肉】と【苔キノコ】がドロップされる。ルシアもピヨちゃんに乗ったまま魔術の詠唱を始め、てんでバラバラに逃げ出そうとしている苔猪豚に向かい炎の矢を放ち、焼き豚を大量生産していった。

「ごめんね。美味しいご飯にしてあげるからね、本当にごめんね」

「あたしの出番はなさそうね……」

ルシアが一気に焼き豚を大量生産したため、仕事にあぶれたルリが暇そうにしていたが、近くのガス噴出孔から、赤い色をしたスライムがウネウネと湧き出てくるのを見つけた。

「ちょうど、ルリの仕事ができたようだ。あの赤いのは火属性に強くて、氷属性に弱いレッドスライムだから、ルリの氷の息で凍らせてやれ」

「よかった。お仕事しないとご飯食べるのも気が引けるものね。お任せください」

ルリがレッドスライムたちに向けて氷の息を吹きかけてコチコチに固めると、鉄鎖が生き物のように飛び出して綺麗に砕いていった。同時に、【火結晶】がドロップされる。この【火結晶】は、水を温水化させる【火山石】を作り出す重要な素材の一部であった。あとは【溶岩燃料】を生成するための【溶岩】を手に入れれば、晴れて混浴温泉の完成に至るわけだ。

「よしよし、【火結晶】はじゃんじゃん拾ってくれたまえ」

ルシアを乗せたピヨちゃんが、器用にくちばしで【火結晶】【豚肉】【苔キノコ】などのドロップした素材を拾い上げてルシアに渡していた。この辺りの敵は強くないので、ノーダメージの完封勝利といえる。

「ツクル兄さん、ここら辺りには調味料になりそうなハーブや野菜が生えてないですね。さっき来る途中に【大豆】や【小麦】が自生していた場所があったから、早めに【溶岩】を手に入れて、【大豆】や【小麦】を採取しにいきましょう」

火山地帯の荒れた岩場には、食材になりそうな野菜や果物などはさすがに自生しておらず、食材ゲットに命を燃やしているルシアにとっては不毛の地に思えたようだ。

「ルシアの言う通りだ。ここは火山性ガスも多いから、あまり長居しない方がいい。もう少し奥に行けば【溶岩】が湖に流れ込んでいる場所があるはずだから、そこで採取することにしようか」

「ツクル様、早いとこ【溶岩】を取って帰ろう。鼻がおかしくなりそうだ」

ハチは風向きを敏感に感じ取って、ガスの風下に入らないようにウロウロと辺りを歩き回っていた。

「分かった、分かった」

ハチに急かされるように湖の方へ近づいていくと、モクモクと水蒸気を上げる箇所があった。所々に穴の開いた中には、まだ固まっていない溶岩が赤いままドロドロと流れており、猛烈な熱気を吹き出していた。本当なら熱くてとても近づけない場所だが、鎧の効果か、異世界の法則なのか、少し熱い程度だ。ドロドロと流れている溶岩を鉄のバケツですくうと、白煙と共に素材化された【溶岩】がインベントリに収納される。どうして鉄のバケツが溶けないのか分からないが、これもビルダーのトンデモ能力なのだろう。

ガラララッ！

【溶岩】を大量に入手すると、背後で岩が崩れる音が聞こえてきた。気になったので音の方へ振り返ると、崩れた岩石がフワフワと浮き始めて人の形を形成し始めた。

「あ、あれって、ロックゴーレム⁉　嘘だろ。もっと奥地にしか出なかったはず」

人の形になり始めた岩石の塊を見て焦った。なぜなら、あれは高さ５ｍほどになるロックゴーレムという序盤の強敵であり、今の俺たちでは苦戦を免れないからだ。ちぃ、はぐれ魔物か。それとも溶岩に乗って流れてきたのか……。あいつは固いし、魔術も通じ難いから面倒だが、倒せない相手でもない。それにコイツのドロップする【呪器】は巨大ゴーレムを作れるから、門番用の大きいのを作るのに欲しいんだよな。ちょっと痛い思いをするかもしれないが、やってみるか。いざとなれば足は遅いから逃げられるし。

「あいつを狩るよ。ルシア、ピヨちゃんは遠距離で援護して」

「ピヨ！」

「承りました」

「ルリはロックゴーレムの足元を凍らせるのに集中。攻撃は格闘だけだから、距離をとって」

「あ、はい」

「ハチは弱点の膝を集中的に狙っていけ。ぶん殴られるとちょっと痛えけど、男なら我慢だ」

「分かりました。おいらは男だから頑張るよ」

「俺がロックゴーレムを引きつけるから、みんな援護を頼む」

「「「はい」」」

まずは、距離をとったルシアが炎の矢をロックゴーレムに向けて放つ。轟音と共に飛んでいった炎の矢はロックゴーレムに命中したが、傷を与えることはできなかった。左手に陣取ったルリも氷の息でロックゴーレムの足元を凍らせていくが、動きを止めるまでには至らず、行動を阻害するに留まっており、依然ダメージを与えられない。

「ルリちゃん！　おいらがこいつを倒してやるからね」

ハチが素早く駆け寄り、動きが阻害されているロックゴーレムの膝を爪で引き裂いていく。関節部と思われる岩石がわずかに欠けたが、大きなダメージにはなっていないようだ。

「ハチ！　諦めるな。こいつは膝を壊せば、あとは楽に狩れる。攻撃を俺が受け止めるから、休まず膝を狙え。ルリとルシアは引き続き援護を頼む」

ハチに攻撃を続けるように促すと、ロックゴーレムのヘイトを集めるため、盾を構えて攻撃範囲に潜り込んでいく。

ビュッ！

風切り音と共に、ロックゴーレムの腕が頭上スレスレを通り過ぎていく。当たると絶対に痛そうな奴だが、首がもげることはないだろう。

ビュッ！　ガンッ！

ロックゴーレムの反対の腕が盾に当たって鈍い衝撃が腕に伝わるが、耐えきれない痛みではない。

「さすが鉄の盾、固い」

喜びも束《つか》の間、通り過ぎたロックゴーレムの腕が不意に下から現れて鎧の中央にヒットする。

ドンと突き抜ける衝撃で、胃液が逆流しそうになる。

「ゲフゥ、うぐおぉお。いてぇえ」

痛みと驚きで思わず動きが止まってしまう。ガードが下がった俺に、ロックゴーレムのパンチが襲いかかってきた。

「ツクル兄さん！！！　うちの大事な人に何をするんですかっ！！！　許さない‼」

珍しく激高したルシアが、例の建造物破壊魔術を詠唱し、ロックゴーレムに向かって放つ。

バリバリという音を伴った雷光がロックゴーレムの腕を見事に消し去っていた。

「ツクル兄さん、大丈夫ですか⁉」

ピヨちゃんから飛び降り、慌てて駆け寄ってきたルシアを制止する。

「ルシア、まだ来たらダメだ。俺なら大丈夫。でも、あとで殴られた所をさすってもらえるとありがたいな」

「そんな、エッチなこと言ったらダメです。本当にうちは大丈夫かなって心配していたんですから。もう、ツクル兄さんの馬鹿～」

俺のことを心配して駆け寄ってきたルシアが、手をブンブン振り回して怒っている。あぁ、カワイイ。怒ってもルシアたんは素敵なのだ。俺のことを本気で心配してくれる彼女がいるってスゲー幸せ。殴られてよかったぁ。

「さぁて、心配をかけたけど、ルシアの声援を受けた俺をもう止められはしないっ‼」

剣と盾を構えると、腕を失ったロックゴーレムに向かって吶喊していく。腕がなくなったことでバランスを欠いたロックゴーレムの膝にハチが集中攻撃を加え、ついに関節部を砕くことに成功する。

「ツクル様、やりました！　膝を砕いたよ！」

「よくやった。あとは顔を砕けば動きを止めるはずだ。一気に行くぞ」

「任せてください」

ロックゴーレムは膝の関節を砕かれてバランスを崩し、膝立ちで地面に倒れ込んだ。頭がちょうど攻撃しやすい位置にまで降りてきたので、頭部に向けて鉄の剣を叩きつける。ガンッ‼　固い衝撃が手首に返って痺れが拡がっていくが、構わずに何度も何度も剣を叩きつけていく。ガンッ！　ガンッ‼　ハチも一緒になってロックゴーレムの頭を爪で切り裂いていった。

「これでトドメだっ!!」

かなりひびの入ったロックゴーレムの頭部に、最大の力を込めた鉄の剣を振り下ろす。バキンという鉄の剣が折れた音と共に、ロックゴーレムの頭部が粉々に砕け散って身体が崩れ去る。するど、皆が光の粒子に覆われてレベルアップした。

＞LVアップしました。
LV4↓5
攻撃力：24↓28　防御力：23↓27　魔力：13↓15　素早さ：13↓15　賢さ：14↓16

「きゃぁ、ツクル兄さん、カッコイイ。惚れ直してしまいます……。やっぱ、兄さんはうちの運命の人です～」

ルシアからの愛の告白に、耳が思わずダンボになってしまう。うんうん、そうだとも。俺とルシアは、この地で出会うことが運命づけられていたのだよ。

折れた鉄の剣を溶岩の中に捨てると、素材化した【呪器】をインベントリにしまう。これで、【ゴーレム生成器】から大型ゴーレムを生成できるようになるはずだ。

「ふぅ。イテテ、さすがにロックゴーレムのボディーパンチは効いたなぁ」

「ツクル兄さん、すぐ鎧脱いでくれますか？　骨が折れてないか確認しないと、うちは心配で眠れないです」

　駆け寄ってきたルシアが鎧を脱がせて、殴られた箇所を隅々まで確認する。そして、前言通り、殴られて打ち身になっていた腹部をひんやりとした手でナデナデしてくれた。とりあえず、お返しに俺もルシアの狐耳をモミモミと揉みしだいてあげる。しばらく2人でそうしていたら、ピヨちゃんに頭を小突かれた。

「はぅ！　あ、ああ。ルシア、もう大丈夫だ。だいぶよくなったよ。さて、目的も達したことだし、【大豆】と【小麦】を採取して家路につくとしようか」

「いいなぁ、ツクル様は……。おいらも頑張ったんだけどなぁ……」

　ハチが俺も頑張ったアピールをルリに送っていた。

「フフ、分かってるわよ。今日のハチちゃんはすごいカッコよかった。お家に帰ったら一緒に毛繕いしましょうね」

「本当に!?　やった！　ツクル様、早く帰ろうよ！　置いていきますよ」

　ルリに毛繕いしてもらえると知ったハチが急いで駆け出していった。こうして、帰路に【小麦】と【大豆】の自生地に寄って素材化と苗化させると、日が暮れる前に我が家に帰ることにした。

◆◇◆◇◆

日暮れ間近、スラっとした背の高い女性が、立派な防壁と幅の広い水堀に護られた屋敷に視線を向けていた。見つめる女性は、長く垂らした黒髪を指先で弄《もてあそ》んでいる。身につけているのは露出度の高い革の鎧で、胸元が窮屈そうに盛り上がり、そこから子猫が顔を出している。

女の名はイルファ・ベランザール。この場に集まっている魔王軍の司令官であった。

（……馬を飛ばして一昼夜駆けて先発隊に追いついたが、２００名程度しかまだ到着しておらぬとは、他の部隊は何をしておるのだ。一刻も早く、この屋敷に住む転生ビルダーの首を挙げなければ、アタシの首が危ういというのに……。揃いも揃って、低能な奴らだ）

ツクルの家に視線を向けているイルファは、誰も聞く者がいない愚痴を心の中でこぼしていた。

（ラストサン砦の連中は、あわよくばアタシの足を引っ張ろうと画策しているし、魔王からはクーデターの旗印になりかねないと警戒される。アタシには、タマちゃんしか気を許せる人がいない……）

胸の中でイルファを見上げていた白い子猫のタマが、イルファの様子を心配して声をかけた。

「イルファ、もう魔王軍は引退して、ワシとどこか魔王の目の届かない所で暮らさないかニャ。そんな思い詰めたイルファの顔を見るのは、ワシも辛いニャ」

「そうも言ってられないの。転生ビルダーを倒さないと、アタシはタマちゃんと一緒に暮らしていくこともできないの……。お願いだから分かって」

「すまんニャ。だが、イルファが危ないと思えば、ワシは遠慮する気はないからニャ」

（タマはアタシの唯一の理解者であり、心の支えとなる大事な人。そんな人と魔王の恐怖が及ばない地で暮らせれば、どんなに楽しいだろうか……）

妄想に浸りかけた表情をし始めたイルファのマントを、近侍していた士官が引っ張る。

「何だ？　攻撃準備は整ったのか？」

「はっ！　先発隊200名、既にあの屋敷を包囲しております。あとはイルファ司令官の下知《げじ》を待つのみでございます」

「ならば、攻め立てよっ‼　犠牲はいくら払っても構わぬっ！　夜を徹してあの屋敷を攻略し、転生ビルダーの首を挙げるのだっ！」

「「「おおぉ」」」

イルファの指示を受けて、各部隊の士官たちが雑兵代わりのゴブリンやコボルトたちを引き連れて、ツクルの屋敷に向かい駆け出していった。すると、十数名が草地に足を取られて地面に勢いよく転倒し、悲鳴ともうめき声ともつかない声を上げて足を押さえていた。

「罠かっ‼　クソ、虎バサミなどと小癪な罠を張り巡らしおって！　慌てるな！　罠など食い破ればいいいっ！　進め！　進むのだっ！」

ゴブリンやコボルトが次々に屋敷に向かい、生け垣に近づくと、バシュッという音と共にゴブリンの腹に鉄の杭が生えていた。

（ひえぇっ！　何だあのトラップは……。ご丁寧に鉄棒の先が尖らせてあるだなんて……。この館の主である転生ビルダーはサディストなのか。だが、こんなことくらいで攻勢を弱めるわけにはいかぬ）

「恐れるなっ！　援軍もすぐに到着するっ！　罠など踏み破れ！」

イルファは、館の主が設置した罠の多さに辟易としていた。既に200名近くいた先発隊のゴブリンとコボルトは、半数が罠にかかって命を落とし、素材となっていた。イルファは突撃を続けさせようと声を張り上げるが、仲間が罠にかかったことで怖気づいたゴブリンやコボルトたちは逃げ出し、花畑に次々に足を踏み入れていく。次の瞬間、スーッと姿が掻き消えて見えなくなり、断末魔の叫び声が花畑から一斉に聞こえてきた。

（な、何という狡猾な罠を仕掛けてるんだ……。転生ビルダーは悪魔じゃないだろうか……。こんなにえげつない罠を屋敷の周辺に仕掛けているとは……。ま、まさか、アタシたちのいる場所にも罠が張り巡らされているのでは……）

　イルファが急に自分の足元を気にし始めた。ツクルによって仕掛けられた極悪な罠が自分の周りにも大量に仕掛けられているかと疑心暗鬼に陥り、一歩も動けなくなってしまったのだ。

ゴブリンやコボルトたちも落とし穴があると分かると、バラバラになって士官を置いて逃げ出し始めた。

「こらっ！　逃げるなっ！　戦え！　敵の本拠地はすぐ目の前だぞっ！　クソっ！　役立たずどもがっ！　援軍はまだかっ！」

「はっ！　ただ今、後続の部隊２００名が到着しました。すぐに屋敷攻略に向かわせます」

　到着した援軍は、すぐさま戦闘準備を整えると、露になった罠を避けるように、屋敷へ押し寄せていく。水堀に近づくと不意に扉が開き、中から夕暮れの光を鈍く跳ね返す人形たちが飛び出してきた。イルファはその物体に眼を凝らす。館から出てきたのは、鉄でできているゴーレムのようだった。50体ほどの鉄製ゴーレムが手にクロスボウと鉄製武器を持ち、一斉にこちらに向かって襲いかかってくる。

「お、恐れるな。ただのこけおどしだっ！　皆の者、あの人形を打ち倒せ！　我らの勝利は目前だぞっ！」

　ワラワラと出てきた鉄製ゴーレムたちは、ありえない速さでゴブリンやコボルトを次々に虐殺していく。援軍として到着した部隊も、逃げる暇なく、鉄製ゴーレムの凶刃やクロスボウに撃ち抜かれて、素材化していく。そして、恐怖に耐えられなくなった兵たちが一斉に逃げ出し始めた。イルファを置いて、少しでも身の隠せる近くの林の中へ殺到していった。

「止まれ！　勝手に敵前逃亡する者は極刑に処すぞ！　逃げるなっ！　戦え！」

イルファの指示は混乱する部下たちには届かない。辺りを見れば、既に味方の姿はいなくなっていた。

（マズい……。このまま取り残されるわけにはいかない……。何とか逃げ延びて、後続の軍と合流しないと……）

すっかり取り残されたことに気付いたイルファは、逃げ出していく部下たちの背を追って、一生懸命に胸を揺らして走る。その胸ではタマが溺れそうになっていた。

なんとか鉄製ゴーレムの追撃をしのぎ切って林の中に入ると、愕然としてしまった。先に逃げ込んでいた部下たちが括り縄によって生け捕りにされて、いたる所で逆さ吊りになっていたからだ。

「こ、これは全滅フラグかニャ……。どうやら、ワシたちは相当知恵の回る奴を相手にしているようだニャ……」

「ま、まさか……。こんな場所まで悪辣な罠が仕掛けられているとは、援軍も合わせれば４０

0名はいたのだぞ……。それが全滅だなんて嘘よ……。これは悪い夢……」

「イルファ、これは現実ニャ……」

ツクルの館のすごさを目の当たりにしたイルファは、わずかな時間で400名からの魔王軍を全滅させせた、まだ見ぬ館の主に失禁しそうなほどの恐怖を感じていた。

(こ、これは、何としても生き残って、魔王に報告しないと……。アタシ如きの力ではこんな悪魔のような転生ビルダーは倒せるわけがない。魔王もこの事実を知れば、極刑は見逃してくれるだろう。王都にはもう帰れないかもしれないけど……。こんなところで死にたくない)

惨劇を目の当たりにしながらも打算を働かせたイルファがジリジリ後ずさりをしていくと、足元に何か糸が引っかかり、プツンと切れる感触がした。

「ひょぇぇぇぇぇ!!　な、なんだっ!!　ああっ!　なんで、アタシまで罠に掛かるのだっ!　くそおお!」

勢いよく締まった縄口に足を縛り上げられたイルファは、すっ転んで逆さに吊るされると、大きく実ったおっぱいの重みで身動きが取れなくなってしまった。

「な、何が起きたニャ!　ああ、イルファっ!　なんで罠に……。わわわっ!　落ちるニャっ!!」

イルファの胸元から飛び出したタマは空中でクルクルと回転すると、地面にぶつからずに音もなく着地した。

「イルファっ！　今、ワシが助けるニャ！　待ってるのニャ」

タマはイルファを吊り上げた縄が結ばれている木を捜し出し、括られている縄を爪で切ろうと奮闘する。

（重い、重すぎる。よく育ったと思っていたが、ちょっと育ち過ぎた……って、そんな悠長なことを言っている場合じゃ……。このまま逆さ吊りにされていると、そのうち頭に血が昇って死んでしまう。そんな惨い死に方は嫌……。助けてタマちゃん）

何とか足元の縄を外そうと身体を持ち上げようとするが、日頃から運動をサボってきたイルファの筋力では、自らの上半身を持ち上げることはできず、無駄に体力を消費していくだけだった。一方、タマもイルファを助けようと、爪だけでなく、歯でも噛み切ろうとするが、子猫サイズの歯や爪では縄を切ることはかなわなかった。やがて、自分とタマだけでは助からないと悟ったイルファは、辺りに味方が誰かいるかもしれないと思い、大きな声で助けを呼び始める。

「誰か！　誰か私を助けろ！　助けた者には報奨金を出すぞっ！　このイルファ、腐っても竜人族、約束は違えぬ。頼む！　誰か、誰か助けてくれ！」

必死に助けを呼ぶイルファであったが、1時間以上逆さ吊りされて血が大分下がってきているようで、意識が飛びそうになりかけていた。

◆◇◆◇◆

俺は屋敷の近くの雑木林で木を見上げていた。屋敷に帰る途中で、ゴーレムたちが庭園の修復をしているのを見て、まさかと思い、確認のために一人で林の中に来たら、女性が括り縄に引っ掛かっていたのだ。

縄を切ってやると、『フゲェ』という情けない声と共に女性が地面に落ち、木の上から白い子猫が猛然とダッシュしてきた。

「イルファ、大丈夫かっ‼」

子猫が女性にキスをすると、和装の着流し姿のイケメン男子が急に現れた。そのイケメンは俺の方を向くと、礼儀正しく頭を下げてくる。

「イルファを救ってくれてありがとうニャ。ワシの力ではこいつを救ってやることができなかったから感謝するニャ」

何だか、猫っぽい喋りをする和装のイケメン男子が、顔面を強打して顔を覆っている女性を助け起こす。

「痛い、痛すぎる。お前は阿呆かっ！　なんでゆっくりと地面に降ろそうとせず、急に縄を切るのだ。何かアタシに恨みでもあるのかっ！」

顔を強打した女性が、赤くなった鼻をさすりながら抗議して、吊り目気味の赤い瞳で恨みがましくギロリと睨んでいる。歳はルシアよりも上の20代前半だと思われる。イケメン和装男子の手助けで立ち上がって、砂を落とす女性を見ていると、派手で露出度の高い服に包まれた身体つきは、ルシアよりもさらに凶悪な女性らしさを発揮していた。

ブハッ！　逆さ吊りの時もデケェと思ったけど、おっぱいデケぇぇ‼　何、このエロスな生物は……。喋るだけで揺れているのは、俺の目がおかしくなったのか……。ファッ！　違うんですっ！　ちょっと、おっぱいデカいなと思っただけで、俺は完璧にルシアたんＬＯＶＥなわけで……。

抗議のために詰め寄ってきた女性の大き過ぎる胸がエアバックのように、俺の身体に衝突していた。ファッーーーーーーーー‼　ナニコレ‼　おっぱい当たってるのぉーーーーーーーー‼　待て‼　みんな、動揺するな‼　俺はルシア派だっ‼　詰め寄った女性のおっぱいアタックで動揺してしまい、例の武士言葉が漏れ出てしまう。

「至極かたじけないが、おぬしの立派にお育ちになられたお胸殿が某の身体に当たっておるので、どうにかしてもらえぬでござろうか？」

捲し立てるように抗議していた女性の視線が下を向き、俺の身体に当たってムギュッと押し潰れた胸を見ると、少し日に焼けた肌が一気に紅潮していった。

「ふ、ふぇ⁉　すまんっ‼　アタシの胸が無駄に大きく育ってしまって、気付かないとはいえ失礼した。そ、そのワザとではないので、勘違いしないでくれ！」

自分が俺に胸を押し付けていたことに気付くと、バッと飛びのいて距離を置く。身長は俺と同じくらいのため、当たっていた場所は胸の辺りだった。隣に立っていた和装のイケメン男子が女性の腰を抱き寄せる。

「イルファは俺の嫁だニャ。助けてもらったことは感謝するが、お主には触らせてやらぬニャ」

「……すまない。俺もちょっと動揺しておかしな発言をした。君がわざとやったことではないのは理解したし、そちらの男性の奥さんであることは理解した。ところで、君たちは何でこんな辺鄙な場所で罠に引っかかっていたんだい？」

冷静さを取り戻した俺は、素性の知れない女性と男性が罠にかかった事情を聞き出すことにした。どう考えても夫婦が、こんな辺鄙な場所を訪れる理由が見出せないので、彼女たちの素性も同時に聞き出したかった。

「アタシは魔王軍リモート・プレース方面軍、ラストサン砦の守将であるイルファ・ベランザールだ。上司の指令により、あの屋敷に住む者の討伐をせねばならぬのだ。そのため、先ほどまで、あそこに見える屋敷を攻めていたのだが、敵の策略に嵌り、この森で全滅してしまったのだ。お前も悪いことは言わぬから、あの屋敷には近づかぬ方がよい。あの屋敷は地方の雑軍とはいえ、魔王軍400名を殲滅した悪魔が住んでおるのだ。私もお主が助けてくれなかったら、ここに屍を晒しておったはずだ。改めて礼を言うぞ。そうだ、アタシは一度戦力を立て直すために、砦に戻ろうと思う。砦に戻ればお主に褒賞を授けることもできるので、名前と住んでいる場所をアタシに教えてくれ。このお礼は必ずする」

イルファという女性は、俺が聞く前に自らベラベラと自分の素性を喋り出した。どうやら、俺のことを通りがかった一般人だと思っているらしい。イルファは魔王軍の将軍で、俺の屋敷に攻め込んできたのを、罠とゴーレムたちに蹴散らされたようだ。ゲームでも魔王軍が拠点としている街に攻め込んでくることがあったが、今回はそういったイベントが俺のいない間に発生したのだろう。やはり、防衛力を高めておいてよかったな。屋敷は無傷のようだから、バニィーたちも無事なはずだ。

ふむ、それにしてもこのまま生かして帰すと、俺たちの存在が魔王軍に露見してしまう。まだ、防備が完全ではないので、現時点で襲ってこられるのは非常にまずい。悪いがこのまま2人を帰すわけにはいかないな。といって、殺すのも非常に後味が悪い。どうしたものか……。解決策を決めるまで、とりあえず捕獲は決定だな。おもむろに近くに落ちていた括り縄を手に取ると、ベラベラと今後のことを無邪気に喋っているイルファァとタマの背後に周り、逃げられないように縄で手を縛る。

「ふ、ふぇ⁉　何をする無礼者っ！　あっ、痛い、きつく縛り過ぎだ。そうじゃなくて、何でアタシとタマを縛っている？　悪いが、お主の悪戯に付き合っている暇はない。早く外してくれ！」

「そうだニャ！　ワシとイルファを捕らえてどうするニャ！　クソ、解け！」

「あー、悪い、悪い。申し訳ないが、君たちをこのまま解放するわけにはいかないんだ。どうやら、君は我が家に潜り込もうとした盗人らしいからね。家主としては許すつもりはないのだよ」

イルファの縛られたおっぱいが窮屈そうにしているが、視線を合わせないようになるべく冷酷な声でイルファとタマを脅していく。俺があの屋敷の主人だと知ったイルファは顔色を蒼白にし、カチカチと歯を鳴らし震え始めていた。

「て、転生ビルダー。お主があの屋敷の転生ビルダーなのかっ！　あぁ、た、頼む。命ばかりは助けてくれ。アタシは、ただ上司の指示に従って攻めただけなんだ。頼む」

「こんな僻地に人がいるとは怪しいと思っていたが、お前が転生ビルダーだったニャンてな。屋敷を攻めたことは謝る。だから、イルファだけでも見逃してくれニャ！　頼むニャ！」

縛られたイルファは腰を抜かして、地面を座り込んでしまい、ズリズリと尻を引きずりながら後ずさりを始めていた。その前に和装のイケメン男子が庇うように進み出ていた。

「ほほぅ……。まぁ、どちらにしても部下のしたことは君の責任でもある。ところで、君は随分といい身体をしているようだね」

怯えるイルファがさらに恐怖を感じるように、感情を削ぎ落とした平板な声音と冷たい視線をイルファの身体に送り込む。視線の先を感じ取ったイルファは、身を捩って視線から逃れようとした。

「それだけはダメ。この身体はタマちゃんのものなの。それだけは許してください。命さえ助けてくれれば、アタシの実家はお金持ちだから、十分なお金を支払います。お願いです。タマちゃんともども助けて」

「それは、もう無理だよ。君たちは我が屋敷を見てしまった。見られたからには我が屋敷の牢獄に死ぬまで繋いでおくか、この場で死ぬかの二者択一しかないのだよ。運がなかったと思い諦めるのだな」

「そんな馬鹿なことがあるのっ！　アタシを解放しなさい。アタシが砦に帰らなかったら、残った兵が全てこちらに向かい助けにくるようになっている。今、アタシを解放すれば、誰か適当な者の首を持って帰り、あとは黙ってアタシの権限で匿《かくま》ってやれることもできるんだ。そう

だ。そうしよう」

イルファは必死で俺からの助命を引き出そうとしているが、『クリエイト・ワールド』のゲーム知識からすれば、魔王軍リモート・プレース方面軍、ラストサン砦の設定は、魔王軍一の僻地の砦で、通称『島流し』部署であると記憶している。つまり、イルファは何かしらの大失態を犯して僻地勤務に飛ばされた士官であり、魔王軍の中でもさして重要なポストにいないのだ。それならば、問題児の吹き溜まりであるラストサン砦の面々が、失踪者を真面目に探すとは思えず、逆にイルファを解放した方が襲われる可能性が高くなってしまう。

「近頃、屋敷を大きく改築してね。奴隷として使える人材がちょうど欲しいと思っていたところなのだよ。君たちはちょうどいい時期に攻めてきてくれた。我が家の奴隷として迎え入れる準備は整っているぞ」

「絶対おかしいだろ！　放せ！　放してー！　あーん！　タマちゃーん助けて！」

「クッ、イルファ、すまない……。ワシも助けてやれないニャ」

縛られたままジタバタと暴れておっぱいを揺らすイルファと、諦めたような顔をしたタマを木に縛りつけると、括り縄の仕掛けを次々に再セットしていく。

「鬼、悪魔、この色情狂ー！　アタシたちをどうするつもりだ。奴隷として重労働をさせたり、夜な夜なエッチなことをさせたりするつもりかっ！　そんなことしたら絶対に許さんからなっ！。アタシはこう見えても、竜化できる竜人族だぞ。竜化したら、お主なんか一瞬で消し炭にしてやるからなっ‼」

罠の再セットをしていた俺の耳に、聞こえてはイケナイ単語が飛び込んできた。その単語とは『竜人族』という単語である。ファッ⁉　イルファって竜人族……？　視線の先がスライムのようにむにょむにょと動く胸元ではなく、イルファの首の辺りに移動する。男性だとのどぼとけが浮き出るくらいの場所に、黒い逆さの鱗が一つだけポツンと生えていた。

ファッーーーーーーーーーーーーーーーー‼　マジかぁ‼　この鱗ってマジで竜人族かよっ！！！　やべぇよ、やべえよ。俺、ヤバイ奴を捕獲して木に縛りつけてしまった‼　イルファが言った『竜人族』はラスボスである魔王に一番近い眷族で、戦闘力の高い種族だ。普段は人の姿をしているが、一定条件で竜化し、竜になると膨大な戦闘力となる。『クリエイト・ワールド』に出てくる魔物ではレベル90を超える最強の魔物だよ。マジかぁ！　この女が竜化すると、今の俺じゃ絶対に手に負えねぇ……。やべえよ。やばいのを捕まえちゃったよ。どうする。どうしよう。イルファが竜人族だと知って内心の焦りを押し隠しながらも対策に苦慮していた。

「はぅう‼　実は竜人族って言ったけどアタシは落ちこぼれで、竜化できない子なんだ。コネで魔王様の高級官吏にしてもらっただけで、そこでもドジって、こんな辺境まで流されてしまった可哀想な子なんだ。だから、お願いします。アタシもタマちゃんも殺さないで、貴方の作った罠は残酷すぎる。あんな罠で殺されるのだけは勘弁してほしい。なんでも言うことを聞く。魔王軍を裏切れというなら、裏切りますから、どうぞアタシとタマちゃんを助けてください」

恐怖のあまり腰が抜けたイルファが、自分が落ちこぼれのドジっ子だと暴露して、タマともどもの助命嘆願をしてきた。俺の仕掛けた罠が彼女に相当のトラウマを与えたようで、最強魔物の竜人族であるイルファを恐怖のどん底に落とし込んでいたようだ。俺に恐怖しているだと……。ならば、何とか言いくるめて穏便に洗脳し……おっと、いけない。どうも思考がブラックな方へ流れていったようだ。彼女の恐怖心を利用して、危ない橋を渡り切ってしまおう。俺は木に縛りつけられたイルファの肩にポンと手を置く。そして、余裕たっぷりの顔で彼女の耳元に囁いた。

「その言葉に間違いはないな、イルファ。お前は魔王軍を裏切ってタマと一緒に俺の部下になるということだな。魔王軍を裏切るということがどういうことかは分かっているよな？」

「分かっている。期限中にお主の首が取れぬなら、生きて戻っても魔王軍にアタシとタマちゃんの居場所は残されていない。アタシも竜人族の端くれ、殺さないと約束してくれるなら、お主のために力を貸すことを約束する。だから、お願い……。殺さないでくれ。頼む」

死の恐怖と対峙してガクガクと足を震わせているイルファの顎をクイっと持ち上げて、俺の方を向かせる。

「分かった。助けてやる。これからお前の上司となる俺の名はツクルだ。今後はツクル様と呼べ。お前とタマの生殺与奪の権限は俺がすべて握っている。この屋敷から逃げ出そうとすれば、ゴブリンやコボルトたちの二の舞になると思え」

落ちこぼれとはいえ、相手は最強魔物である竜人族。平静を装ってイルファを脅している俺自身も実際は足がカクカクと震えて、心の中ではイルファが怒り狂って竜化しないかとヒヤヒヤものだった。

「わ、分かった。これより、我が主君はツクル様とすることをここに誓う。これはアタシが死ぬまで違えぬものであり、竜人族の誇りにかけて誓うものなり」

「その誓い、妖猫族のタマも同じく、終生の主をツクルとして共に誓わん」

イルファとタマが俺を主君として認める誓いを口にした。ただの口約束に過ぎないが、心理的に追い込むには有効な儀式である。だが、その代償は大きく、イルファが赤い瞳からポロポロと大粒の涙を流しているのを見たら、かなり心の奥がチクチクと痛んできた。こんなに怖がらせる気はなかった。すまん、こちらも精一杯の虚勢を張っただけだ……。実は俺も君がすげえ怖い……。だけど、あと一歩だけ強く押させてもらうよ。俺はイルファに近づくと、泣きじゃくるイルファと、それをジッと見つめているタマの前に手の甲を差し出した。

「その誓いに相違なくば、俺の手の甲に口づけをせよっ！」

イルファとタマは俺が差し出した手の甲に、黙って口づけをして忠誠を誓った。

「よかろう。これで君たちは俺の部下だ。今の口づけによって、イルファたちが俺に無許可で敷地外に出たら即座に罠が発動する魔術をかけさせてもらった。死にたくないなら、無許可で外に出ないことだね。死にたいなら出てもいいけど」

イルファとタマに対して最後の呪いをかける。これによって俺のトラップ地獄のトラウマを植え付けられたイルファたちは、俺の許可なしに屋敷の外に一歩たりとも踏み出せなくなるだろう。彼女たちにとってはかなり不憫な結果となったが、俺とルシアの生活の安寧を考えれば必要な犠牲だと割り切ってやった。俺は、聖人君子でも善人でもない。ルシアと共にゆったりと、この地を作り変えていく生活を乱されたくないんだ。そのためなら、ワガママだと言われようが、鬼と言われようが、悪魔だと罵られようが、甘んじて受け止める。

「酷い男だ。そんな悪魔のような呪いをアタシとタマちゃんにかけるとは。裏切れば即死ぬということなのね。ああ、王都のお母さん、お父さん、ごめんね。アタシ、ここで一生暮らすことになってしまった。王都に栄転してタマちゃんと結婚し、子供を育てて暮らそうと思ってたけど無理みたいだわ……。うぅ、タマちゃんもごめんね。アタシのせいでこんな目に合って……」

「ワシは別にイルファと過ごせるならどこでもいいニャ。案外、ツクルの傍でまったりと暮らすのも悪くないかもしれんニャ」

泣いているイルファとタマを木に縛った縄を解くと、肩に担いで我が家に帰ることにした。担いで歩いている最中も、イルファの大きな胸がぽにょんぽにょんと背中に当たり、なんともいえない感触を背中に送り込んでくる。担ぎながら、転生後の生活に思いを巡らす。

運命の人であるルシアと出会い、彼女と過ごす日々は、転生前の生活とは比べものにならないほど濃密だ。ゲームや仕事に明け暮れていた俺の人生を一変させてくれた。俺にとって至極の日々であり、何物にも変えがたい喜びになりつつある。

俺は、ルシアと共に一生懸命に生きていこうと改めて思う。この地でルシアと必ず添い遂げてみせると決意すると、生活環境のさらなる改変への意欲が高まっていく。屋敷に戻ったら、あの無能な女神様に少しだけ感謝の祈りを奉げておこう。

この世界に転生させてくれてありがとうな。

あとがき

　ツクルの屋敷のダイニングでは『Re：ビルド‼』の出版記念パーティーが開催されていた。

「『Re：ビルド‼』の作者、シンギョウです。この度はお祝いいただきまして、誠にありがとうございます！　これもひとえにネコメガネ先生に描いていただいたヒロイン、ルシアさんの放つ『お色気』と『お色気』と『お色気』が出版に繋がったと思っております」

　ピヨちゃんがシンギョウの背後に忍び寄り、肩を叩く。

「ん？　何だい、ピヨちゃん。君もその愛らしい姿で全国のモフモフケモナー好きを癒してくれて……」

　スビシュ！　ピヨちゃんのくちばしが脳天を貫くと、シンギョウはドサリと床に倒れた。

「まずい、ピヨちゃんが荒ぶっておられるぞ。シンギョウ先生を早く隔離しろ。このままだと大惨事だっ！」

「おいらとルリちゃんが外に引っ張り出します。ツクル様は読者様への御礼をお願いします」

「ハチちゃんはシンギョウ先生の足を咥えて。私が頭を咥えるから」

　ルリとハチによって咥えられたシンギョウが、ダイニングから引きずり出されていく。

「お見苦しい場面をお見せしました。『Re：ビルド‼』にて主役を務めております、ツクルと申します。シンギョウ先生の代理として、皆様に御礼の挨拶をさせてもらいたいと思います。

本作は、ありがたくも第2回ツギクル小説大賞の大賞を頂くことができた作品であり、多くの読者の方のご声援とツギクル編集部のご尽力によって完成を見た作品です。WEB版とはまた一味違った『Re：ビルド‼』の世界を提供できたものと、主人公ながら自負しております。

そして、ネコメガネ先生にルシアたんを暴力級に可愛く描いてもらったことで、シンギョウ先生のヤル気がMAXを越えていたこともココで暴露しておきます。最後に本作の最重要キャラであるヒロイン、ルシアたんから一言もらい、お礼の言葉に代えさせてもらいます」

ツクルの隣でアワアワしているルシアにマイクを向ける。

「ひゃあ⁉　ツクル兄さん、うちが締めるんですか～。すごく恥ずかしいわぁ。あとがきから読まれる方は、はじめまして。本作のヒロインを務めているルシアと申します。購入された方、ありがとうございます。まだ購入されていない方、書店で表紙を見ていいなと思ったらレジに直行してもらえると、うちはとっても幸せです。うちとツクル兄さんのハチャメチャスローライフが、これからも皆様にお届けできるようにご協力いただけると大変嬉しいです」

ツクルとルシアが頭を下げると、端にいたイルファとタマが泣き始める。

「次こそ、アタシたちが活躍してみせる。このおっぱいは伊達じゃないことを見せてくれるわ。タマちゃん、頑張ろうね！」

SPECIAL THANKS

「Re：ビルド!!　～生産チート持ちだけど、まったり異世界生活を満喫します～」は、コンテンツポータルサイト「ツギクル」などで多くの方に応援いただいております。感謝の意を込めて、一部の方のユーザー名をご紹介いたします。

梅谷シウア　　水無月秋穂（湖汐涼）
鬼ノ城ミヤ
ぴよ　　ラノベの王女様　　ダッチー
遊紀祐一（ユウキ　ユウイチ）　　takashi4649
如月真璃可　　RAIN　　くま太郎

ツギクルAI分析結果

「Re：ビルド!!　～生産チート持ちだけど、まったり異世界生活を満喫します～」のジャンル構成としては、ファンタジーに続いて、SF、恋愛の要素が多い結果となりました。

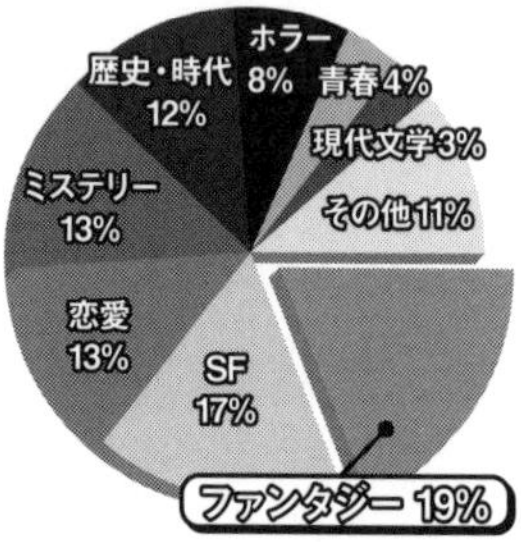

ツギクルブックス

本書に関するご意見・ご感想は、下記のURLまたはQRコードよりツギクルブックスにアクセスし、お問い合わせフォームからお送りください。
http://books.tugikuru.jp/

本書は、「小説家になろう」（http://syosetu.com/）に掲載された作品を加筆・改稿のうえ書籍化したものです。

Re《リ》：ビルド!!
～生産《せいさん》チート持《も》ちだけど、まったり異世界生活《いせかいせいかつ》を満喫《まんきつ》します～

2017年12月25日　初版第1刷発行

著者　シンギョウ ガク

発行人　宇草 亮
発行所　ツギクル株式会社
〒106-0032　東京都港区六本木2-4-5
TEL 03-5549-1184
発売元　SBクリエイティブ株式会社
〒106-0032　東京都港区六本木2-4-5
TEL 03-5549-1201

イラスト　ネコメガネ
装丁　株式会社エストール

印刷・製本　中央精版印刷株式会社

ISBN978-4-7973-9486-3
Printed in Japan